刘光成◎编著

中国家书

中国式传家之道

时事出版社
北京

图书在版编目（CIP）数据

中国家书：中国式传家之道 / 刘光成编著 .—北京：时事出版社，2021.5

ISBN 978-7-5195-0397-0

Ⅰ. ①中… Ⅱ. ①刘… Ⅲ. ①书信集 – 中国 Ⅳ. ① I26

中国版本图书馆 CIP 数据核字（2021）第 003228 号

出 版 发 行：	时事出版社
地　　　　址：	北京市海淀区彰化路 138 号西荣阁 B 座 G2 层
邮　　　　编：	100097
发 行 热 线：	（010）88869831　88869832
传　　　　真：	（010）88869875
电 子 邮 箱：	shishichubanshe@sina.com
网　　　　址：	www.shishishe.com
印　　　　刷：	大厂回族自治县德诚印务有限公司

开本：670×960　1/16　印张：18　字数：280 千字
2021 年 5 月第 1 版　2021 年 5 月第 1 次 印刷
定价：48.00 元
（如有印装质量问题，请与本社发行部联系调换）

前　言

　　见字如面，是中国人维系情感最朴素的一种方式。虽然世界各国都有写家书的传统，但只有中国家书历史跨度最长，内容最为丰富多彩。

　　唐代著名诗人杜甫感叹："烽火连三月，家书抵万金。"出门在外之人，尤其盼望家乡亲人的书信，心情之迫切，不是金钱能够代替的。

　　对于中华民族来说，家书既是亲情的纽带，也是传承家风的重要方式，是对亲人后辈品格修养、道德塑造的课堂，是传统教育方式的重要补充。家书本是写给亲人看的私密书信，坦诚真实的语言之中，流露出写信者最真实的感情，其生活经历、人生体验、读书治学和处世方式也表露无遗。这些内容不仅让他的亲人后代受益匪浅，就是今人读来也大有裨益。

　　本书入选的家书，或严厉、或温情、或恳切，体现的既有对亲人浓浓的牵挂，更有对亲人及晚辈无限的爱与训诫，字里行间让我们深刻感受到独特的中国式智慧与情感。

目录

上篇：古代名人经典家书

003 … 刘邦手敕太子书：勤奋读书，结交贤良

006 … 东方朔诫子书：进退有则，游刃有余

008 … 刘向诫子歆书：谦虚谨慎，勿生骄奢

010 … 马援诫兄子严、敦书：严以律己，勿论人长短

013 … 丁鸿与弟盛书：兄友弟恭，淡泊名利

015 … 司马徽诫子书：德薄而志壮，家贫而行高

016 … 诸葛亮诫子书：淡泊以明志，宁静以致远

018 … 曹衮令世子书：忠诚坚贞，恭敬孝顺

020 … 嵇康家诫：有志者事竟成

028 … 羊祜诫子书：忠实守信，笃厚诚敬

031 … 陶渊明家书：安贫乐道，兄弟同心

035 … 刘义隆诫江夏王义恭书：德行胜于聪明

040 … 鲍照登大雷岸与妹书：游子心绪，悲怆忧愁

044 … 王僧虔诫子书：前车之覆，后车之鉴

048 … 李世民诫吴王恪书：用"义"规范行为 用"礼"控制私欲

051 … 李义琰诫弟义琎书：没有良好的德行必有灾殃

052 ⋯ 骆宾王与亲情书：物是人非，有志无时

054 ⋯ 姚崇遗令诫子孙文：崇尚质朴，远离奢华

057 ⋯ 李白寄东鲁二稚子书：遥遥无归期，念此如油煎

059 ⋯ 颜真卿守政帖：守心守志，恪守原则

061 ⋯ 白居易狂言示诸侄书：知足常乐

063 ⋯ 李翱寄从弟正辞书：不汲汲于得失与名利

066 ⋯ 元稹诲侄等书：爱惜光阴，谨慎交际

070 ⋯ 范仲淹告诸亲书：谦虚诚恳，胸怀宽大

077 ⋯ 欧阳修家书：玉不琢不成器，人不学不知道

080 ⋯ 王安石家书：重视人品，思想开明

082 ⋯ 苏轼家书：文坛领袖，一门三杰

085 ⋯ 黄庭坚答洪驹父书：写文不可墨守成规

088 ⋯ 朱熹与长子受之书：坚持勤勉便有无限好事

091 ⋯ 文天祥狱中家书：自古忠孝难两全

094 ⋯ 沈炼给子襄书：无识之徒愿汝疏之远之

096 ⋯ 张居正示季子懋修书：要脚踏实地，不要好高骛远

099 ⋯ 任环寄子书：人生自有定数，天下平则大家平

101 ⋯ 李应升诫子书：勤俭守志，重节讲义

104 ⋯ 瞿式耜家书：名节之事不可商量

107 ⋯ 毛先舒与子侄书：珍惜时光，奋发图强

109 ⋯ 孙枝蔚示儿燕书：读书莫惜书

110 ⋯ 魏禧给子世侃书：亲君子，远小人

112 ⋯ 郑淑云示子朔书：穷亦未尝无益于人

113 ··· 顾若璞与弟书：刻苦自学，终有成就

115 ··· 郑日奎与弟侄书：取其神去其形

116 ··· 顾炎武与三侄书：耿耿孤忠，不为妥协

118 ··· 王夫之给子侄书：以立志为先，以高洁为荣

121 ··· 夏完淳狱中上母书：壮志未酬，亲孝未尽

124 ··· 蒲松龄的与诸侄书：写文要"避实就虚"

127 ··· 郑板桥家书：天下第一等人

131 ··· 彭端淑为学一首示子侄：坚持学习不懈怠

134 ··· 袁枚与弟香亭书：遵循天命，修养道德

138 ··· 纪晓岚寄内子：守四戒，遵四宜

140 ··· 姚鼐谕侄孙书：博采众长，融会贯通

141 ··· 章学诚家书：目标坚定，适当调整

143 ··· 林则徐与夫人书：族中子弟禁绝毒品

147 ··· 曾国藩家书：以烦琐为贵，为家族争光

154 ··· 左宗棠家书：随时随事，留心著要

156 ··· 胡林翼致枫弟、敏弟书：勤劳俭朴，自立自强

158 ··· 俞樾的与次女绣孙：以中年之不好，换晚年之大好

161 ··· 李鸿章家书：师夷长技以制夷

165 ··· 曾国荃与侄儿书：安居僻乡，远离祸患

167 ··· 张之洞诫子书：勤俭节约，努力上进

下篇：近现代名人经典家书

177… 詹天佑给女儿的信：鞠躬尽瘁，死而后已
180… 孙中山给侄子的信：勿扰乡邻，捍卫国土
182… 章太炎给妻子的信：铮铮铁骨，宁死不屈
187… 梁启超家书：言传身教，各自成材
194… 鲁迅家书：铮铮铁骨，不掩柔情
198… 蔡锷给妻子的信：为国献身，绝不后悔
200… 冯玉祥给儿子的信：真正自爱，力争上游
203… 谢觉哉给姜一的信：心事放宽，不要忧愁
205… 方声洞给父亲的信：苟利国家生死以，岂因祸福避趋之
208… 林觉民给妻子的信：字字血泪，感人肺腑
211… 陶行知家书：追求真理做真人
215… 胡适致族叔胡近仁的信：锐意进取，勇于创新
217… 梁漱溟家书：脚步稳妥，必有成就
219… 顾颉刚给女儿的信：全面发展，两条腿走路
223… 叶圣陶给儿子的信：淡然恬静，朴实无华
226… 邓中夏给狱中妻子的信：每天应常学习，不可偷懒
229… 车耀先给女儿的信：不骄不躁，谦虚立德
231… 向警予给侄女的信：参与实务，不要死读书
233… 吉鸿昌就义前给妻子的信：革命信念，生生不灭

235 ⋯ 徐悲鸿给儿女们的信：爱国爱家，坚定不移
237 ⋯ 王若飞给舅父的信：要认识世界，更要改造世界
239 ⋯ 冷少农给母亲的信：人民利益高于一切
244 ⋯ 丰子恺给孩子的信：保留纯真，保留欢喜心
248 ⋯ 老舍给家人的信：以血汗挣饭吃
250 ⋯ 闻一多给父母亲的信：结交有学问有道德的人
253 ⋯ 瞿秋白给妻子的信：历经风雨，不曾改变
255 ⋯ 柔石给哥哥的信：苦的东西，有时会变得甜起来
259 ⋯ 沈从文家书：赤胆忠心，情深意长
265 ⋯ 潘漠华给弟弟的信：母爱是最伟大的
269 ⋯ 赵一曼就义前给儿子的信：为国牺牲，在所不惜
271 ⋯ 冼星海给母亲的信：要把救亡歌曲当武器
275 ⋯ 赵树理给女儿的信：不要看不起劳动人民

上篇 / 古代名人经典家书

刘邦手敕太子书：勤奋读书，结交贤良

人物简介

刘邦（前256—前195年），字季，泗水郡沛县（今属江苏省）人。是汉朝的开国皇帝，即汉高祖。他年轻的时候担任过泗水亭长，陈胜、吴广于公元前209年发动起义时，他和萧何、曹参等人在沛县响应，自立为"沛公"。最初刘邦只是项梁部下的一个将领，后来因为第一个攻入秦朝都城咸阳，被封为汉王，不久后和项羽分裂，开始了波澜壮阔的楚汉战争。

公元前202年，刘邦消灭了项羽的势力后，完成了中国的统一并建立了汉朝，定都于长安，史称西汉。在内政上，刘邦借鉴秦朝的各种制度，建立了一个中央集权的专制政府；在经济上，重农抑商，努力恢复生产力；同时又扫平了韩信、彭越、英布等割据势力，为西汉王朝的稳定发展奠定了坚实的根基。

刘盈是刘邦的第二个儿子，汉朝的第二个皇帝，在位七年。

家书精选

吾遭乱世，当秦禁学①，自喜，谓读书无益。洎践阼②以来，时方省书，乃使人知作者之意。追思昔所行，多不是。

尧舜不以天子与子而与他人，此非为不惜天下，但子不中立③耳。人有好牛马尚惜，况天下耶。吾以尔是元子，早有立意，群臣咸称汝友四皓④，吾所不能致，而为汝来，为可任大事也。今定汝为嗣。

吾生不学书，但读书问字而遂知耳。以此故不大工，然亦足自辞解。今视汝书，犹不如吾。汝可勤学习，每上疏宜自书，勿使人也。汝见萧、曹、张、陈诸公侯，吾同时人，倍年于汝者，皆拜。并语于汝诸弟。吾得疾遂困，以如意母子⑤相累，其馀诸儿，皆自足立，哀此儿犹小也。

【注释】

①当秦禁学：指秦始皇焚书坑儒一事。

②践阼：指皇帝登基。

③不中立：德行和才能不足以被立为王。

④四皓：指秦末时期避乱隐居在商山的东园公、甪里先生、绮里季、夏黄公四人，这四人当时80岁有余，是当时闻名的有才之人，皓齿须眉，被称为"商山四皓"。

⑤如意母子：指刘邦宠姬戚夫人和儿子赵隐王如意。

【译文】

我年轻的时候处于兵荒马乱的年代，当时秦始皇命令禁止求学，我对他的这个命令很高兴，认为读书并没有什么用处。直到我登基之后，才明白了读书的重要性，这才让人给我讲读各种书籍，以了解著作者的用意是什么，反思之前的所作所为，很多做法都是错误的。

尧、舜没有将天子的职务传给自己的儿子，反而给了外人，并不是他们不珍惜天下，而是因为他们的儿子能力不足，守不住天下。人们有了好牛好马尚且希望能够留给自己的子孙，何况是天下呢？因为你是嫡子，我早就想要把皇位传给你；大臣们都说你的朋友商山四皓是贤才，之前我一直想要让他们出仕，却始终无法做到，而现在他们竟然愿意出山帮助你，足以证明你可以担当重任了。现在我已经决定了，马上就明确你继承人的地位。

我没有上过学，只是在读书认字的时候了解了一些，所以写的文章并不好，不过也足以清楚地表达自己的意思了。现在我看你的文章，竟然还不如我写的，以后你要努力学习，呈送给我的奏疏要亲自写，不要假手于人。

你见到萧何、曹参、张良、陈平这些人，还有和我同一个时代的公侯，那些比你岁数大一倍的人，都要主动给他们见礼下拜。这些话也要告诉你的弟弟们。

我自从生病之后，身体一天不如一天，心中的牵挂就是如意母子，其他的几个儿子都有自立的能力，可怜他还是一个小孩子呀。

【解读】

　　刘盈是刘邦的嫡子，他的母亲是刘邦的结发妻子吕雉。在刘邦登基后的第七年，也就是公元前 200 年，刘盈被封为太子。但是随着戚夫人的受宠，刘邦就起了改立赵王刘如意的念头。吕雉听说后非常着急，向开国大臣留侯张良问计，张良告诉他："商山里面隐居着四位大贤，被人们称为'商山四皓'，皇帝一直都在设法请他们出仕，但是始终都没有如愿。如果能够把他们请来辅佐太子，那么太子的地位就会稳如泰山。"于是吕雉就按照张良的指点，将商山四皓请来教导太子刘盈。后来，刘邦在饮宴的时候，看到刘盈身后站着四位白发苍苍的老者，就问刘盈他们是什么人。当得知他们就是商山四皓的时候，知道刘盈羽翼已成，打消了改立刘如意为太子的念头。

　　在刘邦病危的时候，他写下了这篇敕书交给刘盈，虽然篇幅不长，但是刘邦以一个帝王和父亲的双重身份，给了皇位的继承人和儿子谆谆教导，告诉他要努力学习、要懂得重用贤臣。同时，刘邦还为自己试图易储的行为做了解释，并要求刘盈在自己死后要善待刘如意。

　　值得注意的是，这篇敕书并不是命令式的官方语言，而是叙家常一样娓娓道来，刘邦从自己的亲身体会出发，告诉儿子怎样才能做一个好皇帝，整篇文章言简意赅，情深意重，在历代帝王的敕书中别具一格。

东方朔诫子书：进退有则，游刃有余

人物简介

东方朔（前154—前93年），西汉时期著名的文学家。字曼倩，平原郡厌次县（今山东省德州市陵城区）人。

汉武帝登基之后征召国内有才之人，东方朔上书自荐，于是汉武帝下诏拜他为"郎"，历任常侍郎、太中大夫等职。东方朔性格诙谐、滑稽多智、言词敏捷，即使在汉武帝的面前也能够谈笑风生，也曾向其进言当时政务上的得失，以及如何富国强兵，但是武帝一直认为他只是一个弄臣，不肯采纳他的建言，最终东方朔也没有留下名垂青史的丰功伟业，即便是司马迁也只是将他的事迹归入到《滑稽列传》中。

东方朔一直没有得到重用，最高的官职也不过是一个俸禄一千石的太中大夫，即便如此，由于他是汉武帝的近臣，朝夕相处之下，也对汉武帝的决策和行为有着一定的影响。东方朔的一生著作非常丰富，比较出名的有《答客难》和《非有先生论》，甚至还有人用他的名义发表文章。到了明朝后期，著名士人张溥将东方朔的作品汇集在一起，名为《东方太中集》。

家书精选

明者处事，莫尚于中，优哉游哉，与道相从。首阳①为拙，柳惠②为工。饱食安步，以仕代农③。依隐玩世，诡时不逢。是故才尽者身危，好名者得华；有群者累生，孤贵者失和；遗余者不匮，自尽者无多。圣人之道，一龙一蛇，形见神藏，与物变化，随时之宜，无有常家。

【注释】

①首阳：指陕西秦岭北坡的一个高峰。因伯夷与叔齐在此隐居而闻名。

②柳惠：即柳下惠，春秋时期鲁国柳下邑人。"惠"是他的谥号。

③以仕代农：用仕途官宦代替农耕生活。

【译文】

在有智慧的人看来，做事情的原则没有比合乎中道更好的了，按照这个原则行事，就能够自在从容、面面俱到，也契合了大道的要求。避世于首阳山中的伯夷和叔齐，他们的做法虽然难能可贵，但是有些固执了，在处世上就显得笨拙；鲁国的柳下惠不管外部环境如何，都能够不改本心正直敬事，这才是最高明的做法。吃饱喝足，举止从容，用出仕代替隐居耕作，像隐士一样修身养性恬淡谦让，即使不合乎世事，也不会惹来灾祸。正是这个原因，才会有这些现象发生：锋芒毕露，危难就随之而来；爱好名声，就会被名声所累；追随的人越多，身上的牵挂也就越多；崖岸高峻自命清高，就会失去大家的支持；做事留有余地，就不会走到山穷水尽的地步；遇事穷究到底，前程就不会远大。圣人处世的原则，不管是出仕还是归隐，采取行动还是不采取行动，不管是光华四射令人高山仰止，还是蛰伏待机让人莫测高深，都是按照当时的形势做出的最恰当的决定，没有一成不变的道理。

【解读】

在世人看来，那些不入俗世、避居深山的贤者才是隐士，而东方朔在这篇《诫子书》中却宣称自己是避世在朝廷，为什么呢？当我们通读这篇文章之后就会明白，东方朔的意思是用隐士的观念来做官。他认为为人处世要恰到好处，要懂得因时而变、因势而变的道理，要做到进退有则、游刃有余。朝堂之上云谲波诡，既要坚持原则不能改变，也要懂得变通；既不能滥交朋友，也不能目无余子；做事不能锋芒毕露不留余地，要懂得韬光养晦不慕虚名。

文中的"首阳"指的是隐居在首阳山中的伯夷和叔齐。这两个人在商朝灭亡后，因为对周武王的做法不满，所以发誓"不食周粟"，最终在首阳山中饿死。但是他们的行为除了表现出高尚的气节，对当时的政治环境而言没有任何作用，所以东方朔对他们的做法是不认同的。反观以"坐怀不乱"而出名的柳下惠就不同了，不管是什么样的情况，柳下惠都没有离开自己的家乡鲁国去其他国家做官；即便国君行为不堪，他也不为自己侍奉这样的国君而觉得羞耻；即便官职再小，他也不会辞官，而是兢兢业业地做好自己的本职工作；即使是和贩夫走卒为伍，他也不认为有辱于自己的贵族身份。纵观柳下惠的一生，他在做到保全自己生命的同时，还保持住了自己高洁的品格，所以东方朔认为他的做法高明，并把他作为效仿的榜样。

东方朔的儿子叫什么名字，史籍上没有记载，但是从现有的资料我们可以知道，他在东方朔的推荐下做了郎官，后来又被升为谒者（类似于现在的外交官），经常在汉武帝的命令下出使各国。从这点来看，东方朔的儿子显然遵从了他的教诲，成为一个隐于朝廷，而不是隐于山林的隐士。

东方朔后来被称为"宦隐"的始祖，他的这个观点也被后人发展为"小隐隐于野，中隐隐于市，大隐隐于朝"。

刘向诫子歆书：谦虚谨慎，勿生骄奢

人物简介

刘向（前77—前6年）是汉高祖刘邦的弟弟刘交（封号为楚元王）的第四代孙，原名更生，字子政，西汉时期著名的经学家、目录学家、文学家。刘向在汉宣帝时曾担任过谏大夫，汉元帝时为中垒校尉，后来因为权臣把持了朝政，他闲居长达十几年之久。汉成帝登基后，他将自己的名字改为"刘向"，担任光禄大夫一职，负责校阅经、传、诸子诗赋等典籍，并撰成《别录》一书。这部书是中国最早的分类目录，一共三篇，不过现在大多已经亡佚。刘向的代表作品有《新序》《说苑》《列女传》《战国策》《列仙传》等。

刘歆是刘向的小儿子，也是西汉著名的文学家，和刘向一起修订了《山海经》这部巨著。他在校勘学、天文历法学、数学、史学、诗歌等方面都有极深的造诣，曾将圆周率推算到了3.15471，相比之前的"周三径一"来说是一个巨大的进步。

家书精选

告歆无忽①：若未有异德②，蒙恩甚厚，将何以报？董生③有云："吊者在门，贺者在闾。"言有忧则恐惧敬事，敬事则必有善功而福至也。又曰："贺者在门，吊者在闾。"言受福则骄奢，骄奢则祸至，故吊随而来。齐顷公之始，藉霸者之余威，轻侮诸侯，亏跂謇之容，故被鞌之祸，遁服而亡④，所谓"贺者在门，吊者在闾"也。兵败师破，人皆吊之，恐惧自新，百姓爱之，诸侯皆归其所夺邑，所谓"吊者在门，贺者在闾"也。今若年少，得黄门侍郎，要显处也。新拜皆谢，贵人叩头，谨战战栗栗，乃可必免。

【注释】

①忽：轻忽。

②未有异德：没有什么特别出众的德行。

③董生：董仲舒。

④遁服而亡：换衣逃亡。

【译文】

告诫刘歆，一定不要轻忽我所说的话：你并没有什么特别突出的才能，却受到皇帝如此厚重的恩德，该用什么来报答呢？董仲舒说过一句话，叫"吊丧慰问的人还在家里，祝贺的人就已经来到外面的巷子里了"。说的就是人有了忧患，做事情的时候会因为恐惧而加倍用心；用心了就必然会获得好的结果，那么福报也就随之而来了。他还说"祝贺的人还在家里，慰问的人就已经来到外面的巷子里了"，说的就是人有了福报，就容易骄傲自满、穷奢极欲；一旦骄傲自满，就会有祸患发生，所以吊唁的人也就随之而来了。历史上齐顷公刚继位的时候，借着他祖父齐桓公称霸的余威，轻慢侮辱各国的诸侯，晋国的使者郤克因为其貌不扬而遭到他的嘲笑，这才有了后来鞌之战的惨败，他本人换上臣子的衣服才得以幸免，这就是"祝贺的人还在家里，慰问的人就已经来到外面的巷子里了"。在鞌之战中，齐国因为兵败而遭到了很大的损失，人们都来安慰齐顷公，他也因为兵败的恐惧而改过自新，于是又得到了人民的爱戴，后来晋国也将以前从齐国抢走的城邑还给了他，这就是"慰问的人还在家里，祝贺的人就已经来到外面的巷子里了"。现在你年纪轻轻，就得到了黄门侍郎这样显耀的官职，任职的文书一下就会贺者盈门，有身份、有地位的人也都来向你磕头祝贺，就应该更加小心谨慎，这样才能避免招来灾祸。

【解读】

刘向一共有三个儿子，都很聪明好学，尤其三儿子刘歆更是其中的佼佼者。在刘向的影响下，刘歆从小就博览群书。年青时即受成帝召见，被任为黄门郎。刘向担心刘歆少年得志，不识深浅，忘乎所以，及时写了《诫子歆书》，引董仲舒的名言来说明福因祸生，祸藏于福，相互转化的道理，并列举春秋时齐国的事例加以具体说明。告诫儿子要牢记古训，在得志时不骄傲，保持清醒的头脑，小心认真地从事本职工作，以求免除祸患。

这封家书是刘向于刘歆初登仕途，出任黄门郎时写的。"受福则骄奢，骄奢则祸至"，这个警告可以说来得非常及时。刘向还列举了春秋时代齐顷公的典故，说明"吊者在门，贺者在闾"、"贺者在门，吊者在闾"的道理。告诫刘歆在"新拜皆谢，贵人叩头"之时，一定要谦虚谨慎、战战兢兢、如履薄冰，只有这样才能免除祸患。

马援诫兄子严、敦书：严以律己，勿论人长短

人物简介

马援（前14—49年），字文渊，扶风郡茂陵县（今陕西兴平）人，东汉初期著名军事家，也是辅佐刘秀开创东汉王朝的功臣之一。东汉建国之后，虽然马援已经五十多岁了，仍然主动请缨四处征战，西破陇羌、北击乌桓、南征交趾，最终被封为新息侯，官至伏波将军，所以后世都称他为"马伏波"。建武二十五年（49年），在征讨五溪蛮（也叫武陵蛮，东汉时居

住在湘、鄂、渝、黔交界地区的少数民族）时，军中发生疫病，马援也不幸染病去世，然而他老当益壮、马革裹尸的英勇气概，一直都受到后世的景仰。

马援死后受到了梁松的诬陷，被光武帝刘秀革去了新息侯的爵位，一直到建初二年（78年），汉章帝（刘秀的孙子，东汉王朝的第三任皇帝）才为他平反，并追赠谥号"忠成"。马援进入朝廷并不是靠某个大人物的推荐，他的升迁之路也都是靠他自己忠心体国浴血奋战，也从来不结党营私，称得上是一代良将。

马严、马敦为马援兄长之子，马援听说二人在军中喜欢论人长短、谈论是非，便深感不安，写下了本文进行劝诫，并以龙伯高与杜季良二人为例，希望二人能够学习前者，做一个严谨忠厚之人。

家书精选

吾欲汝曹①闻人过失，如闻父母之名，耳可得闻，口不可得言也。好议论人长短，妄是非正法，此吾所大恶也，宁死不愿闻子孙有此行也。汝曹知吾恶之甚矣，所以复言者，施衿结褵，申父母之戒，欲使汝曹不忘之耳。

龙伯高敦厚周慎，口无择言②，谦约节俭，廉公有威。吾爱之重之，愿汝曹效之。杜季良豪侠好义，忧人之忧，乐人之乐，清浊无所失。父丧致客，数郡毕至，吾爱之重之，不愿汝曹效也。效伯高不得，犹为谨敕之士，所谓刻鹄③不成尚类鹜④者也。效季良不得，陷为天下轻薄子，所谓画虎不成反类狗者也。讫今季良尚未可知，郡将下车⑤辄切齿，州郡以为言⑥，吾常为寒心，是以不愿子孙效也。

【注释】

①汝曹：你们，你等。

②口无择言："择"是败坏之义。说出来的话都是善意的，没有败坏他人的。

③鹄：天鹅。

④鹜：野鸭。

⑤下车：指新任官员初到任时。

⑥以为言：以此为话柄。让人落了口实。

【译文】

　　我希望你们听到别人的过失的时候，就像是听到自己父母的名字那样，耳朵可以听，但是不能从自己嘴里发出议论。喜好议论他人的长处和短处、妄自褒贬朝廷的制度，这些都是我所深恶痛绝的，我宁愿死，也不愿意听到我的后辈有这样的行为。你们也知道我非常讨厌这些做法，我之所以再次强调，就是像女儿在出嫁之前，父母会对她一再告诫那样，想要让你们铭记于心。

　　龙伯高这个人性情敦厚，做事周全谨慎，所说的话没有可以让人指责的；为人谦虚崇尚节俭，为官清廉威严卓著，我一向都爱重他，希望你们能够将他作为榜样。而杜季良这个人为人豪爽义气，将别人的麻烦当做自己的麻烦、别人的欢乐当做自己的欢乐，不管是好人还是坏人都愿意和他结交，所以他父亲去世的时候，附近几个郡的名人都去吊唁。我也很爱重他，但是却不希望你们将他作为榜样。学龙伯高没有学好，还能做一个谨慎自律的人，就像没有雕刻成天鹅，还能像一只野鸭；要是学杜季良没有学好，就会成为一个纨绔子弟，也就是所谓的"画虎不成反类犬"了。到现在杜季良还不知道，郡中的将领一到任就恨他恨得咬牙切齿，百姓们也都以此为话柄。我平常都对他的行为感到寒心，所以不愿意你们去学习他。

【解读】

　　马援的二哥叫马余，生有马严、马敦两个儿子。在马严七岁时，马余在扬州牧的任上去世，第二年他的母亲也死了，两个孩子成了孤儿，寄养在亲戚家里。建武四年（28年）时，马援将马严兄弟带回洛阳，将他们当成自己的儿子一样抚养并严加管教。

　　马严、马敦二人平常喜欢评论朝廷的政策、议论他人的是非、结交任侠之人，当时在交趾前线的马援对此很是担心，于是就给他们写了这封情真意切的告诫信。马援在信中不仅强调自己对议论时政、说人是非的深切痛恨的态度，还以当时的著名人物为例，说明学习好人，即使学的不成功，也能够让自己有所进步；要是学习那些任侠之人，一旦学不到精髓，反而会让自己丧失了本性。信中的语言朴实无华，感情真挚，那种长辈对后人的期望和教诲一览无余，也让这封家书成为后世传诵的名篇。

丁鸿与弟盛书：兄友弟恭，淡泊名利

人物简介

丁鸿（？—94年），字孝公，颍川定陵（今河南郾城西北）人，东汉时期著名的大儒、政治家。历任校书、少府、太常、司徒等职，汉和帝时期担任太尉兼卫尉。

丁鸿的父亲是河南太守丁綝，他在13岁的时候拜师桓荣学习《欧阳尚书》，赞同"天人感应"的论点。丁綝去世后，丁鸿袭封了他父亲"阳陵侯"的爵位，在封地开办学堂教书育人，得到了汉明帝的赏识，召入朝中拜为侍中兼射声校尉，不久又改封为鲁阳乡侯。建初四年（79年），汉章帝刘炟诏令当时的大儒在北宫的白虎观讨论《五经》时（史称"白虎观会议"），丁鸿以才学最高、论述最精被誉为"殿中无双丁孝公"。

家书精选

鸿贪经书，不顾恩义，弱①而随师，生不供养，死不殡琀②，皇天先祖，并不祐助，身被大病，不任茅土③。前上疾状，愿辞爵仲公，章寝不报，迫且当袭封。谨自放弃，逐求良医。如遂不瘳，永归沟壑④。

【注释】

①弱：少年时。

②殡琀：殡葬时口中所含的珠玉。

③茅土：指王、侯的封爵。

④永归沟壑：永辞人世。

【译文】

我喜欢研读经书，不顾父母生养恩义，在少年的时候就跟随我的老师学习，父亲活着的时候我没有奉养过他，在他去世后也不能尽孝道，像我这样的人是不会得到皇天先祖的保佑的。现在我得了大病，不能承袭父亲留下的爵位，之前我已经向皇帝上表说明了我的病情，愿意将爵位让给你，但是一直没有等来批复。现在已经到了承袭爵位的时间了，我郑重地自愿放弃承袭爵位的资格，到外地去访求名医治病，如果无法治愈，就死在外面算了。

【解读】

丁鸿在十三岁的时候，拜入著名的大儒桓荣的门下学习《欧阳尚书》，仅仅用了三年的时间，就掌握了要点，为了深入研究其中的精义，他换上布衣、亲自挑着行李到千里之外求学。丁鸿的父亲丁綝早年跟随刘秀四处征战，很少留在家里，而且经济条件也不好，只有丁鸿照顾年幼的弟弟丁盛，所以两兄弟的感情很好。

丁綝去世后，原本应该是作为长子的丁鸿继承爵位，可是丁鸿心疼弟弟，主动向皇帝上表，表示要将爵位让给丁盛继承。丁鸿的这种做法是不符合封建礼教的，所以不会获得批准，然而他在没有得到批复的情况下，将孝服挂在父亲的坟墓上偷偷地跑了，同时给丁盛留下了这封信。

丁鸿在出走的时候遇到了九江人鲍俊，鲍俊在得知这件事后责备他说："孤竹国的伯夷、吴国的季札因为处在乱世，所以才能够做到让国；《春秋》的大义是不能因为家事而耽误国事，现在你因为兄弟之间的私人感情，而毁掉了父亲建立的基业，做出这种行为的人能算是聪明人吗？"丁鸿听后很是感动，流泪叹息一番后就回去继承了爵位。

纵观古今中外，因为争家产而骨肉相残的事件屡见不鲜，但是像丁鸿这样视爵位如无物、甘愿让给弟弟的人却寥若晨星，更显得他高洁的品格难能可贵了。

司马徽诫子书：德薄而志壮，家贫而行高

人物简介

司马徽（？—208 年），字德操，东汉末年名士，颍川阳翟（今河南禹州）人。他为人清雅，学识广博，精通道学、奇门、兵法、经学。建安年间，司马徽客居荆州襄阳（今湖北襄阳地区），和当地的名士庞德公以及客居于此的徐庶、韩嵩、石韬、孟建、崔州平等人都有着密切的关系。司马徽在看人方面很有一套，被庞德公称为"水镜"，所以他也被称为"水镜先生"。

司马徽在经学方面有着很深的造诣，和荆州的大儒宋忠齐名，南阳人刘廙（yì）和襄阳人向朗都曾经跟随他学习；宜州的尹默和李仁因为当地流行的是今文经学，也不远千里到荆州向司马徽和宋忠学习古文经学。在陈寿所著的《三国志》中，称司马徽"清雅有知人鉴"，他所看重的诸葛亮、庞统等人确实都是一时的人杰。

家书精选

闻汝充役①，室如悬磬②，何以自辨？论德则吾薄，说居则吾贫，勿以薄而志不壮，贫而行不高也！

【注释】

①充役：为国服役，做官。

②悬磬：非常贫穷。

【译文】

我听说你已经做官了，但是仍然家徒四壁，你是怎么看待这种情况呢？论德行，我们的德行是很浅薄的；论经济条件，我们的经济条件是很贫穷的。但是我们不能因为德行浅薄就没有远大的志向，不能因为家境贫寒就丧失了高尚的品行。

【解读】

司马徽的儿子叫什么，史书上并没有明确的记载，能力和德行如何我们也无从得知，但是从这封家书中我们可以知道，他应该走上了仕途，而且为官清廉，不然司马徽也不会用"室如悬罄"来形容他的经济条件。由此我们可以得到这样一个判断，那就是司马徽的儿子应该也是品行高尚之人，而这一切都和司马徽的教育分不开。

文中司马徽说"德行浅薄"是自谦的话，他是在要求儿子不能自满，要不停地去提高自己的德行；家境贫寒也没有什么好埋怨的，逆境中取得进步，更能表现出超凡脱俗的个人魅力，也更能激发出人们积极向上的勇气和志气，所以我们要正确地看待逆境，多注重逆境对人生的发展所起到的磨炼作用。

这封家书篇幅不长，言简意赅，通篇充盈着浩然正气，是历代家书中难得的精品。

诸葛亮诫子书：淡泊以明志，宁静以致远

人物简介

诸葛亮（181—234年），字孔明、号卧龙，徐州琅琊阳都（现代山东省临沂市沂南县）人，三国时期著名的政治家、军事家。诸葛亮三岁丧母、八岁丧父，和他的弟弟诸葛均跟随叔叔诸葛玄生活，后来到了荆州，诸葛玄死后二人隐居在隆中。

建安十三年（208年），刘备三顾茅庐请出了诸葛亮，开始实行联孙抗曹的战略，同年在赤壁一战大败曹军，奠定了三国鼎立的基础。随后又帮助刘备占据了荆州、益州以及汉中地区。221年，刘备在成都建立了蜀汉政权后，任命诸葛亮为丞相主持朝政；后主刘禅继位后封诸葛亮为"武乡侯"。诸葛亮性格谨慎，事无大小必定亲自处理，对外和东吴结盟以对抗北

方的强魏，对内采取屯田，平定和改善与西南各少数民族的关系。诸葛亮一生中六出祁山、九伐中原，可惜都因为后勤跟不上而徒劳无功。234年，诸葛亮病死在五丈原的军中，年仅54岁，后来刘禅追封他为"忠武侯"，后世也称他为"武侯"。诸葛亮以"鞠躬尽瘁、死而后已"为宗旨，是我国传统文化中忠臣和智者的代表人物。

家书精选

夫君子之行，静以修身，俭以养德。非澹泊无以明志，非宁静无以致远①。夫学须静也，才须学也；非学无以广才，非志无以成学。淫慢②则不能励精，险躁则不能冶性。年与时驰，意与岁去，遂成枯落，多不接世③；悲守穷庐，将复何及？

【注释】

①致远：成就伟大的目标

②淫慢：怠慢、放纵。

③接世：接触世事。

【译文】

君子的行为要遵循这样的原则：以宁静专一提高自己的修养，以俭省朴素培养自己的德行；做不到恬淡寡欲，就无法拥有高尚的志向，不能够心志宁静，就无法走得深远。想要为学，就必须做到宁静专一；即使才华过人，也必须努力学习。不刻苦地学习，就无法获得渊博的知识；志向不坚定，就无法坚持完成学业。放纵自己没有节制，就无法奋勉精进；急于求成投机取巧，就无法培养美好的德行。年华会随着时光的消逝而离去，意志也会随着时间的推移而丧失，最终一事无成，大多数人都无法融入社会，最后只好守着穷家独自悲伤，到了那个时候就是后悔也来不及了！

【解读】

诸葛亮的儿子叫诸葛瞻，字思远，生于227年，后来为蜀国战死。诸葛瞻出生的时候诸葛亮已经46岁了，诸葛瞻小时候很聪明，诸葛亮在给诸葛瑾（诸葛亮的哥哥，在东吴为官）的信中说他"十分聪明可爱，但是怕他过于早熟，将来难成大器"。

建兴十二年（234年），诸葛亮最后一次北伐，在五丈原的军中病倒，他感觉到自己大限已至，就给儿子诸葛瞻写了这封家书，告诫儿子要"淡泊以明志，宁静以致远"。这封家书虽然只有寥寥的几十个字，但是名句迭出，像"静以修身，俭以养德""淡泊以明志，宁静以致远"等都是流传后世脍炙人口的佳句。诸葛亮在信中不仅教导儿子要明白立志的重要性，还告诉他如何去立志，告诫他一个没有志向或者立志不坚的人是不可能取得大成就的。

诸葛亮在《诫子书》中的观点经过了几千年的验证，而且也被历史上的诸多人物所认同，其正确性是毋庸置疑的。即使用现代的观点来分析，它对年轻人坚定志向、努力学习、建功立业等方面也有着不可忽视的参考价值。

曹衮令世子书：忠诚坚贞，恭敬孝顺

人物简介

曹衮，三国时期魏武帝曹操的第十一个儿子，魏文帝曹丕同父异母的弟弟，母亲是杜夫人。曹衮最初的封号是平乡侯，后来一步步被封为东乡侯、北海王、赞王、濮阳王、中山王等，去世后的谥号为恭王，其子曹孚袭爵。曹衮一生热爱学习，崇尚节俭。

家书精选

汝幼少未闻义，方早为人君，但知乐而不知苦。不知苦。必将以骄奢为失也。接大臣务以礼，虽非大臣，老者，犹宜答拜。事兄以敬，恤弟以慈。兄弟有不良之行，当造膝谏之；谏之不从，流涕喻之；喻之不改，乃白其母。若犹不改，当以奏闻，并辞国土。与其守宠罹祸，不若贫贱全身也。此亦谓大罪恶耳。其微过细故当掩覆之。

【译文】

你年龄小，还不知道应该按照什么样的原则去做事，就过早地继承了王位。只知道什么是享乐，而不知道什么是苦难；没有经历过苦难，将来必然会犯下骄傲奢侈的错误。接见大臣的时候，一定要遵循应有的礼节，就算不是大臣，对那些老年人也应该以礼相待。侍奉兄长要恭敬，抚养弟弟要慈爱。兄弟们有了不好的行为，应该郑重其事地劝谏他们；如果他们不听从劝谏，就流着眼泪给他们讲道理；说明白了道理还不改，就去告诉他们的母亲；如果还不改，那就向天子禀明，同时辞去爵位。与其因为受到宠爱而惹来祸患，还不如以贫贱的生活保全家人的性命。这种做法适用于那些大的罪恶，要是犯了小错，就应该为他们遮掩。

【解读】

文中的世子指的是曹孚。曹孚生卒年不详，但是从文中的用词判断，曹衮病重的时候应该年龄不大。"沛王"指的是曹衮的同母哥哥曹林。太妃指的是曹衮的母亲杜夫人。

青龙三年（235年）的秋天，曹衮患了重病，魏明帝曹叡派太医去为他看病，还让太妃杜夫人、沛王曹林一起去探视病情。曹衮知道自己的身体已经熬不过去了，就给世子曹孚写了这封家书，要求曹孚尊老爱幼，正确处理和各位兄弟的关系。曹衮的这封家书没有华丽的辞藻，完全是一个父亲在临终前给儿子的叮嘱和期望，给后代留下重要的启发。

嵇康家诫：有志者事竟成

人物简介

嵇康（224—263年），字叔夜，谯国铚县（今安徽省濉溪县）人，曹魏时期著名的思想家、音乐家、文学家。嵇康是"竹林七贤"之首，小时候就表现的特别聪明，长大后博览群书，在很多方面都有着极高的造诣。他曾任中散大夫，所以后世多称他为"嵇中散"，因为得罪了钟会被司马昭杀死，当时仅仅四十岁。

嵇康提倡"玄学"，也是"竹林七贤"的精神领袖，擅长创作诗歌、散文，有《嵇康集》遗存于世。嵇康的作品大多反映了当时的思想，这些作品和他的行为以及遭遇都对当时的人们产生了极大的影响，在很大程度上改变了当时的社会风气和价值观，也对后世的文学界和思想界产生了深远的影响。

家书精选

人无志，非人也。但君子用心，有所准行，自当量其善者，必拟议而后动。若志之所之，则口与心誓，守死无二，耻躬不逮，期于必济。若心疲体懈，或牵于外物，或累于内欲，不堪近患，不忍小情，则议于去就。议于去就，则二心交争。二心交争，则向所见役之情①胜矣！或有中道而废，或有不成一篑而败之，以之守则不固，以之攻则怯弱；与之誓则多违，与之谋则善泄；临乐则肆情，处逸则极意。故虽繁华熠耀，无结秀之勋；终年之勤，无一旦之功。斯君子所以叹息也。若夫申胥之长吟，夷齐之全洁，展季②之执信，苏武之守节，可谓固矣！故以无心守之，安而体之，若自然也，乃是守志之盛者也。

所居长吏，但宜敬之而已矣。不当极亲密，不宜数往，往当有时。其有众人③,又不当独在后,又不当宿留。所以然者,长吏喜问外事,或时发举则怨;或者谓人所说,无以自免也;若行寡言,慎备自守,则怨责之路解矣。

其立身当清远。若有烦辱,欲人之尽命,托人之请求,当谦言辞谢:其素不豫此辈事,当相亮耳。若有怨急,心所不忍,可外违拒,密为济之。所以然者,上远宜适之几,中绝常人淫辈④之求,下全束修无玷之称;此又秉志之一隅也。

凡行事,先自审其可。不差于宜。宜行此事,而人欲易之,当说宜易之理。若使彼语殊佳者,勿羞折遂非也。若其理不足,而更以情求来守,人虽复云云,当坚执所守,此又秉志之一隅也。

不须行小小束修之意气,若见穷乏而有可以赈济者,便见义而作。若人从我,欲有所求,先自思省,若有所损废,多于今日,所济之义少,则当权其轻重而拒之。虽复守辱不已,犹当绝之。然大率人之告求,皆彼无我有,故来求我,此为与之多也。自不如此而为轻竭,不忍面言,强副⑤小情,未为有志也。

夫言语,君子之机,机动物应,则是非之形著矣,故不可不慎。若于意不善了,而本意欲言,则当惧有不了之失,且权忍之。后视向不言此事,无他不可,则向言或有不可。然则能不言,全得其可矣。且俗人传吉迟、传凶疾,又好议人之过阙⑥,此常人之议也。坐中所言,自非高议,但是动静消息,小小异同,但当高视,不足和答也。非义不言,详静敬道,岂非寡悔之谓?人有相与变争,未知得失所在,慎勿豫也。且默以观之,其是非行自可见。或有小是不足是,小非不是非,至竟可不言,以待之。就有人问者,犹当辞以不解,近论议亦然。若会酒坐,见人争语,其形势似欲转盛,便当亟舍去之,此将斗之兆也。坐视必见曲直,党不能不有言,有言必是在一人;其不是者方自谓为直,则谓"曲我者有私于彼",便怨恶之情生矣!或便获悖辱之言,正坐视之,大见是非而争不了,则仁而无武,于义无可,当远之也。然大都争讼者,小人耳,正复有是非,共济汗漫,虽胜,可足称哉?就不得远,取醉为佳。

若意中偶有所讳，而彼必欲知者，共守大不已，或却以鄙情⁷，不可惮此小辈，而为所挽。以尽其言，今正坚语不知不识，方为有志耳。

自非知旧、邻比，庶几已下，欲请呼者，当辞以他故，勿往也。外荣华则少欲，自非至急，终无求欲，上美也。不须作小小卑恭，当大谦裕；不须作小小廉耻，当全大让。若临朝让官，临义让生，若孔文举求代兄死，此忠臣烈士之节。

凡人自有公私，慎勿强知人知⁸。彼知我知之，则有忌于我。今知而不言，则便是不知矣。若见窃语私议，便舍起，勿使忌人也。或时逼迫，强与我共说，若其言邪险，则当正色以道义正之。何者？君子不容伪薄之言故也。一旦事败，便言某甲昔知吾事，是以宜备之深也。凡人私语，无所不有，宜预以为意，见之而走者，何哉？或偶知其私事，与同则可，不同则彼恐事泄，思害人以灭迹也。非意所钦者，而来戏调，蚩笑人之阙者，但莫应从。小共转至于不共，而勿大冰矜，趋以不言答之。势不得久，行自止也。自非所监临，相与无他，宜适有壶榼之意，束修之好，此人道所通，不须逆也。过此以往，自非通穆，匹帛之馈，车服之赠，当深绝之。何者？常人皆薄义而重利，今以自竭者，必有为而作。鬻货徼欢，施而求报，其俗人之所甘愿，而君子之所大恶也。又愦不须离搂⁹，强劝人酒，不饮自已；若人来劝己，辄当为持之，勿请勿逆也；见醉薰薰便止，慎不当至困醉，不能自裁也。

【注释】

①见役之情：被控制的欲望和情感。

②展季：柳下惠。

③其有众人：许多人一同去拜见长官。

④常人淫辈：平时做事行为过分的人。

⑤强副：勉强符合。

⑥阙：通"缺"，指过失。

⑦却以鄙情：以人之常情推却。

⑧强知人知：强迫要知道别人的事情。

⑨又愦不须离搂：愦，混乱，这里指醉酒的情况。指看到人醉酒就不要再纠缠。

【译文】

　　人要是没有志向，就不能列入人类的范畴。要是君子用了心，按照心中所想去做事，定会先考虑清楚这件事会带来什么样的结果，计议妥当之后才去行动。要是这件事就是自己的志向，那么不管是嘴上还是心中，都会发誓至死不渝，羞愧于自己不能取得成功，希望能够有一个完美的结果。像那些内心产生懈怠、三天打鱼两天晒网的人，要么是被外物所诱惑，要么是被自己的私欲所牵累，不能忍受眼前暂时的困难，无法战胜细小的情绪波动，会纠结是否要继续做下去。有了这种想法，内心就会产生坚持和放弃两种思想的斗争；有了思想上的斗争，之前那些负面的情绪就会占上风，有半途而废的，也有功亏一篑的。和这样的人一起防守，就无法严密防守；和这样的人一起进攻，进攻就会因为他们的怯懦而失败；和这样的人盟誓，他们会违背誓言；和这样的人一起制订计划，他们会泄密；面临声色，他们会放纵自己的欲望；环境安逸，他们会消磨自己的意志。所以这样的人做事看起来虽然轰轰烈烈，但是不会取得一丁点的成就；整年都好像在忙忙碌碌地工作，却还没有别人一天取得的成绩多。这就是君子为什么会发出感叹的原因。至于申包胥到秦国去哭求援兵、伯夷叔齐在首阳山以死保全自己高洁的品节、柳下惠在鲁国坚持自己的信义、苏武在北海坚守臣子的忠诚，他们的意志可以称得上是牢固了！所以不刻意去坚守，安之若素顺其自然，才是最值得称道的坚守志向。

　　和职务比自己高的人在一起，只要尊重他们就可以了，不应该保持过于亲密的私人关系，也不要频繁地去拜访，即使去拜访也要挑选合适的机会。如果是一群人去拜访，不要留到最后才走，也不要留宿。之所以要这样做，是因为长官都喜欢问一些工作之外的问题，有时候某些人的秘密暴露出来，就会让他怀疑是自己揭发的而引起怨恨，却无法证明不是自己做的。如果采取少语寡言的做法，谨慎地做好自我保护，就从根本上解决了招来怨恨责备的途径。

为人处世应该清明高远。别人有了麻烦，希望得到自己全力的帮助，如果是请托方面的事情，应该客气地拒绝他们的请求，那些不经常做这种事情的人，必然会谅解你的做法。如果真的是急事，心中有所不忍，可以当时拒绝，然后私下里帮他办好。之所以要这样做，既可以不给那些找借口拉拢你的人机会，又可以断绝那些无耻之徒的不合理要求，还可以不耽误你的正常工作。这也是一种坚持志向的方式。

在做事之前，先自己考虑清楚是不是可以去做，认为没有差错，那就应该去做。如果有人想要让你改变已有的计划，那就应该说出应该改变的理由。如果他的计划更好，也不要因为自己的计划不好而羞愧，更不必怀疑自己的能力；如果他的理由不充足，还利用你们的情分来要求你改变计划，那么不管他说得多么天花乱坠，也要坚持住你的本心不动摇。这也是一种坚持志向的方式。

不要为了微不足道的金钱而意气用事，如果见到了那些贫苦困乏的人，在他们需要帮助的时候，要及时地按照道义伸出援助之手。如果有人跟随我们的目的，就是为了从我们这里得到什么，那么在给予之前就要考虑清楚了，如果付出的多却对他帮助不大，就应该权衡轻重毫不犹豫地拒绝他，哪怕他再三纠缠，也要坚决拒绝。然而大凡别人求到我们这里，往往是因为我们有某种东西而他没有，所以才来求，这种情况下大部分都是应该答应的。如果不这样做，轻易为别人竭尽所有，不忍心当面拒绝，勉强自己去答应那些交情没有那么深厚的人的要求，就算不上是有志气的人。

言谈话语是君子需要特别注意的地方。话一出口，就会产生相应的反应，然后各种是非就会显露出来，所以说话的时候不能不慎重。如果自己的用意容易让人产生误会，就算是本来想要说，也要担心对方会产生误会，可暂且忍住不说。等事后回想，没有说这番话也没有产生不好的后果，那么当时要是说了就有可能会产生不好的后果，然而能够不说出来，就是已经取得最好的效果了。况且世俗之人都是好事传得慢、坏事传得快，喜欢议论他人的过失，这都是普通人会做的事。几个人聚集在一起，讨论的也不是什么高深的话题，只不过是社会上的一些事件，那些不足称道的不同看法，只需瞩目表示重视就可以了，没有必要去应和。不符合道义的话不说，细心谨慎地坚守自己敬仰的大道，难道不是减少后悔的最好做法吗？遇到有人相互辩论，却不知道哪一方是对的、哪一方是错的，一定不要轻易地参与进去，暂且在一旁冷眼旁观，自然也就能分出是非曲直了。或许他们的言论有一些正确的地方，但是也不足以去赞同；有些地方会有小小的谬误，也不值得去驳斥，完全可以用沉默去处理。就算有人问自己的看法，也要用"不懂""不知道"来推辞。碰到有人在争论的时候也要这样做。如果在酒席上遇到有人争论，而且有愈演愈烈的态势，就要毫不留恋地起身离开，这就是将要产生争斗的兆头。如果留下来，就必然会看出来孰是孰非，要是到了不得不开口的时候，说出的话必然会赞同某个人的观点，而不被赞同的人认为自己才是正确的一方，就会认为我们不认同他的观点是因为我们和他的对手交情好，于是就会对我们产生怨恨；有时候听到了荒谬无理的话，要是仍然坐在那里冷眼旁观，明明知道他说的话不对却又无法让他改正，那就是空有仁义却没有用武之地，按照道义却又不能做，所以还是离他们远一些的好。那些喜欢争论诉讼的大多都是小人，就算是有是非之分，和这样的人混在一起，即便是获胜的一方，值得夸耀吗？还不如远远地避开他们，大醉一场的好。

如果自己有不想让人知道的秘密，有人却执意要知道，在身边喋喋不休地询问，甚至还用鄙视的话语来威胁，对于这些小人不用忌惮，免得被他们连累，随便他们怎么说好了，只要义正言辞地说"不知道""不清楚"就可以，这才是有志气的做法。

不是知己近友、亲近邻居，却故意放下身段邀请你，应当找个其他的理由推辞掉，不要跟他们出去。远离俗世的荣华富贵，自然就减少了私欲，如果不是迫在眉睫的需求，最好终生都无欲无求，这才是最好的处世原则。无须在细微之处谦卑，应该在大局上宽容；不用顾忌小事上的荣辱，应当在大事上保持谦让。像在朝堂之上把官职让给同僚、面临大义将生的机会让给同伴，像孔融那样请求替自己的哥哥赴死，这才是忠臣烈士应该拥有的气节。

大凡每个人都有自己的隐私，一定不要刻意去打听别人的隐私。别人知道我们了解他们的隐私，就会对我们有所顾忌。知道了别人的隐私，但是不宣扬，那就等于是不知道了。如果看到有人在秘密讨论，就应该马上离开，免得惹人忌恨。有时候他们逼着我们非要和他们讨论，如果他们讨论的话题不符合道义，就应该郑重其事地用道义去纠正他们错误的观点。为什么呢？是因为君子不能容忍那些虚伪浅薄的话！一旦他们讨论的事情泄露出去，他们就会说"某某当初知道这件事，可能是他说出去的"，所以一定要防备出现这样的情况。人们在私下里谈话的时候，什么都可能讨论，最好事先就有所准备，见到这样的场面就转身离开。有时候知道了他们的秘密，和他们一起去做则罢了，如果不和他们去做，他们为了防止秘密泄露，就会想着杀人灭口了。如果不是你一向钦佩的人，却到你面前开玩笑似的取笑某人的缺点，不接他的话就行了；闲谈的时候双方的观点从稍有不同到完全不同，也不要冷言厉色，尽快沉默下来不接他的话，这样下去用不了多久，他自己也就停下来不说了。如果没有管辖监督的关系，在交往中对方也没有不适宜的企图，只不过想要同席共饮、礼尚往来，这都是正常的人际交往，没有必要拒绝对方的好意。除此之外，如果不是至交好友，送给你金钱、贵重礼品的时候，一定要坚决地拒绝。为什么呢？正常人都是轻情义而重利益的，现在倾尽家财，必然是想要从你这里得到什么才这样做的！拿出一点金钱获得他人的欢心、舍出一点利益来获得更多的回报，这都是俗人们最喜欢做的事，然而却是君子最讨厌的行为。

另外，心中烦闷不能纠缠不休，强迫性地劝别人喝酒。在参加酒宴的时候，别人不喝了，自己就不要再劝酒；要是有人来劝酒，就应该主动举杯，不要嘲笑他也不要拒绝他。觉得自己喝的有了酒意就不能再喝了，不要喝得酩酊大醉，以至于无法控制自己。

【解读】

这封家书其实是嵇康留给儿子嵇绍的遗书。嵇康被司马昭杀死的时候，嵇绍还是一个十岁的孩子，他担心儿子因为缺乏教导而走了歪路，写下了这封情真意切的家书。嵇康在文中以儒家的传统道德观念出发，对嵇康进行了无微不至的嘱咐，教导他如何修身处世，上至与上官的交往、下至和邻人的相处，大的方面有坚定自己的志向、为人处世的原则，小到人情往来、酒席上的礼仪，无所不包无所不含。总的来说，嵇康是希望嵇绍能够成为一个胸怀大义、不忘小节的人。

文中"不当极亲密，不宜数往，往当有时""且权忍之""若人来劝已，辄当为持之，勿诮勿逆也"，这些话语都是细节性的问题，显得是那么的谨小慎微，看起来完全不像是狂放任性的嵇康说出来的。然而正如鲁迅先生所说的"无情未必真豪杰，怜子如何不丈夫"，正是有了平常的狂放任性，才更显出此时的铁汉柔情；也正是这些小事和细节，才更衬托出一个临死之前的父亲是多么的伟大！

从史书上的记载来看，嵇绍成年之后豁达洒脱不拘小节，开朗而有约束、通达而不杂乱。他的表现没有辜负嵇康的希望，也符合嵇康在这封家书中对他的要求。嵇绍后来在嵇康的好友、同是"竹林七贤"的山涛推荐下入仕，曾担任徐州刺史、侍中等职，最后在保卫晋惠帝时被叛军杀害，鲜血溅到了晋惠帝的身上。南宋名臣文天祥的著名诗歌《正气歌》中所说的"为嵇侍中血"，就是说的这件事。

到了现在，父母因为望子成龙、望女成凤，不惜一切代价为孩子创造最好的学习条件和生活环境，为了提高孩子的成绩而报了许多补习班，但是恰恰放松了孩子生活中那些小事、细节方面的教育，造成了"有文化没素质"的可悲现象。从这方面来说，嵇康的这篇诫子书仍然有着极大的借鉴意义。

羊祜诫子书：忠实守信，笃厚诚敬

人物简介

羊祜（221—278年），字叔子，泰山南城（今山东新泰）人，西晋开国将领，制定了灭亡吴国的战略，是历史上著名的战略家、政治家、文学家，唐朝时被追封为历史六十四名将之一。他出身于政治世家，祖父羊续是东汉末年的南阳太守，父亲羊衜是曹魏时期的上党太守；母亲蔡氏的父亲是汉朝的大儒蔡邕，也是才女蔡文姬的姐姐；妻子是曹魏和蜀汉的著名将领夏侯霸的女儿，姐姐嫁给了晋景帝司马师，谥号景献皇后。

羊祜在十二岁的时候父亲就去世了，他勤学苦读，长大后博学多才善于辩论，写成的文章颇有可观之处。在司马集团的扶持下，羊祜进入仕途后一帆风顺，逐渐成为司马集团的重要人物。西晋建立后，因为羊祜有拥立的大功，成为军队中的高级将领。羊祜操守廉正，才干卓著，不仅获得帝王的喜爱，也得到了百姓们的爱戴。他去世之后，荆州的老百姓为了纪念他，在岘山（位于湖北襄阳）专门为他立碑，当时当地的百姓路过的时候都会潸然泪下，这块石碑被西晋名臣杜预称为"堕泪碑"。

羊祜的主要作品有《雁赋》《让开府表》《请伐吴疏》《再请伐吴表》等。

家书精选

吾少受先君之教，能言之年，便召以典文①。年九岁，便诲以《诗》《书》。然尚犹无乡人之称，无清异②之名。今之职位，谬恩之加耳，非吾力所能致也。吾不如先君远矣！汝等复不如吾。咨度弘伟③，恐汝兄弟未之能也；奇异独达，察汝等将无分也。恭为德首，慎为行基，愿汝等言则忠信，行则笃敬，无口许人以财，无传不经之谈，无听毁誉之语。闻人之过，耳可得受，口不得宣，思而后动。若言行无信，身受大谤，自入刑论，岂复惜汝，耻及祖考！思乃父言，纂④乃父教，各讽诵之。

【注释】

①典文：管理文书。

②清异：清高特异。

③咨度弘伟：筹划谋略时高瞻远瞩，思虑深远。

④纂：继承，传承。

【译文】

我在少年时期就开始接受父亲的教育。可以说话的时候，他带着我诵读那些典章文集；到了九岁，开始教我学习《诗经》《尚书》等经典。虽然如此，我也没有得到乡亲们的称赞，更没有什么特别突出的名声。我现在能够取得官职和地位，都是因为皇上的谬爱而赏赐给我的，并不是凭我的能力才华得到的。我和我的父亲相比差距已经很大了，你们还不如我。制订规模宏大的计划，恐怕你们兄弟并没有这样的能力；别出蹊径取得高位，在我看来你们也没有这样的福分。记住：恭敬是德行的首要要求，谨慎是做事的根本基础，希望你们说话以忠实守信为本、做事以笃厚诚敬为则。不要空说要送人财物，不要传播荒诞不经的流言；听到别人有了过失，听一听就可以了，不要四处宣扬。思考周全了，事情才能去做，如果说话做事不守信用，就会受到别人的指责谩骂，甚至受到刑律的处罚。你们得到这样的下场固不足惜，但是先祖们也会因为你们的行为而蒙受耻辱。好好想一想当初你们父亲说过的话、对你们的教诲，将它们编纂到一起，继承下去，每个人都要背下来。

【解读】

羊祜弟兄三人，他是老三。大哥羊发有四个儿子，分别是羊伦、羊暨、羊伊、羊篇；二哥羊承因病早亡，没有后代；羊祜也没有儿子，公元281年羊篇在皇帝的命令下成为他的继嗣，这时羊祜已经去世三年多了，所以羊祜的这篇诫子书其实名不符实，实际上是写给他的几个侄子的。但是因为他的两个哥哥去世都很早，实际上羊祜所担负的也是父亲的责任，从这方面可以看出羊祜有着很强的家族责任感。

在这篇《诫子书》中，羊祜从各个方面对他的侄子们进行了告诫，特别强调了对人要恭敬、做人要谨慎。而他所说的"言则忠信，行则笃敬""无口许人以财，无传不经之谈""思而后动"等话语，即使到了现代，也有着极大的教育意义。羊祜是一个很理智的人，如他教育侄子们要"无听毁誉之语""闻人之过，耳可得受，口不得宣"，虽然看起来是让他们谨小慎微，甚至可以说是让他们明哲保身，但也是从当时的政治环境出发，魏晋交替时政局混乱，一不小心就有可能坠入政治漩涡之中，招来身死族灭的大祸。所以我们要用历史性的目光去看待和分析羊祜的这些话，不能仅仅从字面上去理解，不然就会"画虎不成反类犬"，成为一个圆滑世故的奸猾之徒。

羊祜对侄子们的教诲并不是无端的要求，而是他本身也已经做到了，完全可以作为晚辈的表率。如和他同时期的大臣郭奕（郭嘉的儿子）说他"此今日之颜子也"；邹湛则认为他"德冠四海，道嗣前哲，令闻令望，必与此山俱传"，而且后世的名人也都对他有着极高的评价，可见其德行之高。像文中提到的"言则忠信，行则笃敬"，就是羊祜为人的准则。他父亲去世的时候他才十二岁，但是他的行为和哀思都已经超出了礼法要求做的；他的岳父夏侯霸因为避祸逃到蜀国，当时夏侯霸的亲属、族人因为担心受到牵连都和他断绝了来往，只有羊祜不避嫌疑，一如既往地照顾岳父留在国内的家人。在担任荆州大都督期间，他大举屯田减轻百姓的负担，兴办学堂让当地的孩子接受教育，都深深地赢得了当地军民的爱戴。当时他的部下在边境抓到了吴国将领的孩子，羊祜得知后马上下令将孩子们送了回去，这一举动直接导致吴国将领夏详、邵颉的归降；陈尚、潘景因为进犯晋国的边界被杀死，羊祜从厚收殓之后，又按照礼法将他们的棺椁交给他们的家人；他的部队行军时路过吴国的边境，因为军粮缺乏收割了部分吴国百姓的稻谷，每一次都按照收割的数量留下相应价钱的绢帛。此外还有种种仁义的举措，让他在吴国的百姓之中也取得了崇高的威望，当地人因为尊重他而不直称他的名字，而是称他为"羊公"，附近的吴国军民更是络绎不绝地来归降。可以说，羊祜采取的这些措施为后来灭吴的军事行动打下了良好的基础，为晋国顺利地兼并吴国做出了不可磨灭的贡献。

羊祜的言传身教对他的后代产生了很大的影响。例如，他的侄子羊暨和羊伊，在晋武帝明发圣旨让他们过继给羊祜的情况下，相继以没有得到生父的许可为理由抗旨不遵，丝毫没有考虑继承羊祜钜平侯的爵位、司空的官职会给他们带来多么大的政治遗产和政治利益。他们的这种行为充分说明，羊祜对他们的教育是成功的，没有辜负羊祜对他们的期望。

陶渊明家书：安贫乐道，兄弟同心

人物简介

陶渊明（约365—427年），字元亮，东晋浔阳郡柴桑（今江西九江）人，进入南朝刘宋时期后改名为"潜"，号五柳先生。因为陶渊明去世后他的朋友私下里给他谥号"靖节"，所以后世也称他靖节先生。他是东晋末到刘宋时期伟大的诗人、辞赋家，流传下来的诗有125首、文章12篇，被后人编为《陶渊明集》。陶渊明的祖父陶岱（一说陶茂）曾经做过太守，他的父亲据史籍记载是一个"寄迹风云，寘兹愠喜"的人，在他八岁的时候就去世了，从此家境逐渐没落。到了十二岁时，他的庶母辞世；到了二十岁时家境更加贫困，陶渊明为了生活开始了他的游宦生涯，然而仕途一直不太顺利，先后担任过江州祭酒、建威参军、镇军参军、彭泽县令等职，而彭泽县令也仅仅做了不到三个月的时间，因为不愿意奉承前来巡视的督邮而辞官回乡，留下了"不为五斗米折腰"的故事。

陶渊明是中国历史上第一位田园诗人，被称为"古今隐逸诗人之宗"。陶渊明的名篇很多，《归园田居五首》《归去来兮辞》《桃花源记（并诗）》等诸多作品都是文学史上难得的佳作。

家书精选

告俨、俟、份、佚、佟：

天地赋命，生必有死；自古圣贤，谁能独免？子夏有言："死生有命，富贵在天。"四友①之人，亲受音旨。发斯谈者，将非穷达不可妄求，寿夭永无外请故耶？

吾年过五十，少而穷苦，每以家弊，东西游走。性刚才拙，与物多忤。自量为己，必贻俗患。僶俛辞世②，使汝等幼而饥寒。余尝感孺仲③贤妻之言，败絮自拥，何惭儿子？此既一事矣。但恨邻靡二仲④，室无莱妇⑤，抱兹苦心，良独内愧。

少学琴书，偶爱闲静，开卷有得，便欣然忘食。见树木交荫，时鸟变声，亦复欢然有喜。常言五六月中，北窗下卧，遇凉风暂至，自谓是羲皇上人。意浅识罕，谓斯言可保。日月遂往，机巧好疏。缅求在昔，眇然如何！

疾患以来，渐就衰损，亲旧不遗，每以药石见救，自恐大分将有限也。汝辈稚小家贫，每役柴水之劳，何时可免？念之在心，若何可言！然汝等虽不同生，当思四海皆兄弟之义。鲍叔、管仲，分财无猜；归生、伍举，班荆道旧；遂能以败为成，因丧立功。他人尚尔，况同父之人哉！颖川韩元长，汉末名士，身处卿佐，八十而终，兄弟同居，至于没齿。济北氾稚春，晋时操行人也，七世同财，家人无怨色。《诗》曰："高山仰止，景行行止。"虽不能尔，至心尚之。汝其慎哉，吾复何言！

【注释】

①四友：这里指的是孔子的四个学生，即颜渊、子路、子贡、子张。

②僶俛辞世：僶俛，mǐn miǎn。指的是努力不成，辞官归隐了。

③孺仲：东汉初著名的隐士王霸，字孺仲。

④二仲：指羊仲和求仲。

⑤莱妇：指老莱子的妻子，多指贤妻。春秋时期出国的老莱子，隐居农耕。楚王派人用重礼聘请他做官。他的妻子劝止他说："今先生食人酒肉，

受人官禄，为人所制也，能免于患乎？"老莱子便与她起一起逃隐了。后人便多用"莱妇"比喻贤妻。

【译文】

告诫俨、俟、份、佚、佟等人：

天地赋予了人的生命，有新生自然也就有死亡，自古以来的圣人和贤人谁又能够摆脱生死的规律呢？子夏曾经说过："死生有命，富贵在天。"子夏是颜渊、子贡、子张、子路的同学，接受过孔子的亲自教导，他发出这样的议论，难道不是因为人生的贫贱富贵不能去强求、生命的长短无法逃脱上天的安排吗？我今年已经五十出头了，少年的时候吃了很多苦，经常因为家境贫寒而东奔西走；我的性格刚直又不逢迎他人，和社会上的很多习惯都格格不入。我自己私下里也曾仔细考虑过，像我这样的人留在官场上必然会招来祸患。于是我用尽全力辞官归隐，然而又让你们从小就饱受饥寒之苦。我曾经非常感慨大儒王霸的贤妻说过的话："（只要品行高洁）即使穿着烂棉袄，又何必为儿子们的贫寒而惭愧呢？"所以你们应该和我一样，不必为贫穷而羞愧。只遗憾邻居们不是求仲、羊仲那样的君子，你们的母亲也不像老莱子的夫人那样理解我隐世的原因。我怀着这样的良苦用心，只能独自一个人惭愧不已！

我少年时学习弹琴、诗书，偶尔也喜欢在闲暇的时候清净一下，翻开书页心有所得，便高兴得连饭都忘记吃了。看到林荫交错，听到各种候鸟不同的叫声，也同样会心情愉悦。我经常说，在五月六月的时候，躺在北面窗户下面的床榻上，不时有凉风抚体，就感觉自己如同是羲皇时代的古人。那时候见识浅薄，认为这样的日子可以永远过下去，然而日子一天天的过去，我仍然没有学会逢迎取巧，再想要过当初那种悠闲的生活，已经是希望渺茫了。

自从我得病之后，身体一天不如一天，亲朋故旧不忍放弃，经常送来医药对我进行治疗，然而我自己知道，我的死期已经不远了。你们年龄还小，家里又贫穷，经常要做打柴挑水的辛苦劳作，什么时候才能不做这些事呢？我的心中对此念念不忘，可是又有什么好说的呢！你们虽然不是同一个母亲所生，也要记得"四海之内皆兄弟"的大义。鲍叔牙和管仲在分钱的时候，从来不会因为多一些少一些而产生猜疑；归生和伍子胥久别重逢，拔下旁边的荆草铺好，当成草席坐下来叙旧。于是就有了管仲兵败之后反而成功地成为齐国的相国，伍子胥因为楚国的国丧而立下大功。这些人只不过是没有血缘关系的朋友而已，尚且能够做到守望相助，何况你们还是同一个父亲的儿子呢！颍川的韩融韩元长是东汉末年的名士，官居九卿，一直活到了八十岁，但是一直和他的兄弟们生活在一起，直到他去世为止；济北的氾毓氾稚春，是西晋时有名的品行高尚的人，七代都没有分家，然而家中的人没有埋怨的。《诗经》中说"高山仰止，景行行止""虽不能尔，至心尚之"，你们要是能够谨慎做事，我还有什么好说的呢！

【解读】

陶渊明一共有五个儿子，分别叫陶俨、陶俟、陶份、陶佚、陶佟，《与子俨等疏》就是写给他们兄弟五人的。

陶渊明五十岁之后生了一场大病（古时候人的寿命很短，五十岁已经属于老年了，所以陶渊明觉得自己大限将至），就给五个儿子写了一封家信交代后事。他在文中用自己这几十年的经历和志向为例，告诉几个儿子不必为家境贫寒而惭愧，他们兄弟之间也要齐心协力守望相助。为了说明兄弟之间要重情重义，还用了"鲍叔、管仲分财无猜，归生、伍举班荆道旧"这两个典故，告诉他们没有血缘关系的人尚且能够互相帮助，一父所生的兄弟更应该兄友弟恭互相扶持；然后举了颍川韩元长和济北氾稚春这两个例子，说明做到这一点并不是什么难比登天的事情。

和传统的"诫子书""训子书"相比，陶渊明的这封家书突破了通篇训诫、劝勉的范畴，有着独特的风格。例如，文章的主体是叙述个人的志向和情怀，对儿子们的训诫只是附带的内容；再如文中所说的"志"，并不是要求他的孩子忠于君父或者取得什么样的成就，而是希望他们能安于贫苦的生活，不要轻易踏入官场这个大染缸、是非地。文章通篇传达的都是一个父亲对儿子的关心和爱护，以及向他们解释自己这几十年来是为了什么才不愿意入仕为官，希望能得到他们的理解。

从字里行间我们可以看出，陶渊明因为自己的选择而导致妻子、儿女们过着饥寒交迫、劳心劳力的生活是感到非常愧疚和不安的，而且隐隐流露出怀疑自己的选择是否正确的疑问。其实这些也是可以理解的，能够做到"不为五斗米折腰"，足以说明陶渊明是真的不喜欢官场那种带着假面具的生活，他的向往就是"采菊东篱下，悠然见南山"的优雅和闲适。作为个人的愿望，陶渊明的这种选择是无可厚非的，也是我国古代文人雅士心中最美好的生活，但是作为一个丈夫、一个父亲来说，因为自己的原因使得妻子儿女忍饥挨饿，心中不可能没有痛苦，然而为了维持夫为妻纲、父为子纲的礼教，他又绝对不能说出来，心中的痛楚可想而知。如今觉得自己大限已至，不可避免地会流露一丝懊悔，这也是人之常情。

刘义隆诫江夏王义恭书：德行胜于聪明

人物简介

刘义隆（407—453年），南北朝时期宋武帝刘裕第三子，也是刘宋王朝的第三个皇帝。刘义隆在历史上的评价褒贬参半：他在位期间抑制豪强鼓励农桑，颁布了很多有利于发展国力的政策，为国家的发展、文化和经济的繁荣做出了突出的贡献，所以史书上有"元嘉之治"的赞誉；但是与此同时，也正是因为国力增强了，好大喜功的他贸然发动了几次北伐，最后都以失败而告终，被辛弃疾讥讽为"元嘉草草"，而且他也比较残忍，诛杀了自己的兄弟和许多大臣，在人心上失分很多，也因此被部下弑杀，谥号为"文宗"。

家书精选

汝以弱冠，便亲方任。天下艰难，家国事重。虽曰守成，实亦未易。隆替[①]安危，在吾曹耳，岂可不感寻王业，大惧负荷。今既分张，言集无日，无由复得动相规诲，宜深自砥砺，思而后行。开布诚心，厝怀平当②，亲礼国士，友接佳流，识别贤愚，鉴察邪正，然后能尽君子之心，收小人之力。

汝神意爽悟，有日新之美，而进德修业，未有可称，吾所以恨之而不能已已者也。汝性褊急，袁太妃亦说如此。性之所滞，其欲必行，意所不在，从物回改，此最弊事，宜应慨然立志，念自裁抑。何至丈夫方欲赞世成名而无断者哉！今粗疏十数事，汝别时可省也。远大者岂可具言，细碎复非笔可尽。

礼贤下士，圣人垂训；骄侈矜尚，先哲所去。豁达大度，汉祖之德；猜忌褊急，魏武之累。《汉书》称卫青云："大将军遇士大夫以礼，与小人有恩。"西门、安于，矫性齐美；关羽、张飞，任偏同弊。行已举事，深宜鉴此。

……

府舍住止，园池堂观，略所谙究，计当无须改作。司徒亦云尔。若脱于左右之宜，须小小回易，当以始至一治为限，不烦纷纭，日求新异。

……

凡事皆应慎密，亦宜豫敕左右，人有至诚，所陈不可漏泄，以负忠信之款也。古人言："君不密则失臣，臣不密则失身。"或相谗构，勿轻信受，每有此事，当善察之。

名器深宜慎惜，不可妄以假人。昵近爵赐③，尤应裁量。吾于左右虽为少恩，如闻外论，不以为非也。

以贵陵物物不服，以威加人人不厌，此易达事耳。

声乐嬉游，不宜令过；摴蒲渔猎，一切勿为。供用奉身，皆有节度，奇服异器，不宜兴长。汝嫔侍左右，已有数人，既始至西，未可匆匆，复有所纳。

【注释】

①隆替：王朝的兴衰交替。
②厝怀平当：要怀着公平之心去处理事物。

③昵近爵赐：给亲近的人赏赐官位。

【译文】

你刚长大成人就被委以重任，要知道治理天下是很艰难的，家事国事繁杂无比，虽然说只要能够保住祖宗基业就可以了，但是事实上并没有那么容易。国运是兴隆还是灭亡、国家是平安还是危险，都在于我们怎么做，哪里能不心生感触保全祖宗基业、有所警惧感觉自己身担重任呢？现在我们身处两地，不知道什么时候才能相见，没有办法随时提点你，你要懂得主动磨砺自己，三思而后行。平时要开诚布公以诚待人，做事要公平公正，亲近重视辖地里的贤人名士，友好地接纳那些有才能的人；要注意辨别哪些是有才华的人、哪些是滥竽充数的人，要仔细观察什么事情是正义的、什么事情是邪恶的。做到了这些，就能够让君子尽全心、小人竭全力。

你脑子聪明领悟力高，每天都能有所进步，但是在提高德行、建功立业上却没有什么可以称道的地方，这些都是我非常遗憾并对你不停责备的地方。我觉得你性子有点偏激、急躁，袁太妃也有类似的看法。性子有了偏激的缺陷，想要做什么事情的时候就会不顾一切，更不会根据现实情况改弦易辙，这是最要不得的。你应该慨然改掉这个缺点，大丈夫想要扬名于世间，哪能不下定决心改正呢？现在我大略写了十几个问题，分别之后你可以对照自己反省一下。那些大事不是我能具体说的，而琐碎的小事也不是我能一一说完的。

尊重贤人、折节待士，是圣人对我们的告诫；骄傲奢侈、傲慢矜夸，这是先哲们不愿意看到的陋习。豁达大度，这是汉高祖刘邦最大的美德；猜忌偏激，这是魏武帝曹操最大的缺点。《汉书》上称赞卫青说："大将军对士大夫以礼相待，对小人也施以恩德。"西门豹、董安于知道自己的不足在哪里，时时刻刻加以注意，成为万世美谈；关羽和张飞不知道改正性格上的缺陷，最终深受其害。你在言谈举止和决定事务的时候，都要拿这几个人的结果作为借鉴。

……

府中的住所和那些园林、景观、池塘之类，大概修葺整理一下就可以了，没有必要的地方不要大动干戈地去改动、新建，司徒刘湛也是这样认为的。如果是为了方便随从，只能在小地方改动，也只能改动一次，不能无休止地为了追求新潮而改建。

……

处理任何事务都要谨慎地注意保密问题，不要事先给手下的人透露风声；如果有人发自内心地向你禀告了某件事情，他所说的话一定不能泄露出去，不然就是辜负了他的忠诚。古人说："国军做事不注意保密，就会失去臣子的忠诚；臣子做事不注意保密，就会丢掉自己的性命。"臣子们也会互相进谗构陷，对于这些话你不要轻信更不能轻易采取行动。发生这种事情的时候，你一定要注意分辨其中的真相。

提拔某人官职、赏赐某人爵位时一定要非常慎重，更不能将这个权力随便地交给他人。特别是提拔、赏赐那些亲近的臣子的时候，更应该仔细地考虑其中的利弊。跟随我的那些近臣很少得到我的提拔，即使听说了外面的议论，我也不觉得这么做有什么不对的地方。

用富贵欺凌他人，他人心里不会服气；用权势压迫别人，别人也不会佩服，这都是很浅显的道理。

可以有丝竹之音、游玩嬉戏的爱好，但是不能过度；赌博、酗酒、打猎，这些事情都不要去做；生活起居的供应，一定要有节制；奇装异服、特殊的器物，不应该有这样的追求。你身边已经有了几个嫔妃，就应该和她们白头偕老，不要再轻易迎娶其他的女子。

【解读】

刘义恭是宋武帝刘裕的第五个儿子。刘义隆登基后，他被封为江夏王，进位司空，食邑五千户。刘义恭从小就聪明，而且长相俊美，深得刘裕的喜爱，而且刘义隆在本文中也说他"神意爽悟"，然而他也有那些纨绔子弟的通病，那就是生活奢华、好讲排场、任性而为又不知道反省自己的缺点，所以刘义隆才给他写了这封信。

江夏（就是现在的湖北武汉市武昌区）是长江上的军事和经济重镇，可以说是刘宋王朝的首都建康（现在的江苏南京）的西大门，地位十分重要。想要坐镇这个要地，首先要深得皇帝的信任，其次还要有卓越的才能。作为刘义隆的最宠爱的弟弟，刘义恭自然是满足第一个条件的，然而当时他只是一个20岁的纨绔公子，虽然之前也出任过一些地方的要职，但是很明显并没有能力治理好这样一个重要地区。也正因如此，刘义隆这才事无巨细地一一教导他如何执政、如何用人。从公务上来说，告诉他要礼贤下士、戒骄戒躁、豁达大度，不要猜忌偏激；一定要牢牢把握住手中的权利等；从个人方面而言，要求他生活要节俭，不要有不良的嗜好等。但是总的来说，刘义隆说的都是自己执政的经验，而且一切都是为了让刘义恭更好地做好自己的工作。从这一点来看，古人所说的"帝王无家事"得到了充分的体现，可以说刘义隆在希望弟弟个人能力、个人品德提高的同时，也是为了让刘裕留下的江山社稷能够稳固如山，能够千秋万载地流传下去。

　　刘义隆关于立德修身、勤俭戒奢的告诫不仅适用于刘义恭，也适用于所有人，尤其是官员这个群体。有了生活奢侈、赌博酗酒、田猎无度的习惯，也就无心政务，容易被个人的私欲所掌控；即使没有这些坏习惯，处理政务的时候也要注意方式方法，要善于处理同事、下属之间的关系，只有和他们打成一片，才能最大限度地获取真实情况，才能知道下一步需要做什么、应该做什么，哪些是亟待解决的问题、哪些事务可以在之后逐步解决。

　　这封家书说理透彻用词流畅，没有过多的修饰，显得是那么的情真意切。在保持帝王尊严的同时，刘义隆将家事国事糅合在一起，以兄长的角度对弟弟循循善诱地进行教导，通篇都充满了哥哥对弟弟的期望，手足之情一览无余，让人感动，又不觉得有说教之感。

鲍照登大雷岸与妹书：游子心绪，悲怆忧愁

人物简介

鲍照，字明远，是南北朝刘宋时期著名的文学家，宋文帝时曾担任江州刺史，孝武帝时成为临海王刘子顼的幕僚，之后担任过参军、刑狱参军掌书记等职。公元470年，他为乱兵所害。

鲍照的一生在仕途上并没有太大的成就，不过在文学上颇有建树，诗歌、赋、散文都有名篇传世。特别是他的诗歌，感情丰富、形象分明，有着强烈的浪漫主义色彩，后世的李白、高适、岑参等诗人在创作上都受到过他的影响。鲍照和同时期的谢灵运、颜延之合称"元嘉三大家"，其诗歌代表作为《拟行路难》十八首。

家书精选

吾自发寒雨，全行日少，加秋潦浩汗，山溪猥至，渡泝无边，险径游历，栈石星饭，结荷水宿，旅客贫辛，波路壮阔，始以今日食时，仅及大雷。涂登千里，日逾十晨，严霜惨节，悲风断肌，去亲为客，如何如何！

向因涉顿，凭观川陆；遨神清渚，流睇方曛；东顾五州之隔，西眺九派之分；窥地门之绝景，望天际之孤云。长图大念，隐心者久矣！南则积山万状，负气争高，含霞饮景，参差代雄，凌跨长陇，前后相属，带天有匝，横地无穷。东则砥原远隰，亡端靡际。寒蓬夕卷，古树云平。旋风四起，思鸟群归。静听无闻，极视不见。北则陂池潜演，湖脉通连。苎蒿攸积，菰芦所繁。栖波之鸟，水化之虫，智吞愚，彊捕小，号噪惊聒，纷乎其中。西则回江永指，长波天合。滔滔何穷，漫漫安竭！创古迄今，舳舻相接。思尽波涛，悲满潭壑。烟归八表，终为野尘；而是注集，长写不测，修灵浩荡，知其何故哉！西南望庐山，又特惊异。基压江潮，峰与辰汉相接。

上常积云霞，雕锦缛。若华夕曜，岩泽气通，传明散彩，赫似绛天。左右青霭，表里紫霄。从岭而上，气尽金光；半山以下，纯为黛色。信可以神居帝郊，镇控湘、汉者也。若潨洞所积，溪壑所射，鼓怒之所豗击，涌澓之所宕涤，则上穷荻浦，下至狶洲；南薄燕，北极雷淀，削长埤短，可数百里。其中腾波触天，高浪灌日，吞吐百川，写泄万壑。轻烟不流，华鼎振淲。弱草朱靡，洪涟陇蹙。散涣长惊，电透箭疾。穹溘崩聚，坻飞岭复。回沫冠山，奔涛空谷。碪石为之摧碎，碕岸为之落。仰视大火，俯听波声、愁魄胁息，心惊慓矣！至于繁化殊育，诡质怪章，则有江鹅、海鸭、鱼鲛、水虎之类，豚首、象鼻、芒须、针尾之族，石蟹、土蚌、燕箕、雀蛤之俦，折甲、曲牙、逆鳞、返舌之属。掩沙涨，被草渚，浴雨排风，吹涝弄翮。夕景欲沈，晓雾将合，孤鹤寒啸，游鸿远吟，樵苏一叹，舟子再泣。诚足悲忧，不可说也。

风吹雷飙，夜戒前路。下弦内外，望达所届。寒暑难适，汝专自慎，夙夜戒护，勿我为念。恐欲知之，聊书所睹。临涂草蹙，辞意不周。

【译文】

自从开始下雨之后，我很少有整天赶路的时候，加上秋雨滂沱，山中的溪水都汇集到了江中，从渡口望去无边无际；这些天我在险要的山径上走过路、在星光下的栈道上吃过饭、在水边的大荷叶下面睡过觉。旅途中的生活是如此艰苦，道路是如此漫长，到了今天吃饭的时候，我才刚刚到达大雷这个地方。千里的路程竟然用了我十天的时间，清晨的白霜刺痛我的关节，呼啸的寒风吹裂我的肌肤，远离家人孤行在外，这种凄凉无助的心情不知道该如何去说！

前些日子因为时走时停，还可以游览山川水陆的盛景：在流水中的江渚放松心神，在日薄西山时极目远眺；向东回顾是长江中的五洲，向西看去是众水汇集的九江；地面上有层出不穷的美景，天空中有美不胜收的彩云。那种雄心壮志在我心中已经埋藏很久了！

南面连绵的群山呈现出各种各样的形状，好像比赛一样一个比一个高；山间烟霞灿烂四处美景，参差不齐各有短长；一座座山坡此去彼来，前前后后好像有所统属，放到天上可以绕上一圈，落在地上无穷无尽。

东面是平整的原野和偏僻的湿地，不知道从哪里开始，也不知道到哪里为止；夕阳下的寒风卷扬着蓬草，高耸的古树直入云霄；呼啸的旋风四面而起，思巢的鸟儿结队而归；低耳静听，却无声无息；抬头远望，又一无所见。

北面是大片的池塘和水泽，和湖水一脉相连，里面生长着大面积的苎麻、蒿草、菰米、芦苇。水面上栖息着鸟，水里面游动着鱼，聪明的吞吃愚笨的、强壮的捕杀弱小的，纷纷攘攘地发出各种各样的声音。

西面是流淌不休的江水，粼粼的水波连绵到了天际。滔滔的江水哪里会有穷尽，漫漫的天空哪里会有尽头！从古到今，这江上的船儿首尾相接，愁思融进了波涛、悲愤填满了潭壑！烟霞飞到了遥远的他方，最终也会变成尘土；四处的河流汇集到了这里，谁也不知道什么时候是尽头。神灵法力无边，或许知道其中的缘故吧！

西南方向就是名闻天下的庐山，又有一番特别令人惊异的景色。它的山脚延伸到了江水之中，它的山峰好像连接到了星辰；山顶上常年堆积着彩云烟霞，就像是锦缎做成的被褥一样。夕阳照耀出花朵般的霞光，岩石和水泽上的雾霭结成一体，光辉四散流彩横溢，将天空染成一片通红。左右升腾的是青色的雾霭，让紫霄峰若隐若现。从山岭往上，雾气的尽头是万丈金光；自山腰以下，全部都是青苍的黛色。确实能够以神仙天帝居所的资格，来镇压掌控湘水、汉江区域。

至如小水流汇聚成大水流，在山溪沟壑间喷射而出，像怀着怒火那样互相撞击、翻转回流奔涌激荡的现象，那就上到芦苇丛生的水边、下到野猪出没的小洲；南面接近燕爪、北面到达雷淀，削长补短，方圆几百里的范围之内比比皆是。飞腾而起的波浪直入苍天，似乎能灌到太阳之中；吞进不计其数的河流，然后又倾斜到千山万壑之中；水面上的薄雾凝固不动，下面的激流就像是华丽的鼎镬里面沸腾的热水一样；柔弱的水草被流水冲走，汹涌的波浪拍击着江岸；巨浪撞碎时令人惊恐万状，电光石火间就消散在天地之间；巨浪时聚时散，好像能把堤岸冲走、山脉冲倒；回旋的水沫飞跃了山顶、奔腾的浪涛清空了山谷；坚硬的岩石被撞的粉碎，曲折的河岸被冲的崩塌。抬头看看天上的火星，低头聆听波浪的响声，心中的恐惧让我胆战心惊，以至于无法正常的呼吸！

江水中繁衍生息着各种各样的水生物，有着奇形怪状的身体、光怪陆离的花纹，有江鹅、海鸭、鱼鲛、水虎、豚首、象鼻、芒须、针尾、石蟹、土蚌、燕箕、雀蛤、折甲、曲牙、逆鳞、返舌等多种类别。这些动物有的隐匿在沙滩、水流之中，有的生活在水草洲渚里面，用风雨沐浴自己的身体，用吐沫整理自己的羽毛。在夕阳即将落下、朝雾就要四合的时候，孤独的仙鹤那悲愤的长鸣、游荡的鸿雁那哀痛的呻吟，樵夫的叹息、船人的哭泣，都能让游子的心绪悲怆忧愁，这种情绪是无法用言语文字表达出来的。

狂风呼啸、雷霆阵阵，夜间行走必须小心前方的路况。本月二十三日前后，我有望到达目的地。这个季节忽冷忽热，你一定要保重自己的身体、早晚都要小心，不要挂念我的情况。担心你想要了解我旅途中的情况，就把我的所见所闻简单地写了一些，赶路的时候草草而就，措词方面恐怕会有不周全的地方。

【解读】

鲍照的妹妹叫鲍令晖，是中国古代有名的才女、文学家，也是南朝宋齐两代唯一留下著作的女文学家。她流传到后世的作品不多，比较有名的有《拟青青河畔草》《客从远方来》《古意赠今人》《代葛沙门妻郭小玉诗》等。

鲍照的同辈并不兴旺，从史籍上来看可能只有鲍令晖这一个妹妹，再也没有其他的兄弟姐妹，所以二人的关系很好。

元嘉十二年（435年）的秋天，鲍照去荆州投奔临川王刘义庆，在路过大雷岸的时候，给妹妹鲍令晖写下了这篇著名的家书。书信的主旨大体可以分为三部分：

首先是沿途的风景。主要描绘了九江到庐山一带的山水和云霞夕晖、青霜紫霄的奇特景色，大自然的鬼斧神工造就了独特的自然风光。

其次是旅客在凄风苦雨中辞别家人、独行在外的孤寂和苍凉，虽然感触很深，但是又无法向人诉说，心中的那种压抑可想而知。

最后是怕妹妹担心自己，嘱咐她不必为自己担忧，最需要做的就是在这个冷暖不定的季节照顾好自己的身体。

这封家书只在最后一小部分写的是家长里短，绝大部分都是抒情和描绘沿途壮观的自然景色，具有极高的艺术价值。从行文上来看，鲍照并没有讳言旅途中的艰辛，而将自己真实的想法娓娓道来。这是因为他知道鲍令晖是一个聪明的女子，如果采取报喜不报忧的方式，反而会让她更加担心；这样如实去说，反而会让她不那么担忧。即便如此，鲍照还是将笔墨的重点放到了自然风光上，而且极力地渲染和夸张，力争用优美的文辞转移妹妹的注意力，兄妹感情的深厚由此就可见一斑。

王僧虔诫子书：前车之覆，后车之鉴

人物简介

王僧虔（426—485年），原籍琅邪临沂（今山东临沂），是有名的"琅邪王氏"家族的成员，东晋丞相王导的后代。他在刘宋朝时期入仕，在南齐时期担任过大臣，因为在书法上颇有造诣而受到当权者的欣赏，而且在任职的地方有着良好的名声。

王僧虔在文学、历史、音乐、书法等方面都有着很高的成就。特别是他的楷书和行书，丰厚淳朴又有骨力，遗留后世的著名书帖有《王琰帖》《御史帖》《陈情帖》等，此外还有《书赋》《论书》《笔意赞》等关于书法理论的作品。

家书精选

知汝恨吾不许汝学，欲自悔厉，或以阖棺自欺，或更择美业，且得有慨，亦慰穷生。但亟闻斯唱，未睹其实。请从先师，听言观行，冀此不复虚身。吾未信汝，非徒然也。往年有意于史取《三国志》聚置床头百日许，复徙业就玄，自当小差于史，犹未近彷佛。曼倩有云："谈何容易！"见诸玄志，为之逸肠；为之抽专一书，转诵数十家注；自少至老，手不释卷。尚未敢轻言，汝开《老子》卷头五尺许，未知辅嗣何所道，平叔何所说，马、郑何所异，指例何所明，而便盛于麈尾，自呼谈士，此最险事。设令袁令命汝言《易》、谢中书挑汝言《庄》，张吴兴叩汝言《老》，端可复言未尝看邪？谈故如射，前人得破，后人应解不解，即输赌矣。且论注百氏，荆州八帙，又才性四本，声无哀乐，皆言家口，实如客至之有设也。汝皆未经拂耳瞥目，岂有庖厨不修，而欲延大宾者哉！就如张衡思侔造化，郭象言类悬，不自劳苦，何由至此？汝曾未窥其题目，未辨其指归，六十四卦未知何名；《庄》众篇何者，内外八帙所载，凡有几家，四本之称以何为长，而终日欺人，人亦不受汝欺也。由吾不学，无以为训。然重华无严父，放勋无令子，亦各由己耳。汝辈窃议，亦当云："阿越不学，在天地间可嬉戏，何忽自课谪？幸及盛时逐岁暮，何必有所减？"汝见其一耳不全尔也。设令吾学如马、郑，亦必甚胜；复倍不如今，亦必大减，致之有由，从身上来也。今壮年自勤数倍许胜劣及吾耳，世中比例举眼是，汝足知此，不复具言。吾在世虽乏德素，要复推排人间数十许年，故是一旧物人，或以比数汝等耳。即化之后，若自无调度，谁复知汝事者？舍中亦有少负令誉、弱冠越超清级者，于时王家门中，优者则龙凤，劣者犹虎豹，失荫之后，岂龙虎之议？况吾不能为汝荫政，应各自努力耳！或有身经三公，蔑尔无闻；布衣寒素，卿相屈体；或父子贵贱殊，兄弟声名异，何也？体尽读数百卷书耳。吾今悔无所及，欲以前车诫尔后乘也。汝年入立境，方应从官，兼有室累牵役情性，何处复得下帷如王郎时邪？为可作世中学取过一生耳。试复三思，勿讳吾言！犹捶挞志辈，冀脱万一未死之间望有成就者，不知当有益否？各在尔身已切身，岂复关吾邪？汝唯知爱深松茂柏，宁知子弟毁誉事？因汝有感，故略叙胸怀。

【译文】

　　我知道你埋怨我不称许你的学识，打算要检讨自己的缺点、磨炼自己的意志，要么以盖棺论定自欺欺人，要么改一个更好的行业，如果有所感悟，也可以慰藉我的余生了。可是我经常听到你这么说，却从来没有见你去做过。那就让我遵从孔圣先师的教导，听其言而观其行吧，希望这次你不是在说空话。我并不是平白无故地不信任你。有一年你说你要学习史学，拿一本《三国志》放在床头，大概过了一百天左右，你又改变兴趣去学玄学了。玄学和史学自然是有差别的，还没有到"差不多"的程度，东方朔就曾说过"（学习玄学）哪有那么容易"。那些研究玄学的人，都是戒除了其他的爱好、全心全意去研究，专精了一本经书，还要参考几十家的注疏，手不释卷地从小学到老，即便如此，他们还不敢轻易抛出自己的观点。而你刚看了《道德经》的一个开头，还不知道王弼王辅嗣是何主张、何晏何平叔说了什么，马融、郑玄的理论有什么不同，《指》《例》各自阐述的又是什么，就开始拿着马尾巴做的拂尘，吹嘘自己是清虚之士，这样做是很危险的。假如袁令命令你说《易经》、谢中书挑你说《庄子》、张吴兴让你说《老子》，你能说你没有看过这些书吗？谈论典籍就像是猜谜一样，前面的人说了谜面，后面的人就必须说出来谜底，说不出来你就是输了！况且各种论述、注释是很多的，如荆州的《八袠》和《才性四本》《声无哀乐》等，都是谈论玄学时必须掌握的资料，就像是家中来了客人时必须要有的陈设一样。这些典籍你既没有听过一语也没有看过一言，岂不是还没有请厨师就开始宴请贵宾吗？张衡思考事务天马行空、郭象谈起话来口若悬河，如果不是他们辛苦地学习各种知识，哪里能做到这种程度？你没有见过他的题目，又不能辨别他的意图是什么：《周易》有六十四卦，每一卦的名字是什么？《庄子》那么多篇，哪些是内篇、哪些是外篇？《八袠》里面记载的那么多，一共有几家的观点？《四本》中的论说，哪一个是最重要的？整天想着欺瞒别人，别人也不会被你欺骗。因为我的学识谈不上渊博，也没有什么资格来训诫你们，然而虞舜没有严厉的父亲，唐尧也没有出色的儿子，全部都靠自己罢了！你们在私下里议论的时候也可能会说："我们现在不学习，可以在天地间游玩嬉戏，何必现在让自己这么辛苦呢？等长大了再抓紧时间刻苦学习，也不会少学到什么。"你们的这个看法只是其中的一点，并不全面。假如我像马融、郑玄那样去学习，那么我的学识比现在更渊博；如果我的学习态度还不如当初，那么我的学识会比现在还要差。得到什么样的结果必定有什么样的原因，而这个原因就在各自的身上。你们现在正值壮年，要是比现在勤奋几倍，自然会比我强，即使成绩差，也能达到我这样的程度。世间这样的例子比比皆是，你们足以明白其中的道理，就不用我去一一列举了。我在世间虽然没有多少德望，要是再过个几十年，当然就是一个老古董了，可是有的后人还会用我来对比你们。等人死了之后，如果自己没有一定的安排，又有谁会知道你们的事迹呢？家族中也有一些人少年时就声名鹊起，弱冠之年就越级成为高官的人，那个时候王氏一族优秀的子弟成龙成凤，平庸的子弟成虎成豹，然而失去先人的荫庇之后，平庸的人还能成虎成豹吗？况且我也没有能力让你们得到荫庇，只能你们自己努力了。有的人位列三公，没有人听说过他的名字；有的人家徒四壁，公卿宰辅见了也要躬身下拜；有些人身为父子，却有着悬殊的社会地位；有些人身为兄弟，却有着不同的名声。为什么会出现这种现象呢？就是读通、领悟了几百本书罢了！我现在后悔当初读书太少已经来不及了，就用我这个前车之覆作为你们这些后车之鉴吧！你已经到了三十而立的年龄，刚刚进入仕途，而且还有家庭的拖累，工作又牵制了你们的心情，什么时候又能像王朗那样去学习呢？不能向那些苟且的人学习，就这样庸庸碌碌过完这一生！你们试着想想是不是这个道理，不用顾忌我说的这些话。我这样鞭策你树立雄心壮志，是抱着万分之一的希望你能在我死前有所成就，也不知道会不会有些作用。有没有成就都是你自己的，和我又有什么关系呢？鬼只知道喜欢坟前的松柏枝繁叶茂，哪里会知道子孙的名声是好是坏！因为你的某些做法让我产生了感想，所以把我的心里话略微说了一些。

【解读】

这篇家训是王僧虔写给他的长子王慈的。王僧虔一共有五个儿子，分别是王慈、王志、王楫、王彬、王寂。从文中"汝年入立境，方应从官"，和王僧虔去世时王慈从豫章内史任上奔丧这件事结合起来分析，本文应该写于齐武帝永明初年。本文主要是对王慈在读书方面的问题进行告诫，也涉及了做人、立志、学习、如何看待贫穷等方面，同时也是对王慈的其他几个兄弟的忠告。

　　文章从王慈埋怨父亲不赞同自己的学习成绩开始，教育王慈学习要持之以恒，不能三心二意；要仔细钻研博览群书，不能浅尝辄止；要抓紧年轻时学习效率高这一最好的阶段，不要"白首方悔读书迟"。并且用假设和举例的方式，让王慈明白这样做会有什么样的后果。特别是文中的比喻，用词浅显直白，却又说明了深刻的道理，可谓是本文的一大亮点。

　　王僧虔是世家出身，"琅琊王氏"在两晋、南北朝时期都是有名的士族，王融、王览、王导、王羲之、王献之都是这个家族的成员。当时能够出仕为官的只能是士族出身的人，也就是所谓的"上品无寒门，下品无士族"，王僧虔本人也是因为这个才得以出仕。然而，作为门荫制度的受益者，王僧虔却告诫他的儿子"失荫之后，岂龙虎之议？""身经三公，蔑尔无闻；布衣寒素，卿相屈体。或父子贵贱殊，兄弟声名异"，只有努力学习提高自己的学识、修养、能力才是长久之道，这在门阀制度盛行的南北朝是很难得的。

李世民诫吴王恪书：用"义"规范行为　用"礼"控制私欲

人物简介

　　李世民（598—649年）是唐朝的第二个皇帝，谥号"太宗"。他少年时即投身军旅，在唐王朝的创建和统一过程中立下了汗马功劳。玄武门之变中，李世民杀死了自己同母的哥哥太子李建成和弟弟李元吉，又逼迫唐高祖李渊退位，自己做了皇帝。他在位的前期能够虚心纳谏，对内修养生息，开创了"贞观之治"；对外开疆拓土，改善了唐朝的外部环境，为后来唐朝长达一百多年的盛世和将近三百年的存在时间奠定了坚实的基础。

李世民不仅在军事、政治方面有杰出的贡献，在文学和书法方面也有很高的造诣。他擅长隶书，曾亲自书写《晋书·王羲之传赞》；他创作诗歌的水平也很高，流传到后世的作品将近有一百首；文学方面的作品有《帝范》《贞观政要》等。

家书精选

吾以君临兆庶，表正万邦。汝地居茂亲，寄惟藩屏，勉思桥梓之道，善俟间平之德，以义制事，以礼制心。三风十愆①，不可不慎。如此，则克固磐石，永保维城。外为君臣之忠，内有父子之孝。宜自励志，以勖日新②。汝方违膝下，凄恋何已，欲遗汝珍玩，恐益骄奢。故诚此一言，以为庭训。

【注释】

①三风十愆：指各种坏毛病。愆，qiān，错误、过失等。

②以勖日新：努力天天向上。勖，xù，勉励。

【译文】

我以皇帝的身份统治天下黎民，成为各国的表率。你因为是我的儿子，这才被封王封爵作为国家的重臣，因此一定要努力思考如何才能处理好父子之道，好好学习河间献王、东平宪王这些历史上贤王的美德。平时要用"义"来规范行为，用"礼"来控制私欲，凡是涉及不良现象的，一定要慎之又慎。做到了这些，你的王位就会固若磐石、永保国之干城的地位；从国家来说保全了君臣之间的"忠"，从家庭来说保全了父子之间的"孝"。你应该激励自己的意志，争取每天都能取得进步。你马上就要离开我了，我舍不得你走，心情很是凄凉；想要给你一些珍贵的物品，又担心你会因为这些东西而产生骄狂奢侈的习气，所以就告诉你这些话，当作父亲对儿子的训诫吧。

【解读】

李恪是唐太宗李世民的第三个儿子，母亲杨妃是隋炀帝杨广的女儿。

在李世民的诸多儿子中，李恪属于比较出类拔萃的，因英武果敢深得李世民的喜爱，李世民曾称赞他说："吴王恪英果类我。"李世民一度有让李恪做太子的想法，但是因为李恪不是嫡子，而且具有前朝皇族的血统，最后打消了这个念头。唐高宗李治登基后，房玄龄的儿子房遗爱诬陷李恪参与谋反，随后在皇宫中被缢杀。

贞观十一年（637年），御史柳范弹劾李恪在安州（今湖北安陆）都督任内游猎无度损坏庄稼（《新唐书》的记载是他和乳母的儿子一起游戏），于是作为惩罚，李恪被免职、削减封户，同时被召回长安。第二年，李恪被重新任命为安州都督，临行的时候，李世民为了告诫他写了这封家书。

有趣的是，在柳范弹劾李恪的时候，李世民因为护短不愿意惩罚李恪，对左右的人说："权万纪作为吴王的老师，不能阻止李恪犯错误，真是该死啊！"柳范立刻顶了回去，说："连房玄龄都无法阻止陛下游猎，权万纪又有什么罪？"李世民盛怒之下拂袖而去，过了好长时间，又把柳范叫了过去，问他："你为什么在朝堂上让我下不了台？"柳范说："我听说君主圣明的话，臣子就会正直。陛下是英明的君子，所以我也不敢将我这愚蠢的正直隐瞒下来。"李世民这才消了气。从这件事我们可以看出，李世民虽然是历史上有名的明君，但他也是一个活生生的人，也是爱子心切的慈父，同样会因为宠爱自己的孩子而有包庇行为，也从另一个方面反映出了他们父子之间的关系是如何的亲厚。

在文中，李世民的告诫可谓公私兼顾。他告诉李恪说他不仅是他这个父亲的儿子，还是他这个皇帝的重臣，肩负着藩屏国家的重任，所以李恪做事的时候不但要考虑到父子之间的亲情，还要考虑到君臣之间的忠义，只有平衡好了这两个方面，他的地位才能够稳若磐石。至于对李恪远离不良爱好的告诫、不愿意给他贵重的物品等，都是一个父亲对儿子的成长所做的努力，舐犊之情溢于言表。

或许这封《诫子书》真的起了作用，从此之后李恪好像学会了克制自己，再也没有了之前那种纨绔的习气，也就没有因为犯错误而被处罚。

李义琰诫弟义琎书：没有良好的德行必有灾殃

人物简介

李义琰（？—688年），是唐高宗李治的亲信大臣，曾担任过中书侍郎、太子右庶子、同中书门下三品等职。他是魏州昌乐（今河南南乐县）人，唐高祖武德五年（622年）进士及第，博学多识为官正直。

家书精选

吾为国相，岂不怀愧，更营美室，是速吾祸，此岂爱我意哉？事难全遂，物不两兴。既有贵仕，又广其宇，若无令德，必受其殃。吾非不欲之，惧获戾也！

【译文】

皇帝让我做宰相，我已经很惭愧了，要是再建造华美的房子，那不是让灾祸更早到来，你这样做哪里是爱护我啊？做事情不可能都事随人愿，也没有两全其美的。既做高官又扩建住宅，如果没有良好的德行，必定会有灾殃发生。我不是不想住大房子，是害怕招来灾祸。

【解读】

李义琰官居三品，位列宰辅，不可谓不位高权重。即使是这样，李义琰仍然非常自律，居住在狭窄的宅第里，连个会见客人的正堂都没有；就算是自己的弟弟送来建材，他也宁愿让建材腐烂扔掉，都不愿意修建。李义琰的这种行为说明，他知道自己真正需要的是什么，也懂得知足常乐的道理，如果做了高官就开始追求声色犬马、肥田美宅，就是忘乎所以，祸患也就随踵而来了。他的这种做法是值得肯定和称赞的，和那些刚做了一个小官就开始依仗手中的权力追求骄奢淫逸生活的官僚们形成了鲜明的对比。

骆宾王与亲情书：物是人非，有志无时

人物简介

骆宾王（约626—684年），字观光，婺州义乌（今属浙江）人。骆宾王七岁的时候就做出了流传后世的《咏鹅》，被誉为神童，长大后成为唐朝初年的著名文学家、诗人。他的父亲曾做过青州博昌县的县令，死于任所。此后他先是流落在博山一带居住，不久又搬到了兖州瑕丘县，早期的生活一直处于贫困落魄的状态。唐高宗永徽年间，骆宾王成为道王李元庆的幕僚，后来因事被贬谪投身军旅。徐敬业在扬州起兵讨伐武则天时，骆宾王被任命为艺文令掌管文书机要，写出了名震天下的《代徐敬业传檄天下文》。反武行动失败后，骆宾王下落不明。骆宾王的文学成就很高，诗歌方面和王勃、杨炯、卢照邻合称为"初唐四杰"，尤其擅长七言，《帝京篇》是初唐时期少有的长篇歌行，当时的人们认为此后再也不会出现超过此篇的作品；他也擅长骈文，词采清新俊逸，在抒情、说理、叙事等方面都能做到挥洒自如，其中的代表作就是前面提到的《代徐敬业传檄天下文》。

家书精选

某初至乡间，言寻旧友，耆①年者化为异物，少壮者咸为老翁；山川不改旧时，丘陇多为陈迹。感今怀古，抚存悼亡，不觉涕之无从也！

询问子侄，彼亦凋零，永言伤情，增以悲恸。虽生死之分，同尽此途，而存亡之情，岂能无恨！

终期展接，以申阔怀。取此月二十日，栖桐成礼，事过之后，始可得行。祗叙尚赊，倾系何极！各愿珍勖，远无所诠。

【注释】

①耆：qí，年老者，六十岁以上的人。

【译文】

我第一次回到故乡的时候，谈起以前的老朋友，那些当年就已经是老年的人都已经故去了，年轻人也都垂垂老矣。青山流水仍然还是当年的样子，他们之前耕作的田园已经变成多年前的古迹。我感慨今日的遭遇、怀念过去的时光，慰问幸存者、悼念仙去的人，不知不觉间眼泪就流了下来。

当我询问子侄的情况时，得知他也去世了。这个消息让我悲伤了很长时间，也让我的心情更加悲痛哀伤。虽然死了的人、活着的人最终都会在黄泉相聚，但是活着的人想到死者的时候，怎么会没有遗憾呢！

在母亲的葬礼上我将举办盛大的吊唁仪式，以表达我永远思念她的心情。已经决定在这个月的二十日，让我的母亲入土为安，所有的事情都完成之后，我才启程回去。小小的一片信纸，写不尽我心中无限的话语，希望大家都能够各自保重，免得我们远在他乡还惦记着对方。

【解读】

唐高宗仪凤二年（678年），骆宾王的母亲去世，他奔丧回到了阔别多年的故乡。虽然这些年来他在四方颠沛流离，可是家乡的父老却没有看不起他，反而将他这个闻名天下的才子当成自己的骄傲。乡亲们的热情让这个"少小离家老大回"的游子感到了无以言表的温暖，也让他那颗凉透了的心再次变得火热，于是写下了《与情亲书》《再与情亲书》等文章。

在作者回到故乡后，看到山水依然还是原来的样子，而生活在这片山水之间的乡亲已经发生了很大的改变，"耆年者化为异物，少壮者咸为老翁"；加上母亲的去世、子侄的"凋零"，这些都加重了他心中的悲伤。再联想起这几十年仕途屡遭打击、常年奔波在外的遭遇：空有满腹经纶，却一直怀才不遇；虽然名满天下，却始终壮志难酬，又怎么能不让人潸然泪下呢？

这篇文章通篇都是朴实无华的文字，行文风格凝重苍凉，充分体现出作者高超的文字驾驭能力、出众的文学才华，也表达出了作者心中对物是人非的悲痛、对有志无时的感慨等复杂的情感。

姚崇遗令诫子孙文：崇尚质朴，远离奢华

人物简介

姚崇（650—721年），字元之，原名元崇，陕州硖石（今河南三门峡市陕县）人。姚崇是盛唐时期著名的政治家，在任期内大力主张减免赋税、禁止宦官外戚干涉政务、宠臣不能免于法律的处罚等，为当时的政治清明做出了贡献。他还致力于纠正歪风邪气、破除不良的信仰。唐玄宗开元初年，山东发生了蝗灾。当时的人们普遍认为，蝗虫也是一种神灵，蝗灾是上天对人民的警示，所以发生了蝗灾就要等它自然消失，绝对不能捕杀蝗虫。姚崇对这种说法进行了斥责，大力推行灭蝗并且取得了卓越的成效，一年之内就捕杀了900万担的蝗虫，将蝗灾的损失降到了最低限度。

姚崇在宰相的位置上三起三落，最终因李隆基听信谗言被罢免，改任开府仪同三司。他和他所引荐的宋璟合称"姚宋"，也和房玄龄、杜如晦、宋璟并称为"唐朝四大贤相"。姚崇为官清正廉洁，担任宰相和文官的最高职务中书令多年，从不购置产业，在京城长安甚至没有属于自己的住宅。

家书精选

古人云："富贵者，人之怨也，贵则神忌其满，人恶其上；富则鬼瞰其室，虏利其财。"自开辟以来，书籍所载，德薄任重而能寿考元咎者，未之有也。故范蠡、疏广之辈，知止足之分，前史多之。况吾才不逮古人，而久窃荣宠，位逾高而益惧，恩弥厚而增忧。往在中书，遘①疾虚惫。虽终匪懈，而诸务多缺。荐贤自代，屡有诚祈；人欲天从，竟蒙哀允。优游园沼，放浪形骸，人生一代，斯亦足矣。田巴云："百年之期，示有能至。"王逸少云："俯仰之间，已为陈迹。"诚哉此言。

比②见诸达官身亡以后，子孙既失覆荫，多至贫寒，斗尺之间，参商

是竞③，岂惟自玷，乃更辱先，无论曲直，俱受嗤毁。庄田水碾，既众有之，递相推倚，或至荒废。陆贾、石苞，皆古之贤达也，所以预为定分，将以绝其后争，吾静思之，深所叹服。

昔孔子至圣，母墓毁而不修；梁鸿至贤，父亡席卷而葬。昔杨震、赵咨、卢植、张奂，皆当代英达，通识今古，咸有遗言，属令薄葬。或濯衣时服，或单帛幅巾。知真魂去身，贵于速朽，子孙皆遵成命，迄今以为美谈。凡厚葬之家，例非明哲，或溺于流俗，不察幽明，咸以奢厚为忠孝，以俭薄以悭惜，至令亡者致戮尸暴骸之酷，存者陷不忠不孝之诮，可为痛哉！可为痛哉！死者无知，自同粪土，何烦厚葬，使伤素业？若也有知，神不在柩，复何用违君父之令，破衣食之资？吾身亡后，可殓以常服，四时之衣，各一副而已。吾性甚不爱冠衣，必不得将入棺墓。紫衣玉带，足便于身，念尔等勿复违之。且神道恶奢，冥途尚质，若违吾处分，使吾受戮于地下，于汝心安乎？念而思之。

【注释】

①遘 gòu：遭遇。

②比：近来。

③参商是竞：参商指的是参星与商星，二者在星空中交替出现，此出彼没。文中用这二星喻指彼此对立，不和睦。

【译文】

古人说："富贵容易引起他人的怨恨。地位高贵了，那么神灵会忌讳他志得意满，普通人会嫉妒他地位在自己之上；家庭富裕了，鬼魂会窥伺他的家室，强盗会觊觎他的财富。"从盘古开天到现在，从流传下来的书籍来看，从来没有德行不足却又担当重任，还能够健康长寿不受到罪罚的人。所以像范蠡、疏广这一类的人，都明白适可而止的道理，这样的记载在前代的史书中有很多。况且我的才能还比不上那些古人，却在这个位高权重的位置上占据了很长的时间，位置越高我就越发恐惧，皇上对我的恩宠越厚我就更加忧愁。我在做中书令的时候，因为患病而身体虚弱，虽然我始终都不敢懈怠，但是在很多政务的处理上还是有所不足。所以我想要举荐贤才来接替我的工作，经过多次诚恳的祈求，终于天从人愿，皇上因为怜悯我，答应了我的请求。从此之后我可以在田园池沼里悠闲地游玩，行为举止不用再顾忌那么多世俗的礼节，人生在世能过上这样的生活，我已经非常满意了。战国时期的辩士田巴曾经说过："有几个人能够活到一百岁？"晋朝的王羲之说："一抬头一低头之间，眼前的一切都成了过去。"这些话说的很是中肯啊！

我经常见到那些达官显贵去世之后，他们的子孙因为失去了父祖的庇护，很多都沦落到了饥寒交迫的境地，为了一点蝇头小利，亲人之间反目成仇，不仅玷污了自己的名声，也让父祖的英灵蒙羞。只要这样做了，不论有没有理，都会遭到世人的嘲笑。像庄园、祭田、水车、石碾之类的财物，只要是公用的，就会推来让去不愿意管理，有时候甚至会让这些财物给荒废掉了。陆贾、石苞这两人都是古代难得的大贤，为了防止发生这样的情况，事先就给后人分好了，免得他们争来争去。我每次没事的时候想起他们的做法，都深深地为之叹服。

孔子是公认的圣人，可是他母亲的坟墓坏了之后他却不修葺；梁鸿是公认的贤人，可是他父亲死后他却只用一领芦席卷起来埋葬。杨震、赵咨、卢植、张奂这些人，都是当时的精英贤达，精通上古的礼仪和当时的风俗，却都留下遗言，嘱咐他们的后人在自己死后薄葬，要么穿上平时换洗的衣服，要么干脆用布帛一裹完事。因为他们知道，灵魂离开人体之后，最重要的是让死者入土为安。他们的子孙也都遵从了遗言，到现在他们的做法都被人们传为美谈。大凡那些搞厚葬的，从来都不是贤明睿哲的人。有的人溺信世俗的做法，不明白生死之间的大道，觉得厚葬才是孝顺，薄葬意味着吝啬，结果使得死者承受遗体被屠戮、骨殖被暴尸的酷刑，活着的人也会被人讥笑不忠不孝。这个后果真让人痛心啊！这个后果真让人痛心啊！死者如果没有感知，那么遗体自然也就和粪土没有区别，何必因为厚葬而伤害他清白的操守呢？死者若是有感知，那么灵魂也不在棺材里面，又哪里需要违背先父的遗命、浪费自己生活必需的资产呢？我死之后，就用我平时穿的衣服收敛我，再将四季衣服各一套随葬就可以了。我本来就不喜欢官服，一定不能随葬这东西，有了我平常穿的那些紫衣玉带，就足够我穿的了，你们一定不要违反我的命令。况且神灵厌恶奢华、阴间崇尚质朴，如果你们不按照我的嘱咐去做，使得我在九泉之下还要接受惩罚，你们能心安吗？一定要记住啊！

【解读】

这封诫子书写在姚崇去世之前，主要是交代后事，所以与其说是诫子书，还不如说是遗书更为恰当。

姚崇开篇就说明了自己的富贵观，认为高官显爵、家财万贯并不一定是好事，只有知足才能常乐。随后又以那些争夺遗产，以致"自玷""辱先"的人为例，从侧面告诫儿子们，想要获得世人的称赞，要依靠自己的努力、不能指望先人的荫庇；这段话还有另外一层用意，就是让儿子们要顾念手足之情，不要为了针头线脑的利益而祸起萧墙。

在文中我们可以看到，姚崇看待富贵和生死的态度是达观的、洒脱的，就从这一点，一代贤相的人品情操便可以管中窥豹。而他所列举的那些圣贤，不仅自己将其作为行事的楷模，也要求儿子们学习效仿他们。从交流的角度来看，实际的例子要比枯燥的说教更令人信服，也更能让人接受。

李白寄东鲁二稚子书：遥遥无归期，念此如油煎

人物简介

李白（701—762年），字太白，号青莲居士。李白是盛唐时期的著名诗人，也是中国历史上最杰出的诗人之一，更是自屈原之后的最伟大的浪漫主义诗人，有"诗仙"之称，和同时期的现实主义诗人杜甫合称"李杜"。

李白的一生中很少在某个地方长时间停留，大部分时间都是在游历中度过的：他二十岁的时候独自一人走出了四川，足迹遍布大半个中国，结

识了不少的文人墨客,在此期间创作了很多优秀的诗篇;四十岁之后,他受到李隆基的妹妹玉真公主和著名诗人贺知章的赏识,进入了唐玄宗李隆基的视线,才得以供奉翰林。然而李白生俱傲骨,"安能摧眉折腰事权贵,使我不得开心颜",仅仅过了三年就弃官而去,继续四方漂游。安史之乱发生后,李白因为受永王李璘的牵连,被流放到了夜郎(今贵州境内);后来被赦免一直在江南地区颠沛流离,最终在762年病死于安徽省马鞍山市。

家书精选

吴地桑叶绿,吴蚕已三眠。
我家寄东鲁,谁种龟阴田?
春事已不及,江行复茫然。
南风吹归心,飞堕酒楼前。
楼东一株桃,枝叶拂青烟。
此树我所种,别来向三年。
桃今与楼齐,我行尚未旋。
娇女字平阳,折花倚桃边。
折花不见我,泪下如流泉。
小儿名伯禽,与姊亦齐肩。
双行桃树下,抚背复谁怜?
念此失次第,肝肠日忧煎。
裂素写远意,因之汶阳川。

【译文】

金陵的桑树枝繁叶茂,喂养的春蚕已经三眠了。我的家在遥远的山东,那里的田地是谁在耕种呢?春耕的事务我是没有时间去处理了,何时能够回去也无法确定。南来的微风吹拂着我归家的思绪,将它们带到了故乡酒楼的前面。还记得这座酒楼的东面有一株桃树,它的枝叶在青烟上微微荡漾。这棵桃树就是我栽种的,已经有三年没有见过它了。桃树现在应该和酒楼一样高了,可是我的归期还遥遥无期。我娇美的女儿名叫平阳,喜欢倚着树干去折桃花，折下了桃花却看不到我的身影，不由得流下一串串伤心的眼泪。我的儿子名叫伯禽，想来现在也和他的姐姐一般高了。姐弟二人在树下徘徊，又有谁能拍着背去安慰他们呢？想到这里我不由得一阵慌乱，心中就像被油煎一样。撕下一片洁白的丝帛，将我对他们的思念写在上面，寄到遥远的汶阳川去。

【解读】

　　这是一封诗歌样式的书信，写于李白漫游金陵的期间。当时李白的第一个夫人许氏已经去世，留下了平阳和伯禽一对儿女。

　　书信从见到当地人劳作写起，联想起在这个春耕的季节，家中的农活又是如何安排的；接着由事及物（酒楼、桃树），又由物及人（平阳和伯禽），用生动的笔触抒发出了一个父亲对年幼的儿女的思念之情，通篇言辞亲切，充满了关爱之情。这封家书情景并茂，有着奇特的想象力，描写具体景物的时候细致入微，具有较强的艺术感染力。

颜真卿守政帖：守心守志，恪守原则

人物简介

　　颜真卿（708—785 年），字清臣，京兆万年（今陕西西安）人。颜真卿是唐代时期著名的书法家，他的楷书与欧阳询、柳公权、赵孟頫合称"楷书四大家"，具有端壮雄伟、气势开张的风格，人称"颜体"。后人辑有《颜鲁公集》。

　　颜真卿也是一个政治家。他在开元二十二年（734 年）中进士，随后进入仕途，后来因为得罪了相国杨国忠被贬为平原（今山东省德州市平原县）太守，所以后世亦称他为"颜平原"。兴元元年（784 年），淮西节度使李希烈发动叛乱，在奸相卢杞的鼓动下，唐德宗李适派颜真卿去李希烈的军中传达朝廷旨意，颜真卿凛然拒绝了李希烈的劝降，最终被缢死。他死后被朝廷追赠为司徒，谥号"文忠"。

家书精选

政可守，不可不守。

吾去岁中言事得罪，又不能逆道苟时，为千古罪人也。虽贬居远方，终身不耻。汝曹当须会吾之志，不可不守也。

【译文】

从政一定要恪守原则，绝对不能不恪守原则。

去年年中我因为上疏得罪了权臣，可是我又不能违背道义去苟同时俗而成为千古罪人。所以我虽然被贬谪到荒凉的边疆，却一辈子都不认为这是一件令人羞辱的事情。你们这些人一定要从这件事去体会我的志向，不能不恪守原则啊。

【解读】

颜真卿所在的颜氏家族是琅邪望族，他的高祖父颜之推是南北朝时期北齐的黄门侍郎，父亲颜惟贞担任过太子文学，母亲殷氏也出身名门，堂兄颜杲卿在安史之乱中不屈而死。颜真卿从小就接受了良好的教育，也有着当时士大夫公认的高尚气节。

唐代宗李豫末年，权相元载把持政务，当时颜真卿负责太庙的事务，上疏说祭器没有整治。元载认为他的上疏是诽谤自己没有尽到职责，就将他贬为峡州别驾（峡州的治所在今湖北宜昌，和后文的吉州在当时都属于偏远蛮荒之地；别驾是州长官的副手，没有什么权力），后改任吉州司马（吉州就是现代的江西省吉安市）。这篇家书就是他在被贬的路上写的。

颜真卿有三个儿子：长子叫颜颇，安史之乱时曾被颜真卿送到叛军中做人质；次子叫颜頵，曾做过河东士曹、封爵沂水县男；三子叫颜硕，曾担任过秘书省正字。他对这三个儿子的要求都很严格，不仅要求他们尽力提高自己的学识和从政的能力，还要求他们建立正确的三观，上报君王下报黎庶，不能媚合世俗同流合污。从颜颇兄弟三人后来的表现来说，颜真卿对他们的教育是成功的。

这封家书很短，还不到五十个字，但是就在这短短的篇幅中，我们可以看到颜真卿那为人守心、为国守政的忠义之心，也可以看到他为国理政不惜个人荣辱的高尚品德。

颜真卿之前曾两次被贬：第一次是被贬谪到同州，第二次是被贬谪到蓬州，这次已经是第三次了。即便如此，颜真卿仍然没有对自己的遭遇有任何的怨言，仍然对自己的人生抱负坚信不疑，并且身体力行恪尽职守，认为应该做的事情就一定要去做。古人提倡"在其位谋其政"，作为一个封建士大夫，他能做到这一步是难能可贵的。

白居易狂言示诸侄书：知足常乐

人物简介

白居易（772—846年），字乐天，晚年号香山居士，祖籍太原，后迁居下邽（今陕西渭南）。白居易是中唐时期的现实主义诗人，作品多反映当时黑暗的现实和人民的疾苦，用词浅显易懂，擅长长篇叙事诗。他还是新乐府运动的倡导者，主张"文章合为时而著，歌诗合为事而作"；同时他还是一个政治家，在贞元年间中进士后，先后担任过秘书省校书郎、左拾遗、赞善大夫、江州司马、杭州和苏州的刺史、最终官至刑部尚书。

白居易在文学上成就最高的是诗歌，题材广泛形式多样，有"诗魔"和"诗王"之称。因为和元稹一起倡导新乐府运动，世称"元白"；在诗歌上和刘禹锡并称"刘白"。

家书精选

世欺不识字，我今①攻文笔。世欺不得官，我今居班秩②。

人老多病苦，我今幸无疾。人老多忧累，我今婚嫁毕。

心安不移转，身泰无牵率。所以十年来，形神闲且逸。

况当垂老年，所要无多物。一裘暖过冬，一饭饱终日。
勿言宅舍小，不过寝一室。何用鞍马多，不能骑两匹。
如我优幸身，人中十有七。如我知足心，人中百无一。
傍观愚亦见，当己贤多失。不敢论他人，狂言示诸侄。

【注释】

①忝：常用作谦辞，意思是有愧于、有辱于等。

②班秩：官员的品阶。

【译文】

世人多欺负不识字的人，所幸我的文笔还不错；世人多欺负那些做不了官的人，所幸我还有个一官半职。人老了之后大多疾病缠身，所幸我现在身体健康；人老了之后大多会有很多放不下的心事，所幸我现在已经把儿女的婚事都操办完了。心情安定，就不会产生其他的想法；身体康泰，就不会有其他的牵挂，所以这十年来，不管是肉体上还是精神上我一直都过得清闲安逸。况且我已经到了垂垂老矣的岁数，也没有了太多物质上的需求：一件棉衣，就可以让我暖暖和和地度过寒冬；一顿饱饭，就可以让我整天都不会感到饥饿难忍。不要说住的房子太小，睡觉时一个人也只需要一间卧室罢了；养那么多骏马做什么，难道一个人还能同时骑两匹马吗？像我这样幸运的，人世间大概十个人中有七个人都能做到，可是能拥有我这样心态的，一百个人之中连一个都没有。作为旁观者，哪怕再愚蠢的人也都能看出不知足的坏处，可是当自己成为局中人的时候，即使是贤人大多也会产生失误。我不敢评论他人的想法，就把我这些狂妄的观点说给各位侄子听吧！

【解读】

白居易在仕途和文学上的成就都很高，但是在子女方面却充满了悲剧色彩：大女儿早夭；二女儿出嫁不久就因为丈夫去世而回了娘家；而他在五十八岁时生的儿子白阿崔，在三岁的时候也因病夭折了。封建礼教讲究"不孝有三无后为大"，于是白居易就将他哥哥白幼文的儿子白景受过继到了自己名下。白居易还有一个弟弟名叫白行简，或许是自己没有了亲生儿子的原因，白居易将哥哥和弟弟的儿子都视同己出，对他们尽心地进行教导，也愿意将自己的人生经验传授给他们。

  这首诗应该是在白居易晚年创作的，用来告诫侄子们要记住"知足常乐"的道理，并且用自己的亲身经历，以言传身教的方式说明"知足常乐"这个处世哲学的好处在哪里。在儒家看来，人的欲望（特别是个人的私欲）是最要不得的，所以孔子才夸奖颜回"一箪食，一瓢饮，在陋巷，人不堪其忧，回也不改其乐。贤哉回也！"没有了私欲，不追求超过自身正常生活的需求，也就不会产生更多的烦恼，更不会因为欲望而犯下本来不应该犯的错误。

李翱寄从弟正辞书：不汲汲于得失与名利

人物简介

  李翱（772—841年），字习之，陇西秋道（今甘肃临洮）人。李翱是贞元年间的进士，曾担任过国子监博士、中书舍人、潭州刺史，会昌年间在山南东道节度使任上去世，谥号"文"。李翱曾跟随韩愈学习古文，并帮助韩愈推行古文运动，他写的文章辞致浑厚，被当时的人所推重。

家书精选

  知尔京兆府取解[1]，不得如其所怀，念勿在意。

  凡人之穷达所遇，亦各有时尔，何独至于贤夫，而反无其时哉？此非吾徒之所忧也！其所忧者何？畏吾之道未能到于古之人尔！其心既自以为到且无谬，吾何往而不得所乐？何必与夫时俗之人，同得失忧喜而动于心乎！

  借如用汝之所知，分为十焉，用其九，学圣人之道，而知其心；使有余，以与时世进退俯仰。如可求也，则不啻富且贵矣。如非吾力也，虽尽用其十，祗益劳其心尔,安能有所得乎!

汝勿信人号文章为一艺。夫所谓一艺者,乃时世所好之文,或有盛名于近代者是也。其能到古人者,则仁义之辞也,恶得以一艺而名之哉!仲尼、孟轲殁千余年矣,吾不及见其人,吾能知其圣且贤者,以吾读其辞而得之者也。后来者不可期,安知其读吾辞也,而不知吾心之所存乎?亦未可诬也。

夫性于仁义者,未见其无文也。有文而能到者,吾未见其不力于仁义也。由仁义而后文者,性也;由文而后仁义者,习也。由诚明之必相依尔。

贵与富,在乎外者也,吾不能知其有无也,非吾求而能至者也,吾何爱而屑屑于其间哉!仁义与文章,生乎内者也,吾知其有也,吾能求而充之者也,吾何惧而不为哉!汝虽性过于人,然而未能浩浩于其心,吾故书其所怀以张汝,且以乐言吾道云耳。

【注释】

①解:指的是发解试,发解试是科举考试中的初级考试,却至关重要。因为只有发解试合格,才有机会参加更高一级的省试乃至于殿试。

【译文】

我听说你参加了京兆府(就是京城长安)的发解试,考试的成绩并不理想,希望你不要对此一直耿耿于怀。

要知道世间的人是否是贫穷还是发达,都是由时运决定的,怎么会到了贤德的君子这里,反而会没有了时运呢?(能否中举)这种事不是我们这些人应该担心的!那么我们应该担心什么呢?应该担心我们的德行有没有达到古人的那种高度!要是认为自己的德行已经达到古人的高度,而且也确实如此,那么不管我们做什么都能够乐在其中,又何必和那些世间的俗人一样,被得到或者失去、忧愁或者欢喜扰乱自己的心绪呢?

假如说将你的智慧一分十份,应该用九份来学习圣人之道,研究圣人的微言大义是什么;然后用剩下的那一份去研究俗世的那些追求。如果能成功,自然也免不了荣华富贵;如果不是自己的能力能获取的,那么即使将十份的精力智慧都投入进去,也只是让自己更加劳累罢了,哪里会有什么收获呢？

你不要相信有些人说的"文章只是一门艺术"的谬论。所谓是艺术，指的是那些为了迎合世人的喜好、或者是近世那些辞藻华丽的文章。而古代的那些贤能之人，写的文章都是讲解什么是仁义，哪里能用"艺术"这个词语来形容呢？孔子、孟子都是千年之前的人，我从来没有见过他们，我能够知道他们是圣人、贤人，是通过阅读他们留下的文章而得出的结论。以后的人我不知道会是什么样子，谁知道他们在读过我的文章之后，会不会懂得我的用意呢？这是不能信口开河的。

那些秉性仁义的人，没有见过有文章写得不好的；那些文章做得很好的人，我没有见过不致力于仁义的。秉性仁义的人能做出好文章，那是性情决定的；文章写得好然后致力仁义，那是思想决定了行动，这就像至诚之心和完美的德性相互依存一样。

荣华富贵是身外之物，我们不知道此生能不能拥有这些东西，也不是努力就能够获得的，我们又何必将全部精力放在这上面呢？仁义和文章是内在的，我们知道有这种东西，并且能够通过努力而实现，那么又担心什么不去努力呢？你虽然天资过人，但是心性方面还不够大气，所以我写下我的这些感想来开阔你的心胸，希望你能认同我所说的这些道理。

【解读】

李翱的堂弟在参加长安府举办的科举考试中名落孙山，受到了很大的打击，心中异常苦恼，成了心病。李翱听说后，就写了这封信去开解他。

在李翱看来，学识和修养才是人的立身之本，也是人们最应该追求的；而世人所推崇的荣华富贵不过是身外之物，又何必汲汲于得失，孜孜于名利呢？他认为学习的目的并不是为了获取荣华富贵，而是为了提高自己的学识和修养。只要自己的学识和修养得到了提高，便没有必要为了获得功名而苦恼烦闷。

李翱和韩愈亦师亦友，也致力于推行古文运动，所以在写这封信的时候没有忘记推行古文运动的主张。这篇文章最大的特点就是将劝解和传道有机地结合在了一起，在劝解中巧妙地宣传了自己的文学主张，又在传道的同时让亲人得到了宽慰。作为家信，它能够让亲人感到写信人的手足之情；作为文章，它能够让读者了解作者的文学主张。韩愈提倡的古文运动强调要以文明道，讲究言之有物，不能无病呻吟，也不能为了讲究对称而堆积华丽而无用的辞藻，李翱的这封家书完美地体现出了这些要求。

然而，这封家书中所体现的一些观点也是片面的，表现出了李翱"重道轻文"的思想倾向。例如，他主张的"夫性于仁义者，未见其无文也。有文而能到者，吾未见其不力于仁义也"，其实有了仁义，并不代表能够做出好的文章；能够写出好的文章，也不一定就是一个仁义的人。再如他对荣华富贵的看法，显得有些不切实际，要知道人对于美好的生活总是充满了向往和追求，如果让某个人安于贫苦却不致力于对大道的追求，如果不是颜回那种大贤，恐怕是难以做到的。李翱的修养和文学水平都很高，所以他认为这些都是很容易就能够做到的，但是作为普通人的我们，在读这封家书的时候，一定要注意分辨其中观点的局限性。

元稹诲侄等书：爱惜光阴，谨慎交际

人物简介

元稹（779—831年），字微之，又字威明，河南洛阳人，中唐文学家。元稹在14岁的时候成为明经（隋唐时期的科举考试分两种，以经义考中的叫明经、以诗赋考中的叫进士。也就是俗称的明经科、进士科），20岁踏入仕途后历任秘书省校书郎、左拾遗、监察御史、江陵府士曹参军、虢州长史、翰林学士承旨、同州刺史、浙东观察使等职，后来在武昌军节度使任上逝世，终年53岁。

元稹在文学方面的发展比较全面，他的诗歌、小说、散文、文学评论等均有可观之处，在中国文学发展史上有着重要的地位。他成就最高的是诗歌，元稹以诗见长，与白居易齐名，世称"元白"，为新乐府运动倡导者之一。他的代表名作有传奇《莺莺传》《离思五首》《遣悲怀三首》《菊花》等。他的诗文辞浅意哀,扣人心扉,动人肺腑,为世人留下过"曾经沧海难为水,除却巫山不是云"的千古佳句。

家书精选

告仑等:吾谪宦①方始,见汝未期,粗以所怀,贻诲于汝。汝等心志未立,冠岁行登②。古人讥十九童心,能不自惧?吾不能远谕他人,汝独不见吾兄之奉家法?吾家世俭贫,先人遗训常恐置产息子孙,故家无樵苏③之地,尔所详也。吾窃见吾兄自二十年来,以下士之禄持窭绝之家,其间半是乞丐羁游以相给足。然而吾生三十二年矣,知衣食之所自始。东都为御史时,吾常自思:尚不省受吾兄正色之训,而况于鞭笞诘责乎!呜呼!吾所以幸而为兄者,则汝等又幸而为父矣!有父如此,尚不足为汝师乎?

吾尚有血诚将告于汝:吾幼乏岐嶷④,十岁知文,严毅之训不闻,师友之资尽废。忆得初读书时,感慈旨一言之叹,遂志于学。是时尚在凤翔,每借书于齐仓曹家,徒步执卷就陆姊夫师授,栖栖勤勤,其始也若此。至年十五,得明经及第,因捧先人旧书于西窗下,钻仰沉吟,仅于不窥园井矣。如是者十年,然后粗沾一命⑤,粗成一名。及今思之,上不能及乌鸟之报复,下未能减亲戚之饥寒,抱衅终身,偷活今日。故李密云:"生愿为人兄,得奉养之日长。"吾每念此言,无不雨涕。

汝等又见吾自御史来,效职无避祸之心,临事有致命之志,尚知之乎?吾此意,虽弟兄未忍及此。盖以往岁乔职谏官,不忍小见,妄干朝听,谪弃河南,泣血西归,生死无告。幸余命不殒,重戴冠缨⑥,常誓效死君前,扬名后代,殁有以谢先人于地下耳。呜呼!及其时而不思,既思之而不及,尚何言哉!今汝等父母天地、兄弟成行,不于此时佩服诗书以求荣达,其为人耶?其曰人耶?

吾又以吾兄所职易涉悔尤,汝等出入游从,亦宜切慎。吾诚不宜言及于此。吾生长京城,朋从不少,然而未尝识倡优之门、不曾于喧哗纵观,汝信之乎?吾终鲜姊妹,陆氏诸生,念之倍汝,小婢子等,既抱吾殁身之恨,未有吾克己之诚，日夜思之，若忘生次。汝因便录吾此书寄之，庶其自发，千万努力，无弃斯须。稹付仑、郑等。

【注释】

①谪窜：贬官。

②冠岁行登：古代男子年至二十，要在宗祠中行加冠的礼数。冠礼往往由父亲主持，并指定贵宾行加冠之礼。文中的意思是指马上就到了加冠典礼之时。

③樵苏：指砍柴。

④歧嶷：指的是幼年聪慧。嶷，念 yí。

⑤粗沾一命：草草获得一官半职。

⑥重戴冠缨：唐代冠帽上的缨穗，意指重新为官。

【译文】

告知元仑等人：我刚刚踏上被贬谪的道路，不知道什么时候才能见到你们，现在将我心中一些粗浅的想法写出来，送给你们当作教诲。你们还没有到及冠的年龄，也没有建立起应有的志向。古人讽刺鲁昭公说"十九岁还像一个儿童一样"，到了这个年龄，难道还不能自行警惧吗？我不必用外人来比喻，难道你们就不知道我的兄长是如何遵守家训的吗？我们家几代人都很清贫，先人留下的家训总是担心因为置办了田产而使子孙产生懈怠的心思，所以我们家并没有多少田地，这些你们都是知道的。据我所知，我的兄长这二十年来是用一个下级官员的俸禄来养活这个一贫如洗的家庭，其中一半的费用要靠他奔波在外、向人乞求才能得来。然而我一直到了三十二岁的时候，才知道衣食这些东西来自哪里，那时我还在东都洛阳做御史。我经常想，兄长从来没有郑重其事地训诫过我，更不用说鞭打、叱责了。唉！这个我有幸称其为兄长的人，也是你等有幸能称为父亲的人！有这样的父亲，还没有能成为你们老师的资格吗？

我还有一番肺腑之言告诉你们：我小时候并不聪明，到十岁的时候才知道开始学习，既没有受到过父亲严正刚毅的教训，也没有得到过老师朋友的帮助。还记得我当初读书的时候，就是因为我母亲的一声长叹，才让我立志努力学习。那时候我们还住在凤翔，经常到齐仓曹家借到书后，就步行去陆姐夫家请他讲解，每天辛勤地忙碌不停，这就是我开始学习时的真实写照。到了十五岁的时候，我在明经科应试时考中，此后就捧起先人留下的旧书在西面的窗户下苦苦研读，几乎到了目不窥园的地步。就这样苦读了十年之久，才侥幸做了一个小官，有了一些名气。如今想来，我上不能像乌鸦反哺那样奉养自己的父母，下不能让自己的亲人免于饥寒之苦，这将是我终生的遗憾，可以说到现在我都是在苟且偷生。已经去世的李密说过："生来就希望能成为别人的兄长，这样就能够长时间地奉养双亲。"每当想到这句话的时候，我都潸然泪下。

你们也知道，我自从担任御史以来，工作上从来没有避祸保身的想法、遇到事情的时候有为国捐躯的决心。可是你们知道吗，这些话我们兄弟之间从来都不忍心谈起！当年我做谏官的时候，忍不住发表了一些不成熟的个人意见，妄自干扰朝廷决策，结果在河南府遭到了贬谪，极度悲痛地被召回长安，连生死都无法预料。所幸后来保住了性命，又重新担任了官职，所以我经常发誓要为君王效死，扬名于后世，这样才能死后对先人有个交代。唉，事到临头的时候想不到这些，等想到这些的时候却已经晚了，又有什么好说的呢！现在你们父母健在、兄弟和睦，不在这个时候努力攻读以求得功名，是怎么做人的呢？还能叫作人吗？

我曾因为我的兄长交游不慎重而深深地悔恨，你们在出入交游的时候也最好慎重一些。我其实是不应该说这些话的。我在京城中也有不少朋友，但是我从来没有去过歌楼伎馆这些地方，也不曾在喧哗的闹市放纵地游览，你们相信吗？我们兄弟姐妹少，对于陆家的几个孩子，比对你们和几个女孩更为挂念。你们有我这样抱憾终身的遗憾，却没有我这样克制自己的诚心，我不管是白天还是夜晚想到这里，都好像忘记了生命的存在。你们也顺便把这封信抄写下来交给他们，希望你们都能够自己醒悟过来，一定要努力学习，不要浪费丝毫的光阴。元稹写给元仑、元郑等人。

【解读】

元稹和他哥哥的感情很深，在被贬谪的途中还在关心几个侄子的学习和成长，所以将自己的一些人生感悟写下来寄给他们，希望这几个年轻人能有所进步。

这封家书有这样几个特点：遵守家训、努力学习、爱惜光阴、谨慎交际。他先是从元家家训不能买田置产讲起，述说兄长为了维持这个大家庭的生活受了多少苦，然后又讲述了自己求学的过程是如何的艰难，付出了多少努力才取得了现在的成就，以这些真实的经历激励侄子们要抓紧时间努力学习、谨慎交友洁身自好，以便早日成为栋梁之材。

和历史上的教诲类的家书相比，元稹的这封家书虽然感情真挚、言之有物，但是更多的是说教和自吹自擂，还有对几个侄子的责难和贬低，很难让读信的人产生共鸣。如元稹出身政治世家，根本谈不上"家世俭贫"；他说自己"未尝识倡优之门"，然而他对母系远亲崔莺莺（就是他所创作的传奇小说《莺莺传》中的女主角，也是《西厢记》中的女主角）、成都的名妓薛涛都始乱终弃。从一定程度上来说，他是没有资格说这些话的，所以他的教诲也就大为逊色。

当然，作为后世的读者，我们吸取的是其中进步的成分，并不是对作者的品行进行评论。世间本来就没有完人，不能因为某一方面的不足而否定他进步的地方。

范仲淹告诸亲书：谦虚诚恳，胸怀宽大

人物简介

范仲淹（989—1052年），字希文，苏州吴县人（今江苏省苏州市），北宋杰出的思想家、政治家、文学家。宋真宗大中祥符八年（1015年），范仲淹经过苦读终于进士及第，随后被授予广德军司理参军的官职，后来

又历任兴化县令、秘阁校理、陈州通判、苏州知州等职，因为秉公直言而屡遭贬斥。庆历三年，范仲淹被任命为参知政事，随即发起了"庆历新政"，但是不久因为保守势力的反扑而失败了，他从此被排斥在北宋的政治中心之外，一直在邠州、邓州、杭州、青州等地担任知州。1052年，他在赴任颍州的途中逝世，享年六十四岁。后来追赠兵部尚书、楚国公，谥号"文正"，世称范文正公。

范仲淹不仅政绩卓著，军事方面也有卓越的才能，在戍守西北边境的时候，西夏人对他束手无策，尊称他"小范老子"，当地的宋朝军民也高兴地说"军中有一范，'西贼'闻之惊破胆"。他的文学成就更为突出，有《范文正公文集》传世，著名的《岳阳楼记》中的名句"先天下之忧而忧，后天下之乐而乐"，激励了一代代的仁人志士。

家书精选

吾贫时，与汝母养吾亲，汝母躬执爨①，而吾亲甘旨②未尝充也。今而得厚禄，欲以养亲，亲不在矣。汝母已早世，吾所最恨者，忍令若曹③享富贵之乐也。

吴中宗族甚众，于吾固有亲疏，然以吾祖宗视之，则均是子孙，固无亲疏也。苟祖宗之意无亲疏，则饥寒者吾安得不恤也。自祖宗来积德百余年，而始发于吾，得至大官，若独享富贵而不恤宗族，异日何以见祖宗于地下，今何颜以入家庙乎？

京师交游，慎于高论，不同常言之地。且温习文字，清心洁行，以自树立平生之称。当见大节，不必窃论曲直，取小名招大悔矣。(《与直讲三哥》)

京师少往还，凡见利处，便须思患。老夫屡经风波，惟能忍穷，方得免祸。(《与宅眷贤弟书》)

大参到任，必受知也。惟勤学奉公，勿忧前路。慎勿作书，求人荐拔，

但自充实为妙。(《与集贤学士书》)

将就大对，诚吾道之风采，宜谦下兢畏④，以副士望。(《与贤良》)

青春何苦多病，岂不以摄生为意耶？门才起立，宗族未受赐，有文学称，亦未为国家所用，岂肯循常人之情，轻其身汩其志哉！(《与提点》)

贤弟请宽心将息，虽清贫，但身安为重。家间苦淡，士之常也，省去冗口可矣。请多着功夫看道书，见寿而康者，问其所以，则有所得矣。

汝守官处小心不得欺事，与同官和睦多礼，有事只与同官议，莫与公人商量，莫纵乡亲来部下兴贩，自家且一向清心做官，莫营私利。当看老叔自来如何，还曾营私否？自家好，家门各人好事，以光祖宗。(《与监薄书》)

【注释】

①爨：cuàn，指烧火做饭。
②甘旨：美味的食物。
③若曹：指你们。
④兢畏：谨慎、敬畏。

【译文】

我们当初贫穷的时候，我和你们的母亲一起奉养我的母亲，你们的母亲亲自烧火做饭，我亲自去品尝饭菜的咸淡，家里的用度从来都没有宽裕过。现在我有了丰厚的俸禄，想要让我的母亲过更好的日子，可是我的母亲已经不在了。你们的母亲也已经早早地辞世，我最遗憾的事情，就是不得不让你们享受这些富贵的生活。

苏州的宗族有很多人，从我本人来说固然有血缘关系上的远近，但是从我们的祖先那里来说，都是他的后代，根本就没有远近之分。我遵从祖先的愿望不做远近之分，那么他们之中要是有人饥寒交迫，我又怎么能不去帮助呢？先人们积德行善一百多年，到了我这里才得以发迹做了大官，如果只顾自己享受富贵而不帮助宗族，他日我死后有什么脸面去见九泉之下的先人？现在又有什么脸面进家庙？

在京师中交游的时候不要散发对朝政的议论，因为你既不是言官也没有进言的资格，只管去温习自己的学业，查点自己的心灵和行为，争取做到自立自强。人一辈子的评价在于大节，不必私下里议论小处的是非曲直，免得有了小小的名声却招来大的祸患。

（《与直讲三哥》）

少往京师中来，但凡看到有利可图的事情，就要思考一下这种利益是否会有后患。我这半辈子经历了很多风波，就是因为能够忍受贫穷，这才得以免除大祸。

（《与宅眷贤弟书》）

大参到任之后，你们必然会得到他的了解和信任，只管勤奋学习奉公守法，不用担心前途的问题，更不要写信请求人家推荐自己，只有充实自己的学业才是最好的做法。将要参加的殿试正是展现儒道风采的时刻，最好做到谦虚诚恳心存敬畏，这才符合一个士子的名望。

（《与集贤学士书》）

正值青春年少，不应该受到病痛的拖累，怎么能不注意养生健体的问题呢？刚刚建立起自己的门户，宗族也没有得到恩赐；文学上有了一点名气，还没有得到国家的重用，哪里能按照平常人的想法，不顾自己的身体、丧失自己的志向呢？

（《与提点》）

贤弟尽管放心休养，虽然家里穷，但是身体更重要。家境贫寒是士子常见的现象，去掉那些多余的人口（意为仆役）就行了。建议你多下功夫看看道家方面的书籍，要是遇到那些长寿而且身体健康的人，就问一下人家是怎么养生的，自然也就有收获了。

你做官的时候要小心谨慎，不要做欺上瞒下的事；和同僚相处的时候要和睦多礼，遇到事情只能和同僚商议，不能和小吏商量；不要放纵家乡的人到你的治下经商，自己也要做到以清廉之心做官，不能谋取个人的私利。你看老叔我一直以来是如何做的，可曾有过谋取私利的行为？自己做好了，对于家族中的每一个人都是好事，祖宗脸上也有光彩。

（《与监薄书》）

【解读】

范仲淹的早年是不幸的：他不到两岁父亲就去世了，母亲带着他改嫁；青年的时候因为家境贫寒，一锅稀粥都要冷凉之后用筷子划开分成两顿吃。然而也正是有了这种经历，让范仲淹十分关心民间的疾苦，所以在有了足够的权力后，他立刻开始推行改革；也正是有了这种经历，让他明白了"艰难困苦玉汝于成"的道理，对子侄的要求也更加严格，在各方面都不肯放松。

这几封家书篇幅并不长，但是涉及了所有应该注意的地方，如亲情、宗族、言行、经济、学业、养生、处事、为官等，全部都是一个长辈对后辈的谆谆教导，关怀之情溢于言表，用慈爱的文字传达了严厉的要求，完全没有其他诫子书那种居高临下的态度。同时，范仲淹在遣词造句的时候也注意使用真诚、笃实、充满感情的言辞，讲述道理的时候由表及里、由小见大，将为人处世的大道理谈家常似的说得明明白白，很容易就让读者认同并接受。

范仲淹有四个儿子：长子范纯祐曾担任过监主簿、司竹监；次子范纯仁于中皇祐元年进士及第，在宋哲宗时拜相，一生俭朴廉洁，经常资助"义庄"、帮助族人，史家认为他"位过其父而有父风"；三子范纯礼历任河南府判官、吏部郎中、礼部尚书等职；四子范纯粹也做到了户部侍郎的官职。从现有的资料来看，他的这四个儿子官声都不错，没有辜负范仲淹对他们的期望，证明范仲淹的家庭教育是成功的。

值得专门提出的是，范仲淹去世后，他的家族一直延续到了民国初年。能够在将近九百年的时间里兴旺不衰，范仲淹留下的家训功不可没。

家书精选

范仲淹与中舍书

某再拜中舍三哥：今日得张祠部书，言二十九日，曾相看三哥来，见精神不耗。其日晚吃粥数匙，并下药两服，必然是实。缘三哥此病因被二婿烦恼，遂成咽塞，更多酒伤着脾胃，复可吃食，致此吐逆。今既病深，又忧家及顾儿女，转更生气，何由得安？但请思之，千古圣贤，不能免生死，不能管后事，一身从无中来却又归无中去，谁是亲疏？谁能主宰？既无奈何即放心逍遥，任委来去。如此断了，即心气渐顺，五脏亦和，药方有效，食方有味也，只如安乐人。忽有忧事，便吃食不下，何况久病，更忧生死，更忧身后，乃在大怖中，饮食安可否？请宽心将息将息。今送关都官服火丹砂并橘皮散去，切宜服之服之。

【译文】

仲淹再拜三哥：今天我受到了张祠部的来信，他说二十九日那天去探望您的时候，见您的精神不好，晚饭时只喝了几汤匙的稀粥，还吃了两副药。我想他说的情况必定是真的。我知道，您这次生病的原因是被二女婿气着了，急怒攻心之下造成咽喉肿痛，又兼借酒消愁伤了脾胃，致使一吃东西就呕吐。现在您的病情如此严重，又要担心家中的事务、顾及儿女的生活，就会更加生气，身体什么时候才能安好？请您仔细想一下，自古以来的圣贤任谁都无法逃脱生死的轮回，哪个都没有能力照顾到身后的事情，人来到这个世界的时候是赤条条来，离开这个世界的时候也是赤条条去。那么谁是亲人谁又是外人？谁是主宰谁又是被主宰？既然没有办法管好这些事，那就只管放下心事逍遥度日吧，一切顺其发展就行了。只有像这样断绝了心事，心情才能够通顺，五脏才能够平和，喝下去的药才会有效果，吃饭才会感觉有味道。就是那些平常能吃能喝的人，有了心事之后也会胃口不好，何况您已经病了很久，又为生死和身后之事担忧，整天生活在极度的恐惧中，哪里能吃得下饭呢？您就把心放宽，暂且休养休养吧！现在我给您送去一些关中都城的官员服用的火丹砂、橘皮散，一定要记得按时服用。

【解读】

范仲淹的三哥叫范仲温，此时担任太子中舍的官职。范仲温的女婿和他产生了矛盾，结果范仲温被气得大病一场，范仲淹知道后，就写了这封信去开导他，劝他不要有那么多的顾虑，早日将身体养好。

想要开导一个人，就要知道他的顾虑是什么、源头在哪里。所说的话要有的放矢，不能泛泛而谈。如果来开导的人只是说一些老生常谈的话，那么听者也只会默默地听完，然后礼貌地道谢，事后依然我行我素。只有对症下药，才能让人听到心里去并且认同你的观点，心情也会豁然开朗，觉得原来的那些顾虑都是不应该的，自然也就把沉重的包袱给放下了。范仲淹的这封信就是如此，他一针见血地指出病因：你就是被气着了，然后这口气撒不出来只好借酒消愁，结果把自己的脾胃给喝坏了；既怕死又担心死后家人的生活，于是病情越来越严重。然后告诉范仲温，生死是谁也无法控制的问题，人死之后什么都管不了，既然如此，考虑这么多又有什么用呢？还不如放宽心养好身体呢！

范仲温的事迹史书上记载的很少，只知道他做过太子中舍，另外有资料显示他曾经让范仲淹为他的儿子走后门，结果被范仲淹严词拒绝了。从"走后门""被气病"这两件事分析，范仲温这个人心胸、格局并不大，可能还有点喜欢钻牛角尖。想要劝解这样的人，说大道理是不行的，所以范仲淹说"千古圣贤不能免生死、不能管后事"，就是直白地告诉他：圣人、贤人尚且管不了这么多，你一个凡夫俗子哪里有这个能耐？儿孙自有儿孙福，这个世界离开了谁都不会出问题。

这封家书最值得学习的、也是其中的亮点就是范仲淹的生死观，阅读的时候要加以体会。

欧阳修家书：玉不琢不成器，人不学不知道

人物简介

欧阳修（1007—1072年），字永叔，号醉翁（晚号六一居士），吉州永丰（今江西省吉安市永丰县）人。吉州在古代属于庐陵郡，所以他也经常说自己"庐陵欧阳修"。欧阳修是北宋中期著名政治家、文学家，唐宋八大家之一。

欧阳修幼年丧父，寡母带着他投奔他的叔叔，因为家贫如洗，寡母用荻秆在沙土上写字为他开蒙；幸好他天资聪颖又刻苦勤奋，从一个姓李的人家里借书读，这才获得了良好的教育。他的科举之路也不顺畅，曾两次落第，不过在23岁那年中了榜眼。他和范仲淹、韩琦、富弼等人一起发动了"庆历新政"，失败后被贬为滁州太守，著名的《醉翁亭记》就写于这段时间。后来再次入京，提携了很多后辈，最后以太子少师的身份辞职，去世后被追赠为太子太师，谥号"文忠"。

作为唐宋八大家之一，欧阳修在文学方面的成就要高于政治方面，因为提拔了同为唐宋八大家的苏洵、苏轼、苏辙（史称"三苏"）、王安石、曾巩，他也成为北宋诗文革新运动的领袖。他在文学方面成就最高的是散文，深受韩愈的影响，主张"文以明道"，提倡文风要简而有法、流畅自然，反对浮靡雕琢、怪僻晦涩。他写的散文内容充实、气势旺盛，文风平易自然、流畅婉转，对后世的文学创作产生了极大的影响。

欧阳修的一生著作很多，曾和宋祁一起修编了《新唐书》，自己单独编撰《新五代史》《集古录》，有《欧阳文忠集》传世。

家书精选

藏精于晦则明，养神于静则安。晦，所以畜用；静，所以应动。善畜

者不竭，善应者无穷。此君子修身治人之术，然性近者得之易也。

勉诸子：玉不琢不成器，人不学不知道。玉之为物，有不变之常，虽不琢以为器，犹不害为玉也。人之性因物则迁，不学则舍君子而为小人，可不念哉！

与侄通理：自南方多事以来，旦夕忧汝。得昨日递中书，顿解忧。想欧阳氏自江南归明，累世蒙朝廷官禄，吾今又被荣显，致汝等并列官品，当思报效。偶此多事，如有差使，尽心向前，不得避事。至于临难死节亦是汝荣事。但存心尽公，神明自佑，汝慎不可思避事也。昨书中言：欲买朱砂来。吾不缺此物，汝于官下，宜守廉，何得买官下物。吾在官所，除饮食外，不曾买一物，汝可观此为戒也。

【译文】

懂得韬光养晦、不锋芒毕露，是最聪明的做法；在静默中涵养自己的精神，就能够平安无事。韬光养晦，是为了积蓄学识，以备将来的不时之需；静默不动，是为了有需要的时候能够立即行动。善于积蓄学识的人，才不会遇到"书到用时方恨少"的情况；善于做好准备的人，才不会发生陷入突发情况而束手无策的境地。这是君子修养自身、治理百姓的要点，不过那些性格于此相近的人掌握起来比较容易一些。

勉励几个孩子：璞玉不经过雕琢，就不会成为精美的器物；常人不经过学习，就不会懂得大道。璞玉本身就是一种事物，纵使不经过打磨成为器物，也无法损害它璞玉的品质；人的性情会因为外物而产生变化，不好好学习，就无法成为君子，变成了一个小人，怎么能够不牢牢记住呢！

从南方爆发战争之后，我日夜都在担心你。昨天收到你的家信，得知侄媳和几个孙子孙女安然无恙，政务上也没有发生什么事，一下子就让我放心了。我还是像平常那样痛苦不堪（欧阳修的母亲此时刚去世不久）。我们欧阳家族自从在江南归顺大宋之后，几代人承蒙皇恩入朝为官，现在我又成为国家的重臣，也使得你们恩荫做了官，所以你们应该一心报效国家。正好有了战事，如果国家有用到你的地方，一定要尽心尽力勇往直前，不能胆怯退缩。真要是到了大难临头的时候，以死殉节也是你的光荣，只要心中抱着忠于职守的想法，神灵也会保佑你的！一定不能去做临阵脱逃的事情！昨天收到的书信里说你想要为我买一些朱砂，我并不缺这东西。你在做官的地方一定要清廉自守，怎么想着去买辖区内的特产呢？我在外地做官的时候，除了饮食之类，从来不在当地买任何东西。你也要以此为戒。

【解读】

　　这三段是欧阳修分别给几个儿子和他的侄子欧阳通理的家书选段，包含了他本人对修养自身的看法，以及对子侄们的殷切期望。他认为，作为一个君子，就要懂得"藏精于晦则明，养神于静则安"的道理，这才是真正的修身养性之道；同时他也指出了成为一个君子的方法，那就是努力学习，否则"玉不琢不成器，人不学不知道"。

　　欧阳通理是欧阳修的侄子，在家族中排行第十二。

　　皇祐四年（1052年）的三月，欧阳修的母亲去世，欧阳修陷入长期的悲痛之中；四月，侬智高起兵发起叛乱，在五月攻破邕州（今广西南宁）建国，国号为大南国。当时欧阳通理在象州（今广西来宾市象州县）担任司理（负责狱讼），而且他的妻子和孩子也跟着他。而象州离邕州直线距离还不到四百里，这就让欧阳修对他们的安危非常担心，从这件事也可以看出欧阳修和欧阳通理叔侄之间的感情深厚。

　　然而，欧阳修在知道侄子没有生命危险之后，首先告诫他的是皇恩深重，现在国家发生了战事，这个时候就应该"如有差使，尽心向前不得避事"，即便是"临难死节，亦是汝荣事"。可见欧阳修虽然因为母亲的去世极为悲伤，但是在大是大非面前仍然非常清醒，愿意在国家需要的时候让自己给予厚望的侄子牺牲自己的生命，可见他对国事和家事、个人的生死与国家的安危之间的关系是分得很清楚的。大节说完之后，接下来的就是小节。象州产朱砂，而朱砂当时是由国家专卖的。作为产地的官员，欧阳通理想要买朱砂是很方便也很便宜的，他想要送给欧阳修一些朱砂，也表达了侄子对叔叔的孝心。但是欧阳修却不领这个情，直接告诉他"我不缺这东西！"告诫他买辖地特产的国家专卖的货物，就有以权谋私的嫌疑；即便不是专卖的，卖东西的人也会因为买主是官员而故意压低价格，甚至不要钱白送，一旦发生了这种事情，清廉的官声也就没有了，甚至会一步步走向犯罪的深渊。

王安石家书：重视人品，思想开明

人物简介

王安石（1021—1086年），字介甫，号半山，临川（今江西抚州市临川区）人，北宋著名的政治家、思想家、文学家。他出生官吏家庭，从小勤奋好学，博览全书。

庆历二年（1042年），年仅二十二岁的王安石高中进士，从此走向仕途，曾先后历任淮南判官、舒州通判、常州知州、提点江东刑狱等官职。治平四年（1069年），神宗即位，王安石出任江宁知府，又被旋诏为翰林学士。熙宁二年（1069年）出任参知政事，次年拜相，随即推行变法。熙宁七年，因变法受阻，再加上保守势力的激烈反对，王安石被迫辞相。次年二月又复任宰相。不久后，王安石又因维护变法，得罪神宗，于熙宁九年再次罢相，退居江宁半山园。元祐元年（1086年）病逝于江宁（今江苏省南京市）钟山，赐太傅。绍圣元年（1094年），获谥"文"，世称王文公。

王安石曾随为官的父亲游走南北各地，对基层的社会现实比较了解。这使他在出任地方官吏时能够体恤民情，兴利除弊，造福一方。嘉祐三年（1058年），王安石上书宋仁宗，在《上仁宗皇帝言事书》中深刻揭露了当前社会现状和弊端，提出变法，要求改变现状，实现富国强兵。只可惜并未受到重视。神宗即位后，王安石先后出任参知政事和宰相，推行新法，实施一系列改革，史称"王安石变法"或"熙宁变法"。元丰八年（1085年），随着宋神宗的去世，保守势力再次得势，再加上变法在一些方面的错误，最终导致变法全部被废，变法失败。

王安石也是一名著名的文学家，在诗、文、词等方面颇有建树。在他的推动下，北宋中期开展的诗文革新运动得到了快速发展，宋初盛极一时的浮华文风得以逐渐扫除。

家书精选

某启。新正伏惟二舅都曹尊体动止万福！向曾上状，不审得达左右否？王令秀才见在江阴聚学，文学智识与其性行诚是豪杰之士。或传其所为过当，皆不足信。某此深察其所为，大抵只是守节安贫耳。近日人从之学者甚众，亦不至于绝贫之；况其家口寡，亦易为赡足。虽然不应举，以某计之，今应举者未必及第，未必不困穷，更请斟酌。此人但恐久远非终困穷者也。虽终困穷，其畜妻子当亦不至失所也。渠却望二舅有信来，决知亲事终如何。幸一赐极也。

尚寒，伏乞善保尊重。

【译文】

安石启。新春之际，我恭祝二舅都曹身体行动举止万福！先前我曾写过一封信，不知送到你身边没有？王令秀才如今正在江阴聚徒讲学，从文学修养、见识以及他的性情品性上看，他的确是豪杰之士。有传言说他所做的事情太过分，这都不足以相信。我此次深入考察他的所作所为，发现他大概只是坚守节操安于贫困罢了。近来人们跟随他学习的学者甚多，他也不至于极端贫困；更何况他家中人口少，也容易生活富足。虽然他不参加科举，但在我看来，如今参加科举考试的人也未必能高中，高中也未必不会贫困，所以请你再三斟酌。这个人恐怕不是会长久贫困的。即使他终生贫困，供养他的妻儿，应当也不至于失去安身之所。他倒是盼望着二舅写信来，一定要知道这门亲事最终如何。请您给予一封回信！

天气尚且寒冷，请你妥善保重尊体。

【解读】

这封家书不同于其他古代家书，它一改古代家书对后代说教的笼统做法，而是诉说家长里短的小事。扬州布衣书生王令想娶吴司录的妹妹为妻，并向吴司录议婚。吴司录犹豫不决，就在这时，王安石亲自写信推荐王令，劝二舅哥吴司录答应王令的请求，将妹妹许配给他。在信中，王安石对王令的学识和人品做出了评价，并清醒地估计出王令的前途。他劝导二舅哥要重视人的才学品德，不要太在意家境，只要能过得下去就行。最终吴司录在王安石的大力举荐下，答应了这门亲事。从这封信中可以看出，在婚姻问题上，王安石不看门第、地位，重视人品，思想开明进步。

全文言简意赅，情真意切，如叙家常，使人不由深心感悟，采纳其言，建议清楚明了，又不失委婉，甚是得体。

之所以王令可以得到王安石重视，是因为他有着跟王安石一样的思想，一心报国为民。这一点在王令的诗作中可以看出，而且王令也在诗作中展现出非凡的抱负。只可惜天妒英才，王令在与吴氏女婚后第二年就患上脚气痛，不幸死去，年仅28岁。失去挚友的王安石悲痛不已，亲自为其作墓志铭，并写下多篇悼念的诗文。

苏轼家书：文坛领袖，一门三杰

人物简介

苏轼（1037—1101年），字子瞻，又字和仲，号铁冠道人、东坡居士，世称苏东坡、苏仙，眉州眉山（今四川眉山）人，北宋杰出的文学家、书法家、画家，唐宋八大家之一。

嘉祐二年（1057年），苏轼高中进士，从此走向仕途。宋神宗时期任职于凤翔、杭州、徐州、湖州等地。后因"乌台诗案"，于元丰三年（1080年）被贬为黄州团练副使。宋哲宗即位后，出知杭州、颍州、扬州、定州等地，出任翰林学士、侍读学士、礼部尚书等职。因新党执政，晚年再次被贬，被贬到惠州、儋州。宋徽宗时获赦，但北还途中病逝于常州。宋高宗时获谥号"文忠"，并追赠太师。

在诗、词、散文、书、画等方面，苏轼都取得了很高的成就，并成为北宋中期文坛的领袖。

家书精选

苏轼与千之侄

独立不惧者，惟司马君实与叔兄弟耳。万事委命，直道而行，纵以此窜逐，所获多矣。

因风寄书，此外勤学自爱。近年史学凋废，去岁作试官，问史传中事，无一两人详者，可读史书，为益不少也。

【译文】

有独立见解并不畏权势的人，现在也就只有司马君实和为叔这兄弟二人了。万事委托于天命，自己坚持正道行走，即使因此而被贬、被放逐，但我们收获的也已经很多了。

因此想劝告你，才寄出这封家信，此外希望你勤奋学习、爱惜自己。近年来，史学凋零、几乎无人问津，去年我作为主持考试的官员，询问史传中的事情，竟没有一两个人能详细回答。你可以多读史书，将会受益不少。

【解读】

对于宋神宗时期的变法，深受儒家思想影响的苏轼认为变法过于惊扰百姓，坚决反对变法，这也直接导致他站到了变法的对立面，受到了新党的嫉恨。1089年，苏轼出任杭州知州，到任同年，他的侄子苏千之因朝中新旧党争，给他写信，请求解答疑惑。收到来信的苏轼立即写了这封回信给侄子，解答疑惑的同时，劝诫侄子多读史书。

全文寥寥几句，却包含哲理。变法存在争议，实属正常，苏轼坚持立场，就算因此被贬，也坚定不移，无怨无悔，这种人生态度完全值得我们尊敬和学习。对于人生，苏轼从容坦然；对于逆境，苏轼百折不挠，甚至认为身处其中可以学习到很多东西。苏轼在这封回信中，不仅讲述为人处世的哲理，还劝诫侄子多读书，多读史书，以史为鉴。

苏轼与侄孙元老书

侄孙近来为学何如？恐不免趋时。然亦须多读书史，务令文字华实相副，期于实用乃佳。勿令得一第后，所学便为弃物也。海外亦粗有书籍，六郎亦不废学，虽不解对义，然作文极峻壮，有家法。二郎、五郎见说亦长进，曾见他文字否？侄孙宜熟前后汉史及韩柳文。有便寄近文一两首来，慰海外老人意也。

【译文】

侄孙近来学习怎么样了？恐怕不免有些趋炎时势。但是也必须要多读史书，务必令文章文采和内容相符合，可以实用为好。不要使自己取得功名后，把自己所学的内容变成了无用之物。海南也略有书籍，六郎也没有荒废学业，虽然他还不会写对义（旧时科举考试科目之一），但文章却写得极有气势，很有家传的规范。二郎、五郎听说也有所进步，你曾见过他们的文章没有？侄孙你应当熟读《汉书》《后汉书》这两本书，以及韩愈、柳宗元的文章。方便时寄来近来所写的一两篇文章来，安慰远在海南老人的心。

【解读】

苏元老，字子廷，眉州（今四川省眉山市）人，苏轼之侄孙。苏元老幼小聪慧，擅长《春秋》，喜欢作文，深得苏轼、苏辙喜爱。就连当时文学大家黄庭坚也对他惊奇不已，第一次见面就夸赞"苏氏之秀也"。后苏元老高中进士，走向仕途。对于后代的成长，苏轼十分关注，尤其是族孙苏元老，更是关爱有加。

苏轼在这封家书中诚恳地劝诫苏元老，希望他能勤奋学习，多读书，读史书。在苏轼看来，"勿令考得功名后，所学便为弃物也"，这种学习观点不仅在当时有普遍意义，而且适用至今。在古代科举制度下，读书悍然变成了一种职业准备，一种为仕途做准备的手段。只要金榜题名，功名利禄便全部都有了；可一旦失败，就会沦落为"百无一用是书生"。正因如此，读书目的就变成了"走向仕途"。这种急功近利的现象，导致读书变得百弊丛生，本末倒置。

虽然苏轼是苏元老的长辈，但在这封信中，苏轼完全没有一点长辈的权威和威严，语言平易亲切。通过循循善诱，劝导侄孙苏元老多读书。拳拳之心，浓浓亲情，尽跃纸上。

黄庭坚答洪驹父书：写文不可墨守成规

人物简介

黄庭坚（1045—1105年），字鲁直，号山谷道人，晚号涪翁，洪州分宁（今江西省九江市修水县）人，北宋杰出的诗人、词人、书法家。开一代风气，被誉为"江西诗派"的开山之祖。英宗治平四年（1067年）进士。黄庭坚擅长文章、诗词、书法。早年与张耒、晁补之、秦观游学于苏轼门下，合称"苏门四学士"。与苏轼并称"苏黄"。在文学创作上，黄庭坚根据前人诗意，加以变化，推陈出新，利用书本知识与写作技巧取胜，后人总结他的文学特点为"点石成金、脱胎换骨"。

家书精选

驹父外甥教授[①]：别来三岁，未尝不思念。闲居绝不与人事相接，故不能作书，虽晋城亦未曾作书也。专人来，得手书。审在官不废讲学，眠食安胜，诸稚子长茂，慰喜无量。

寄诗语意老重，数过读，不能去手；继以叹息，少加意读书，古人不雄到也。诸文亦皆好，但少古人绳墨耳，可更熟读司马子长、韩退之文章。凡作一文，皆须有宗有趣，始终关键，有开有阖。如四渎虽纳百川，或汇而为广泽，汪洋千里，要自发源注海耳。老夫绍圣[②]以前，不知作文章斧斤，取旧所作读之，皆可笑。绍圣以后，始知作文章。但以老病情懒，不能下笔也。外甥勉之，为我雪耻。

《骂犬文》虽雄奇，然不作可也。东坡文章妙天下，其短处在好骂，慎勿袭其轨也。甚恨不得相见，极论诗与文章之善病，临书不能万一。千万强学自爱，少饮酒为佳。所寄《释权》一篇，词笔纵横，极见日新之效。更须洽经，深其渊源，乃可到古人耳。《青琐》祭文，语意甚工，但用字时有未安处。自作语最难，老杜作诗，退之作文，无一字无来处。盖后人读书少，故谓韩、杜自作此语耳。古之能为文章者，真能陶冶万物，虽取古人之陈言入于翰墨，如灵丹一粒，点铁成金也。

文章最为儒者末事，然索学之，又不可不知其曲折，幸熟思之。至于推之使高，如泰山之崇崛，如垂天之云；作之使雄壮，如沧江八月之涛，海运吞舟之鱼。又不可守绳墨、令俭陋也。

【注释】

①教授：这里指对私塾老师的敬称。

②绍圣：宋哲宗赵煦的第二个年号。

【译文】

驹父外甥教授：一别已经三年，没有不想念。我独自闲居，断绝与外界人事接触，所以不能写信，纵然进城也没曾写过信。你派专人前来送信，我这才得到你的亲笔书信。知道你为官的同时又不荒废讲学，睡眠和饮食都很安好，几个孩子都成长壮健，我内心无限安慰欣喜。你寄来的诗，诗意老成持重，屡次阅读，不能释手；继而感叹，稍加留意读书，古人文学创作取得的成就，也是不难达到的。这些文章也都很好，但缺少古人的规矩和法则，可以再仔细熟读司马迁和韩愈的文章。

凡是作文，都必须有宗旨有趣味。从头到尾的关键，就是既能放得开，又能收得拢。就如同长江、黄河、淮河和济水，虽然海纳百川，或汇集而成广大的湖泊，汪洋千里，但总要从源头注往大海。我在绍圣以前，不知道写文章的方法，拿出旧作诵读，都感到很可笑。绍圣以后，我才知晓怎样作文。但因年老多病性情懒惰，便不能下笔。外甥应当努力，为我洗刷耻辱。

《骂犬文》虽然雄健奇诡，然而此类文章却不可作。苏东坡的文章为天下人所诚誉，它的短处却在于喜欢批评时弊，千万不要承袭他的做法。

很遗憾不能相见，不能充分论述诗和文章的优劣，书信上不能写出其万分之一。无论如何要努力学习，珍爱自己，少饮酒为好。

你所寄来的文章《释权》，文笔奔放，最能表现出你的日益进步。你更应该研读儒家经典，加深自己的根基，只有这样才可以到达古人的境界。祭文《青琐》，语意精巧，但用字有时有些不妥。自己做文章有富有新意的词句最难，杜甫作诗，韩愈作文，没有一字是没有出处的。只因后人读书少，这才说成是韩愈、杜甫自己作出的语句。古代能写文章的人，真能将万物融入笔底。即使引用古人的语句融入自己的文辞之中，也如同灵丹一粒，可以点铁成金，化腐朽为神奇。

写文章对于儒者而言，是最小的事了，然而要深入地研究它，又不可不知其中的曲折，希望你能认真思考。至于要把文章变得高妙，如同泰山的巍然崛起，天上垂下来的云彩；要使文章变得气势雄壮，如同沧江八月的波涛，海动时能吞没大船般的巨鲸。那就不可墨守成规，令文章枯涩鄙陋。

【解读】

这是黄庭坚写给外甥洪驹父的家信，此时的黄庭坚已经五十九岁了。在信中，黄庭坚讲述了自己对于文学创作的看法，反映出他坚持诗文创作的主张，并多次强调要多读书。他批评外甥驹父读书少，这才导致所写的诗文创作有所欠缺。自己创作词句最难，但只要多读书，便能逐渐将诗文变得"无一字无来处"和"点铁成金"。在他看来，一篇文章必须有自己的主旨和意趣。学诗的前提是学习古人的法度，逐渐探索创新，最终不受约束，随心所欲。

朱熹与长子受之书：坚持勤勉便有无限好事

人物简介

朱熹（1130—1200年），字元晦，号晦庵，晚号晦翁，宋徽州婺源（今属江西）人，谥号"文"，世称朱文公。宋朝杰出的理学家、思想家、哲学家、教育家、诗人，闽学派的代表人物，后世尊称为朱子。十八岁即中进士，为官清正有为，只是任期甚为短暂，一生有长达四十余年的时间在闲居讲学。

朱熹著作甚多，其所注的《四书章句集注》成为元明以后钦定的教科书和科举考试的标准。

家书精选

早晚受业请益，随众例不得怠慢。日间思索，有疑用册子随手札记，候见质问，不得放过。所闻诲语，归安下处，思省切要之言，逐日札记，归日要看，见好文字录取归来。

不得自擅出入，与人往还。初到问先生，有合见者见之，不合见则不必往。人来相见，亦启禀然后往报之。此外不得出入一步。居处须是居敬，不得倨肆惰慢。言语须要谛当，不得戏笑喧哗。凡事谦恭，不得尚气凌人，自取耻辱。

不得饮酒荒思废业，亦恐言语差错，失己忤人，尤当深戒。不可言人过恶，及说人家长短是非，有来告者，亦勿酬答，于先生之前，尤不可说同学之短。

交游之间，尤当审择。虽是同学，亦不可无亲疏之辨。此皆当请于先生，听其所教。大凡敦厚忠信，能攻吾过者，益友也；其谄谀轻薄，傲慢亵狎，导人为恶者，损友也。推此求之，亦自合见得五、七分。更问以审之，百无所失矣。但恐志趣卑凡，不能克己从善，则益者不期疏而日远，损者不期近而日亲，此须痛加检点而矫革之，不可苴莽渐习，自趋小人之域，如此则虽有贤师长，亦无救拔自家处矣。

见人嘉言善行，则敬慕而纪录之。见人好文字胜己者，则借来熟看，或传录之，而咨问之，思与之齐而后已（不拘长少，惟善是取）。

以上数条，切宜谨守，其所未及，亦可据此推广，大抵只是"勤、谨"二字。循之而上，有无限好事，吾虽未敢言，而窃为汝愿之；反之而下，有无限不好事，吾虽不欲言，而未免为汝忧之也。盖汝若好学，在家足可读书、作文、讲明义理，不待远离膝下，千里从师。汝既不能如此，即是自不好学，已无可望之理。然今遣汝者，恐汝在家汩于俗务，不得专意；又父子之间，不欲昼夜督责及无朋友闻见，故令汝一行。汝若到彼，能奋然勇为，力改故习，一味勤谨，则吾犹有望；不然则徒劳费，只与在家一般。他日归来，又只是旧时伎俩人物，不知汝将何面目归见父母、亲戚、乡党、故旧耶？念之！念之！夙兴夜寐，无忝尔所生，在此一行，千万努力。

【译文】

早晚学习，听先生讲书、请教问题，跟众人一样进行，不得丝毫怠慢。白天思考，有疑问要用册子随手记录下来，等见到老师后请教，不得放过。听到教诲的话语，回到住处后，要思考其中最为紧要的话语，逐日记录下来，等到你回来时，我要看。看到好的文章，也要摘录带回来。

不得擅自出入，与人交往。有人初次拜访，要问先生，有合适的人就见，不合适的人则不必交往。有人来相会，也请禀告老师，得到同意，然后再回访。除此之外，不得外出一步。在住处必须恭敬，不得懒惰、放肆、傲慢。言语必须谨慎恰当，不得嬉笑喧哗。凡事谦虚恭敬，不得盛气凌人，自取耻辱。

不得饮酒荒废思想废弃学业，也要担心语言出现差错，以免自己出现过失或得罪他人，这些尤其应该引以为戒。不可说他人过错，以及说别人的是非长短。有前来说他人是非的人，也不要回答。在先生面前，尤其不能说同学的缺点是非。

朋友之间，尤其应当慎重选择。虽然是同学，也不可以没有亲疏之分。这全应当请教先生，听他所说的教诲。凡是朴实厚重、忠诚有信，能明确指出自己过失的人，则为有益的朋友；那些阿谀奉承、轻佻浮薄、傲慢放荡，引导人们做坏事的人，则为损友。根据这个要求选择朋友，自己也能有七八分把握，再加上询问和查询，那就是百无一失了。但恐怕你志趣平凡，不能克制自己从善，那则会使有益的朋友日渐疏远，损友日渐亲近，这必须要痛加检点而矫正，不可逐渐沾染坏的习惯，从而趋向于小人的领域。如果这样，则即使有贤良的师长，也没有拯救自己的地方。

看到别人的善言善行，则要尊敬仰慕并记录下来。看到别人的好文章胜过自己，则要借来熟读，或摘录下来找人咨询，直到与他一样的高度为止（不论老少，只要有优点就应该向他学习）。

以上几条，你一定要谨守，若有没有提到的，也可以据此类推。总的来说，大抵就是"勤谨"二字，遵循并不断上进，则有无限好事会发生。我虽然不敢说得太过肯定，而我私下却会为你祝愿；反之，你不遵循，则会有无限坏事发生。我虽然不敢说得太过肯定，而不免为你有所担忧。因为你若好好学习，在家也足以读书作文，讲明义理，不用远离父母，千里拜师求学。你既不能如此，那就是自己不好好学习，已经没有希望的理由。然而如今派遣你去外出求学，是怕你在家淹没于俗务之中，不能专心；又因父子之间，不想日夜督促责备；再加上没有朋友切磋，这才让你外出。你若到了那里，能够奋发勇为，努力更改旧的习惯，努力勤奋谨慎，那我还是对你有所希望；不然，则是徒劳浪费。只是与在家一样，他日回来，又只是过去的老样子，不知你将有何脸面来面对父母、亲戚、乡邻、故旧呢？认真考虑！认真考虑！早起晚睡，切莫辱没了一生，你这一行，无论如何要努力。

【解读】

对于在外求学的儿子，朱熹不忘教诲之责，亲自写信教育儿子，告诉他该如何学习和做人。朱熹一生有三子五女，每个孩子都很出众，都有贤良之名。

朱熹教育儿子，对于学习，就该勤勉，有不懂的问题就该虚心找人请教。在教学学习生活的同时，朱熹还讲述一些为人处世的道理。就算放在现在，这封家书提到的一些观点和做法仍然值得我们学习，有很大的进步意义，如随手札记、为人恭廉、不荒思废业、不言人过恶及长短是非、交友应慎重等。全文亲切又不失严肃，涉及交友、读书、择行，令读者很有启发。

文天祥狱中家书：自古忠孝难两全

人物简介

文天祥（1236—1283年），初名云孙，字宋瑞，号浮休道人，江西吉州庐陵（今江西吉安市）人，南宋杰出的政治家、文学家，爱国诗人，抗元名臣、民族英雄。宝祐四年（1256年）进士，官至右丞相兼枢密使，一生坚持抗元，百折不挠。祥兴元年（1278年）兵败被俘，不管元朝再三威逼利诱，宁死不屈，最终于柴市从容就义，年仅四十七岁。曾写下千古绝句"人生自古谁无死，留取丹心照汗青"，以表宁死不屈的心志。

在文学研究上，文天祥也有研究，著有《文山诗集》《指南录》《指南后录》《正气歌》等。

家书精选

父少保、枢密使、都督、信国公批付男陞子：

汝祖革斋先生以诗礼起门户，吾与汝生父及汝叔同产三人。前辈云："兄弟其初，一人之身也。"吾与汝生父俱以科第通显，汝叔亦致簪缨①，使家门无虞，骨肉相保，皆奉先人遗体，以终于牖下，人生之常道也。不幸宋遭阳九②，庙社沦亡。吾以备位将相，义不得不殉国；汝生父与汝叔姑全身以全宗祀。惟忠惟孝，各行其志矣。

吾二子，长道生，次佛生。佛生失之于乱离，寻闻已矣；道生，汝兄也，以病没于惠之郡治，汝所见也。呜呼，痛哉！吾在潮阳闻道生之祸，哭于庭，复哭于庙，即作家书报汝生父，以汝为吾嗣。兄弟之子曰犹子，吾子必汝，义之所出，心之所安，祖宗之所享，鬼神之所依也。及吾陷败，居北营中，汝生父书自惠阳来曰："陞子宜为嗣，谨奉潮阳之命。"及来广州为死别，复申斯言。《传》云："不孝，无后为大。"吾虽孤子于世，然吾革斋之子，汝革斋之孙，吾得汝为嗣，不为无后矣。吾委身社稷，而复道不孝之责，赖有此耳。

汝性质闿爽，志气不暴，必能以学问世吾家。吾为汝父，不得面日训汝诲汝，汝于六经，其专治《春秋》，观圣人笔削褒贬，轻重内外，而得其说，以为立身行己之本。识圣人之志，则能继吾志矣。吾网中之人，引决无路，今不知死何日耳。《礼》："狐死正邱首。"吾虽死万里之外，岂顷刻而忘南向哉！吾一念已注于汝，死有神明，厥惟汝歆。仁人之事亲也，事死如事生，事亡如事存，汝念之哉！岁辛巳元日于燕狱中。

【注释】

①簪缨：zān yīng，指头簪和束发的缨络，古代达官贵人的冠饰。这里指世代作官的人家。

②阳九：古代术数家的学说，称天厄为阳九，地亏为百六。有成语"阳九之厄"，指的是灾难之年或厄运。

【译文】

父少保、枢密使、都督、信国公书付嗣子陞儿：

你的祖父革斋先生以诗礼起家，我与你的生父以及你的叔叔，三人都由他所生。前辈说："兄弟的起初，全是一个人的身子。"我与你的生父都以科举而通达显赫，你的叔叔也做了官员，若家中无意外，兄弟互保，皆爱惜先人给我们留下的身体，最后终于家中，这也是人之常情。不幸的是，宋王朝遭受厄运，宗庙社稷沦丧灭亡。我因身居宋朝将相之位，道义上不得不以身殉国；你生父与你叔叔保住身体，以保全家族。是忠是孝，各按自己的想法吧！

我有两个儿子，长子名为道生，次子名为佛生。佛生走失于动乱之中，不久就听说死去了。道生，你的哥哥，因疾病死于惠州州府，是你所亲眼看到的。哎！悲痛呀！我在潮阳听闻道生的灾祸，在家庙中痛哭，随即写信将这件事告诉你的生父，把你过继为我的子嗣。兄弟的儿子叫犹子，我的嗣子必定是你，道义从此而出，我的心也因此得到安慰，祖宗也因此得到祭祀，鬼神也因此得到依靠。当我陷入失败，被拘于北兵营，你生父写信从惠阳来说："陞儿适合作为你的嗣子，恭谨地按照你在潮阳的要求办！"后来，他来广州与我死别，又重复这番话！《传》说："不孝，没有后嗣就是最大的不孝。"我虽孤单地在世上，然而我是革斋先生的儿子，你是革斋先生的孙子，我有你作为子嗣，便不算没有后嗣。我献身于国家社稷，而又能逃避不孝的罪责，全依赖这件事了！

　　你性情乐观开爽，心志意气都不暴躁，必定能以学问继承我的家业。我作为你的父亲，不能面对面每日训导、教诲你。你在学习"六经"时，尤其要专门研究《春秋》，观察圣人所记载和删除的内容，所褒贬的人和事，所看中和轻视的东西，以及内外的分置，而得到其中的学说，以其为立身处世的根本。认识到圣人的志向，则能继承我的志向！我是被囚禁的人，想自杀都无路可走，如今还不知道会死在何日。《礼记》说："狐狸死时，头对着巢穴所在山丘。"我即使死在万里之外，又怎会有片刻时间忘记朝南呢！我的一切意念已经注入到你身上，若死后会有神明，我只享受你的祭品。仁人侍奉父母，事死如事生，对待亡者如同对待生者，你一定要记住！辛巳岁正月初一日书于燕山狱中。

【解读】

　　深陷牢狱的文天祥自知命不久矣，写下这封家书给继子交代后事，讲述自己的家世以及过继的经过，并郑重告诫继子，好好做人，认真读书，继承他的遗志。在信的最后，文天祥明确指出，哪怕身在万里之外，也时刻向着南方，忠贞不二的志节跃然纸上。根据史书记载，在行刑前文天祥向百姓询问南北方向，朝南再拜后从容就义，让人动容和感怀。

沈炼给子襄书：无识之徒愿汝疏之远之

人物简介

沈炼（1507—1557年），字纯甫，号青霞，浙江会稽（今浙江绍兴）人，嘉靖十七年进士。

沈炼为人刚正，嫉恶如仇，曾以"十罪疏"弹劾严嵩，被明世宗处以仗刑，发配谪守陕西省保安地区为民。即使身处塞外，沈炼依旧痛骂权臣严嵩父子，深得百姓敬佩，但也引起了严嵩父子的敌视。嘉靖三十六年，在严嵩的指示下，总督杨顺借白莲教事件，诬告沈炼谋反，惨遭杀害。严嵩垮台后，朝廷为沈炼平反。为褒奖沈炼的敢于言事，隆庆初年，朝廷特追赠沈炼为光禄寺少卿。天启初年，追谥忠愍。因推崇其德，天下士人将其作品编绘成《青霞集》。

家书精选

范仲淹做秀才时，即以天下事自任。况今南北告警，旱魃连年，天灾人变，四方迭见，当此之时，不可为无事矣！汝等不能出一言，道一策，以为朝廷国家，只知寻章摘句，雍容于礼度之间。答谓责任不在于我，因循岁月，时至而不为，事失而胥溺，则汝等平生之所学者，更亦何益。

南方风气秀拔，岂无雄俊才杰之士耶！吾愿汝亲之敬之。其阿庸无识之徒，愿汝疏之远之。

天降烈祸，殿廷灰烬；旬日之内，宫殿继烧。此乃贼臣擅权肆恶，以致阴阳失节。而祸固起于朝廷，土木大兴，而害则延于百姓矣。

宣大臣僚，与敌通和，私相纳贿，无复人理。吾以中心耿郁，有事必直言于当道，彼等亦稍畏缩。但廊庙之中，欺君之计通行，而鬻官之声大震，不能不动汝父之忧耳。

【译文】

　　范仲淹做秀才时，就是把天下的事当作自己的责任。更何况如今南北边境告急，旱灾连年不断，四面八方的天灾人祸，层出不穷。就在这时，不可以说天下无事。你们不能献出一言，不能说出一个策略，为朝廷国家，只知道寻章摘句，讲求礼节，说责任不在于我。就这样时间拖延下去，就算时机到了，也不会有所作为，大事不能完成而陷入疏忽沉迷，那你们平生所学的东西，又有何益处？

　　南方风气秀拔，怎能没有英雄俊才出众之士呢？我希望你亲近并敬仰他们。那些平庸没有见识的人，我希望你疏远他们。

　　上天降下大祸，宫殿廷堂化为灰烬，十日之内，宫殿相继被烧。这是贼臣擅权作恶，导致阴阳失去平衡所致。而祸患本来就起源于朝廷。如今又要大兴土木，而祸害则会延续到百姓身上。

　　宣府、大同一带的大臣官僚，与敌暗自通和，私下相互收取贿赂，没有一点做人的气节。我因内心耿直，有事必定直言给当道者，他们也稍微逐渐畏缩。但在朝廷之中，欺骗君王的计策照样通行，而卖官的声音却越发的震耳，不能不使我有所担忧呀！

【解读】

　　在这封家书中，沈炼首先指出人应该关心国家大事，不因自己没做官而置之不理，要以天下大事为己任。这种思想其实是近代意识的觉醒。同时，他告诫儿子，"近朱者赤，近墨者黑"，要谨慎择友，远离平庸之人，亲近雄才俊杰；要为国家着想，敢于直言不讳，为国家贡献自己的力量。

张居正示季子懋修书：要脚踏实地，不要好高骛远

人物简介

张居正（1525—1582年），字叔大，号太岳，江陵人，时人又称张江陵。明朝后期著名的政治家、改革家。万历时期内阁首辅，辅佐万历皇帝开创了"万历新政"，史称"张居正改革"。

张居正天资聪慧，十六岁中举，嘉靖二十六年（1547年），年仅23岁的张居正考中进士。历任吏部左侍郎兼东阁大学士、内阁次辅，为吏部尚书、建极殿大学士。1572年，张居正取代高拱成为内阁首辅，主持裁断一切军政大事。在出任内阁首辅的十年内，张居正进行了一系列改革。在财政上，清仗土地，推行"一条鞭法"，改革赋税；在军事上，重用戚继光、李成梁等名将，巩固国防；在吏治上，实行"考成法"，考核官员。

1582年张居正因劳瘁病逝，赠上柱国，谥文忠（后均被褫夺）。作为明代唯一生前被授予太傅、太师的文官，张居正死后被削去一切名誉，惨遭抄家，直到天启二年（1622年）才被天启皇帝复官复荫。其一生可谓波澜壮阔，跌宕起伏，令人唏嘘不已。

家书精选

汝幼而颖异，初学作文，便知门路，吾尝以汝为千里驹。即相知诸公见者，亦皆动色相贺曰："公之诸郎，此最先鸣者也。"乃自癸酉科举之后，忽染一种狂气，不量力而慕古，好矜己[1]而自足，顿失邯郸之步，遂至匍匐而归。丙子之春，吾本不欲求试，乃汝诸兄咸来劝我，谓不宜挫汝锐气，不得已黾勉[2]从之，竟致颠蹶[3]。艺本不佳，于人何尤？然吾窃自幸曰："天其或者欲厚积而钜发之也"，又意汝必惩再败之耻，而俯首以就矩矱[4]也。岂知一年之中，愈作愈退，愈激愈颓。以汝为质不敏耶？固未有少而了了，

长乃憒憒者,以汝行不力耶?固闻汝终日闭门,手不释卷。乃其所造尔尔,是必志骛于高远,而力疲于兼涉,所谓之楚而北行⑤也。欲图进取,岂不难哉!夫欲求古匠之芳躅⑥,又合当世之轨辙,惟有绝世之才者能之。明兴以来,亦不多见。吾昔童稚登科,冒窃盛名,妄谓屈宋班马,了不异人,区区一第,唾手可得,乃弃其本业,而驰骛古典。比及三年,新功未完,旧业已芜。今追忆当时所为,适足以发笑而自点耳。甲辰下第,然后揣己量力,复寻前辙,昼作夜思,殚精毕力,幸而艺成。然亦仅得一第止耳。犹未能掉鞅文场⑦,夺标艺院也。今汝之才,未能胜余,乃不俯寻吾之所得,而蹈吾之所失,岂不谬哉!

吾家以诗书发迹,平生苦志励行,所以贻则于后人者,自谓不敢后于古之世家名德,固望汝等继志绳武,益加光大,与伊巫之俦,并垂册耳。岂欲但窃一第,以大吾宗哉?吾诚爱汝之深、望汝之切,不意汝妄自菲薄,而甘为辕下驹也。今汝既欲我置汝不问,吾自是亦不敢厚责于汝矣。但汝宜加深思,毋甘自弃,假令才质驽下,分不可强,乃才可为而不为,谁之咎?与己则乖谬,而使诿之命耶?惑之甚矣!且如写字一节,吾呶呶谆谆者几年矣,而潦倒差讹,略不少变,斯亦命为之耶?区区小艺,岂磨以岁月乃能工耶?吾言止此矣,汝其思之!

【注释】

①矜己:夸耀自己。

②黾勉:勉励,尽力。

③颠蹶:失败。

④矩矱:jǔ yuē,规矩和法度。

⑤楚而北行:古时楚国在南,去楚国却向北边走。文中的意思是指方向性产生了错误,即南辕北辙。

⑥芳躅:指的是古人的脚步,先贤的道路。躅,念 zhú。

⑦掉鞅文场:掉鞅,本意是指驾驶战车入敌营挑战时,下车整理马脖子上的皮带,以示从容有余,技术高超。在文中比喻纵横文坛。

【译文】

　　你从小就聪慧过人，刚开始学写文章，便知道其中的门路，我曾以为你是条千里马，与我相熟的人见到你，也都动颜庆贺，说道："你众多儿子中，他会最先考取功名。"然而从癸酉年科举之后，你忽然染上一种狂气，不自量力，想要模仿古人，喜欢夸耀自己，自满自足。如同邯郸学步，顿时失去了自己的步，于是只能爬着回家。丙子年春天，我本来不想让你前去应试，是你的哥哥们，都来劝我，说不宜挫伤你的锐气，我不得已勉强答应，最终导致你受挫。学艺不精，我埋怨你有何用？然而我却暗自庆幸，对自己说："老天或许想让你厚积而薄发吧！"又想到你必定会记住这两次失败的耻辱，此后会沉下心遵守规矩，哪知一年之中，你越写越退步，越激励越退步。是因为你才智不够聪明？可是从来都没有那种小时候聪明，长大后却懵懂糊涂的人啊！是因为你不够努力？可我却听闻你终日闭门谢客，一直手不释卷。可还是才学平庸，那必定是你好高骛远，广泛涉猎以致疲惫，这就是所谓的南辕北辙！这样想要图谋进步，这岂不是很困难！既想要探求古人足迹，又想合乎当世的准则，唯有绝世之才的人才能做到。明朝以来，这种人也不多见。我以前年幼登科，冒着人们附会的盛名，妄自评论屈原、宋玉、班固、司马迁，认为自己异于他人，区区科举，唾手可得。于是放弃我本有的学业，而去效仿古人。等到第三年，学习古典没有完成，旧的学业也荒废了。如今追忆起当时的所作所为，恰好是引人耻笑而自取其辱！甲辰年落第，然后我揣测自己的实力，再继续以前的学业，昼夜学习思考，用尽全身精力，侥幸学业有成，但也只得到科举中第而已，还是无法在文学界拔得头筹！如今你的才能，未能胜过我，可并没有俯下身躯寻找我所得到的道路，而是重蹈我的错误，难道不荒谬吗？

　　我们家以读书科举发迹，我一生艰苦励志学习，要留给后人的，自然不敢落后于古代世家的名德。本希望你们继承我的志愿，日益发扬光大这种精神，能与伊尹、巫咸这些人一样，一并彪炳史册。难道只想以科举及第光大宗族？我确实爱你很深，对你的希望十分殷切，不曾想，你竟妄自菲薄而甘愿做柴门前守门的狗！如今你既然想我对你不闻不问，我自然也是不敢严厉责备于你。但你应该加以深入的思考，不要甘心自我放弃。假如真是才智驽钝，那便不可勉强；若有才华而不去作为，那究竟是谁的责任？自己的性情怪僻，却又将其归咎于命运，真是糊涂呀！比如说写字这一点，我教导你好几年，可你至今潦草差错，几乎没有多少变化。难道这也是命运所致？区区写字这件小事，难道加以时间的流逝还不能做好吗？我说的就只有这些了，你自己想想吧！

【解读】

这是张居正帮助最小儿子懋修总结科举考试失利原因的书信。在信中，他明确指出，因为好高骛远，贪多，用力不专等原因，这才导致儿子两次科举失利。在信中，他倾囊相授自己的亲身经验教训，用自己的亲身体会来鼓励儿子，激励他奋发向上，改正自己学习上的缺点。后来，张懋修听从了张居正的教诲，一改前非，后来真的高中状元。

由此可见，凡事都要脚踏实地、量力而行，尤其是治学和做事情，如果一味好高骛远，那就不免会走弯路，更不可能取得成功。

任环寄子书：人生自有定数，天下平则大家平

人物简介

任环（1519—1558年），字应乾，山西长治人，嘉靖二十三年进士，官至山东右参政，著名的抗倭英雄。任环自幼勤奋好学，年少时又拜师学武，擅长击剑、骑射，可谓是文武双全，在同时代青少年中很少见。嘉靖三十四年，任环奋勇率部大破倭寇，立下巨大功勋。著有《山海漫谈》。

家书精选

儿辈莫愁，人生自有定数，恶滋味尝些有受用，苦海中来，必不是极乐国也。读书孝亲，无贻父母之忧，便是常常聚首，何必一堂亲人？我儿

千言万语，絮絮叨叨，只是教我回衙，何风霜少，儿女情多耶。倭贼海毒，多少百姓不得安家，尔老子领兵，不能诛讨，啮毡裹革，此其时也。安能学楚囚对尔等相泣帷樀耶？

此后世事不知若何，幸而承平，则父子享太平之乐，愿做好人；不幸而有意外之变，只有臣死忠、妻死节、子死孝，咬紧牙关，大家成就一个"是"而已。汝母前，可以此言告之，不必多话。

【译文】

孩子们不要发愁，人生自有定数，品尝一些恶滋味也有好处，苦海中来，未必不是极乐国。读书、孝顺父母，不要让父母担忧，便是常常会面了，又何必要把大家聚在一起呢？我儿说出千言万语，絮絮叨叨，只是让我回苏州衙署，为何会如此缺少高才卓识，是儿女情长太多的缘故吗？倭寇在海岸烧杀抢掠的毒害，多少百姓不能安家，你父亲领兵，不能诛讨倭寇，如苏武那样卧雪啮毡，如马援那样马革裹尸，现在正是这个时候。怎能处境窘迫地回去养伤，同你们一并在内室中哭啼呢？

以后的世事不知如何发展，如果有幸天下承平，则父子享太平之乐，希望做个好人；假如不幸而有意外的变故，只有臣死忠、妻死节、子死孝，咬紧牙关，大家成就一个"是"，死得其所。你母亲面前，可以把这番话告诉她，不必多讲其他的话。

【解读】

这是任环写给儿子的示儿家训，当时任环一心抗倭，与士卒同寝同食，因长期积劳，再加上多处受伤，导致疽痛发作。知道消息的其子尔孝，专门派人前来送信，请他回去养伤。在此情景下，任环写下了这封感人肺腑的家信，表明自己的心志。

全文简短，但充满哲理，壮志激烈。在信中，任环告诉儿子，人生尝些苦涩，是有好处的；聚散无常，只要不使父母忧伤，自己刻苦努力，在哪里都如同一家人在一起；对于"生死"，天下无事则安享太平，可以安心做一个好人。天下有事，则贡献自己的力量，为天下分忧。这些话语，不仅表明了任环的高尚情操和志向，也极大程度地教育了后辈。

全文粗中有细，在慷慨激昂的言语中，无不流露出作者对儿子深沉的爱。看似是在责怪儿子，但更多流露的是无法言喻的怜子之情。对于家人的再三请求，任环动之以情，晓之以理，反复劝慰。他深知家人的担心，但他作为一个武将，有责任保家卫国，家国不能两全，必须坚持留下来，爱国情怀不由令人敬佩。

李应升诫子书：勤俭守志，重节讲义

人物简介

李应升（1593—1626年），字仲达，号次见，又号石照居士，南直隶江阴（今江苏江阴）人。因出生时母亲"梦日升天"、父亲"梦日光耀室"，故取名为应升。

万历四十四年（1616年），李应升高中丙辰科进士，万历四十五年（1617年）四月被授予江西南康府推官。天启三年（1623年）二月，李应升又被授予福建道监察御史。他为政清廉，曾有民谣歌赞道："前林（南京户部侍郎林学曾）后李，清和无比。"天启五年（1625年），李应升因弹劾魏忠贤，并上呈其七十二大罪，被迫罢官回乡。天启六年（1626年）三月，魏忠贤假借苏杭织造太监李实《劾周起元疏》中列有应升名，逮捕了李应升，并于当年闰六月初二杀害了他。崇祯元年（1628年）三月平反，追赠太仆寺卿。

家书精选

吾直言贾祸，自分一死，以报朝廷，不复与汝相见，故书数言以告汝。汝长成之日，佩为韦弦，即吾不死之年也。

汝生长官舍，祖父母拱璧①视汝，内外亲戚，以贵公子待汝。衣鲜食甘，嬉喜任意，娇养既惯，不肯服布旧之衣，不肯食粗粝之食。若长而弗改，必至穷饿。此宜俭以惜福。一也。

汝少所习见游宦赫奕，未见吾童生秀才时，低眉下人，及祖父母艰难支持之日也；又未见吾囚服被逮，及狱中幽囚痛苦之状也。汝不尝胆以思，岂复有人心者哉！人不可上，物不可凌。此宜谦以全身。二也。

祖父母爱汝，汝狎②而忘敬；汝母训汝，汝傲而弗亲。今吾不测，汝代吾为子，可不仰体祖父母之心乎？至于汝母，更倚何人？汝若不孝，神明殛之矣。此宜孝以事亲。三也。

吾居官爱名节，未尝贪取肥家。今家中所存基业，皆祖父母勤苦积累，且此番销费大半。吾向有誓愿，兄弟二分，必有多取一言一粒。汝视伯父如父，视寡婶如母，即有祖父母之命，毫不可多取，以负如志。此宜公以承家。四也。

汝既鲜兄弟，止一庶妹，当待以同胞。倘嫁于中等贫家，须与妆田百亩；至庶妹之母，奉事吾有年，当足其衣食，拨与赡田收租，以给之。内外出入，谨其防闲。此恩义所关。五也。

汝资性不钝，吾失于教训，读书已迟。汝念吾辛苦励志勤，倘有上进之日，即先归养。若上进无望，须做一读书秀才，将吾所存诸稿简籍，好好诠次。此文章一脉。六也。

吾苦生不得尽养。他日伺祖父母百岁后，葬我于墓侧，不得远离。

【注释】

①拱璧：一种大型玉璧，泛指珍贵的物品。

②狎：亲昵而不庄重。

【译文】

我因直言不讳坚持真理而惹祸上身，唯有一死来报效朝廷，恐怕不能再与你见面，因此写几句话来告诫你。等你长大成人的时候，还能将这些话看作用来警戒自己的有益规劝，那么我也算得上是虽死犹荣。

你生长在官邸，祖父母看待你如同奇珍异宝，家族内外的亲戚更是把你当作贵公子般对待。你衣着光鲜，食用着甘美的食物，喜怒随意，娇生惯养已经成了习惯，不肯身穿布衣旧衣，不肯吃粗劣的食物。倘若长大还不能改正，必定会沦落到贫穷饥饿的地步。如此就应该节俭，以此来珍惜现在的幸福，此乃第一点。

你从小见我四处为官看似显赫风光，却没见过我做童生和秀才时，低眉顺眼俯下身子谦虚待人的样子，也没见过你祖父母艰难支撑家庭时的样子，更没见过我身穿囚服被捕，以及我在狱中遭到幽禁时痛苦的样子。你不尝着苦胆来思考这一切，怎能称得上是有心的人呀！人不可居高临下，有了势力更不可欺凌他人。这样就应该谦虚，以此来保全自身。此乃第二点。

祖父母疼爱你，你因亲近却忘了尊敬；你母亲教育你，你因傲慢而不亲近她。如今我遭遇无法预测的灾祸，你代替我作为儿子，不可不恭敬地体会你祖父母的苦心。至于你的母亲，还能再依靠什么人呢？你若是不孝，就连神明都会惩罚你的。这样就应该孝顺，以此来侍奉亲属长辈。此乃第三点。

我做官爱惜自己的名节，未曾贪婪攫取，来富裕自家。如今家中所存基业，全是祖父母勤劳辛苦积累而得的，而且这次大难花费了大半财富。我曾有誓愿，兄弟三人，每人一份，必定不多拿一亩田一粒粮。你对待伯父，要如同对待父亲一般；对待寡居的婶婶，要如同对待母亲一般。即使有祖父母的命令，也丝毫不可多取一分，以违背我的心愿。这样就应该公平，以此来继承家业。此乃第四点。

你既然缺少兄弟，只有一庶出的妹妹，就应当把她看成同胞妹妹。倘若她嫁到中等或贫困家中，你必须赠与她嫁妆田地一百亩；至于庶妹的母亲，她侍奉我多年，应当给她足够的衣食，分给她赡养的田地，让她靠收租来自给自足。家中内外进出，要谨慎且严守规矩。这关系到恩德道义。此乃第五点。

你天资并不蠢笨，只是我教育不足，让你读书太晚。你要念起我的辛苦，立志勤奋好学，倘若有考取功名的那天，应当先回家赡养老人。倘若科举无望，也须要做一读书秀才，将我留存下来的众多文稿书籍，好好整理。这关系到我们家文章学问一脉的传承，这就是第六点。

我苦恨此生不能为父母养老送终。他日，你祖父母百年之后，埋葬我于他们坟墓旁，不得远离他们。

【解读】

这是李应升在狱中，自知时日不多，留给儿子的遗书。"忠孝"是李氏的家训门风。天启六年（1626年）三月，假借苏杭织造太监李实弹劾周起元疏，魏忠贤及其党羽诬陷李应升等七人贪赃枉法，派遣锦衣卫缇骑前往江南缉拿他们，晚明历史上著名的东林"七君子"案由此开始。远在江南的李应升早已得到消息，有人劝他前去苏州亲友处暂时避难，他置若罔闻，满不在乎。他忠贞不屈、视死如归的态度也得到了家族长辈的支持。在拜别父母和伯父后，李应升被锦衣卫逮捕入京。在狱中，李应升遭到了阉党的严刑拷打，但他忠贞不屈，致死不承认被罗织的罪名。早在被捕那日开始，他的心中早已做好"生还何敢望"的准备。写完这封遗书没多长时间，李应升就在狱中惨遭迫害致死。其弟前往狱中给他收殓，只见他面目全非，骨断肉腐，不容直视。

作者在这封家书中，先简单交代了自己现在的处境以及写遗书的原因，随后重点告诫儿子该如何立身做人，并提出了"勤俭、守志、孝顺、重名节、讲恩义、重学业"这六方面要求，还详细叙述应如何去做这六方面，纸上笔下，怜子之情无不流露其中。

遗书的文字虽然浅白质朴，毫无修饰，但它谆谆教导、殷殷劝勉，字里行间充满了深沉的情感。

瞿式耜家书：名节之事不可商量

人物简介

瞿式耜（1590—1650年），字起田、号伯略，别号稼轩，江苏常熟人，明末著名的诗人、官员和民族英雄。

早年，瞿式耜拜钱谦益为师，1616年高中进士，后被授予江西永丰知县，政绩赫然。

1628年，瞿式耜被提拔为户科给事中，因屡次上疏弹劾掌权佞臣，得到了皇帝的多次肯定。后他与其师钱谦益遭到温体仁、周延儒等人的排挤陷害，一同被贬削，随即罢官返回常熟。瞿式耜在乡治理园林，作诗饮酒自我消遣，作《媿林漫录》十卷。

1650年，南明朝臣互相诋毁，粮饷匮乏，清兵从全州进军，桂林一时陷入大乱，城中竟无一兵一卒，瞿式耜独自不逃，与总督张同敞相对饮酒，每日作赋诗互相唱和，竟作得了一百多首诗。后又从容被清兵逮捕，孔有德多次劝降，瞿式耜宁死不屈。瞿式耜在狱中写下临难表疏，在桂林风洞山仙鹤岭下与张同敞一同英勇就义。

家书精选

得汝昨年九月二十二日书，知家乡去年七月已遭蹂躏，家中寸筋不留，止剩空屋数间。汝母闻之，益添忧闷，吾虽百方解劝，而终是难开，缘其子女之念关切，知汝与若妹如此受苦，不容不肠断耳。吾自念若非西抚出门，遭此劫中，自然性命不保。今天公委曲方便，留此一线余生，虽为靖逆受磨，而名节犹彰，残躯犹在。以视家乡被难者，相去何如？以此转自排拨。虽家中所有罄①完，总以空华身外譬②之，只汝等暨一门眷属无恙，便是大福矣！

可恨者，吾家以四代甲科，鼎鼎名家，世传忠孝，汝当此变故之来，不为避地之策，而甘心与诸人为亏体辱亲之事。汝固自谓行权也，他事可权，此事而可权乎？邑中在庠诸友，轰轰烈烈，成一千古之名，彼岂真恶生而乐死乎？诚以名节所关，政有甚于生者。死固吾不责汝，第家已破矣，复何所恋？不早觅隐僻处所潜身，而反以快仇人之志，谓清浊不分，岂能于八斗槽中议论人乎？别处起义，亦博一名，亦奉有旨，独我常熟起义，原做不成而反受累；受累矣，而又博不得一起义之名，岂不笑杀！痛杀！恨杀！

【注释】

①罄：用尽，用完，用尽。

②譬：比如，比方。

【译文】

得到你去年九月二十二日所写的书信，知晓家乡去年七月就已经惨遭蹂躏，家中更是被洗劫一空，仅留下数间空屋。你母亲听到这消息，又增添了不少忧虑和烦闷，我虽百般解劝，但最终还是难以解开。这其中的缘由大概是对子女的思念和关心，知道你和你妹妹如此受苦，不由悲伤万千。我自想，若不是我作为广西巡抚离开家乡，遭遇此劫，自然性命不保。今天委曲求全，留下一线生机，虽然在叛乱之中遭受了各种磨难，但名节依然彰显，残躯依然还在。与家乡遇难者相比，还有什么可比的呢？我经常用这些来开解自己。虽然家中所有财物被抢劫罄尽，可我也总以钱财为身外之物来劝慰自己，只要你们及一家亲属安然无恙，这便是大福。

遗憾的是，我家四代进士，家门旺盛，世代忠孝相传，而你在时局动荡、遭此变故之时，没去考虑该如何去规避灾祸，却甘心与他人一起做着有辱人格、祖宗和伤害身体的事情。你固然自称权且这样办，只是权宜之计，可他事都可权，关于名节的事也可以商量吗？在邑中学堂中的亲友们，做的是轰轰烈烈之事，成就了千古之名，他们难道真的厌恶生，乐于去死吗？这真的是关乎名节，死去比活着更重要。我定然不会要求你去死，可家已破损，你又有什么可留恋的？何不早早寻觅隐蔽之处藏匿潜身，反而做着让仇人快乐的事情，这是是非对错都分不清了啊，又还有什么资格可以在同僚之中议论别人呢？别处的起义，有的是为了博取声名，有的是奉有旨意，唯独我在常熟的起义，一心想做的事情没有做成，反而受到了污蔑和牵连，甚至连起义的称号都算不上，这是不是可笑、可悲、可恨呢！

【解读】

瞿式耜痛恨自己的儿子接受清统治者剃发的命令，没有及时躲避清兵，做出"亏体辱亲"，有失名节的事情。儿子说这是权宜之计，他却强调民族气节远高于自己的生命，反驳道："他事可权，此事而可权乎？"这其实是在告诉儿子：在民族气节这样的原则问题上，坚决不能含糊！正是得益于这种民族精神，历经各种磨难的中华民族才得以生生不息、繁衍壮大。

在当时的历史环境下，瞿式耜在反对民族压迫、坚持民族气节、加强对后代的教育这些方面，无疑是明智和正确的。就算在今天，瞿式耜的事迹和语录在对青少年进行爱国主义教育时仍然具有借鉴和启迪意义。

瞿式耜壮烈殉国后，南明永历朝追封谥号"文忠"。瞿式耜有三个儿子，分别是瞿玄销、瞿玄锡、瞿嵩锡。后来联明抗清的原农民军将领李定国收复桂林，要设立祠堂纪念瞿式耜，并召见其孙瞿昌文，支持他归葬祖父于故乡虞山拂水岩牛窝潭。1679年（康熙十八年），瞿式耜迁葬回故乡虞山拂水岩牛窝潭。1776年（乾隆四十一年），乾隆帝下令编撰《贰臣传》，收列所有投靠清朝的原明朝官员，就连开国重臣范文程也在其中，并大肆褒扬为明朝尽忠者。早在南明永历朝时，瞿式耜就被追谥为"文忠"，这时又被清朝追谥为"忠宣"。

毛先舒与子侄书：珍惜时光，奋发图强

人物简介

毛先舒（1620—1688年），原名马骙，字驰黄，后改名先舒，字稚黄，钱塘（今浙江杭州）人，明末清初文学家。清兵入关后，毛先舒不求仕途，转而从事音律学研究，善作诗文。毛先舒从小才智超群，18岁就有诗集《白榆堂诗》问世，与里陆圻、柴绍炳、吴百朋、陈廷会、孙治、丁澎、虞黄昊、沈谦、张丹等人同称"西泠十子"，并位列首位。又与毛奇龄、毛际可二人齐名，时称"浙中三毛，文中三豪"。作为明清之际西泠派的重要作家，他平生留下众多著作，晚年将其自订为《思古堂十四种书》。

家书精选

年富力强,却涣散精神,肆应于外,多事无益妨有益,将岁月虚过,才情浪掷,及至晓得收拾精神,近里着己时,而年力向衰,途长日暮,已不堪发愤有为矣。回而思之,真可痛哭!汝等虽在少年,日月易逝,斯言常当猛省。

【译文】

(我)年轻力壮时,却精神涣散,大肆应酬于外面,做了很多无益的事情,便妨碍了有意义的事情,虚度了光阴,浪费了才情。直到知道要集中精神,收聚分散的精力时,却已经年老力衰,就如同路途长远而太阳西下,早已不能发愤有所作为了!回首思考,真应该痛哭一场!你们虽还是少年,可时间容易流逝,我的话应当让你们猛然醒悟自省。

【解读】

这是一篇毛先舒用自己的亲生经历所书写的家训,它告诫子侄:要趁着年少,珍惜时光,不要虚度光阴,不然等到年老,便会追悔莫及。尽管全文篇幅简短,但字字逼人,令虚度光阴之人心惊胆战,令悔过之人心有余悸,令风华已过却又一事无成的人追悔莫及。当今的年轻人都应该读一读这封信,牢记信中的道理。"少壮不努力,老大徒伤悲",这是众多过来人共同拥有的感觉,以此来告诫年轻人,要珍惜时光奋发图强,确实恳切并具有渲染力。

孙枝蔚示儿燕书：读书莫惜书

人物简介

孙枝蔚（1620—1687年），字豹人，号溉堂，陕西三原人，清初著名诗人。

孙家世代经商，家财万贯。李自成入关后，孙家散尽家财，自发组织团勇前去抵抗李自成，却不幸战败。随后孙枝蔚只身来到江都（今扬州江都区），发奋读书，投身于诗古文中，很快有了声名。王士祯在扬州做官时，听闻其名，特意前去拜访，称他为奇人，二人相谈甚欢，结为莫逆之交。康熙十八年（1679年）举行"博学鸿儒"科试，孙枝蔚因为年老而无法应试，被特旨与邱钟仁等七人授为内阁中书。可孙枝蔚一直不忘家乡，他将居住的地方称为溉堂，寓意着西归的思念。

家书精选

初读古书，切莫惜书；惜书之甚，必至高阁。便须动圈点为是，看坏一本，不妨更买一本。盖惜书是有力之家藏书者所为，吾贫人未遑效此也。譬如茶杯饭碗，明知是旧窑，当珍惜；然贫家止有此器，将忍渴忍饥作珍藏计乎？儿当知之。

【译文】

刚开始读古书，不必太爱惜书本；过分爱惜书本，一定会把书放置在高阁上。读书必须要动手圈圈点点才是，看坏一本书，不妨再买一本。爱惜书本是有能力人家藏书者所做的事，我们穷人不要遑能效仿。就比如茶杯饭碗，明明知道是旧窑，应当珍惜；然而家贫，家中就只有这一件器具，难道要忍饥挨饿，将它珍藏不用它吗？儿女应当知道这些。

【解读】

　　这封家信朴实无华，孙枝蔚用通俗的话语向儿子强调读书的道理，同时告诉世人：读书则不必太过于爱惜书；倘若只藏书而不读书，将书当作装饰品，那就失去藏书的意义。读书的关键在于读，而不是简单的藏书，也不必"忍渴忍饥作珍藏计"，因为我们要在读书的过程中获取知识和乐趣，充实自己，领悟其中的道理。整篇家信，简短意赅，文笔流畅，朴实无华，富有哲理。

魏禧给子世侃书：亲君子，远小人

人物简介

　　魏禧（1624—1680年），字冰叔，又字凝叔，号裕斋，江西宁都人。明末清初散文家，有"明末清初散文三大家"之一的称号。其家族兴旺，与兄魏祥、弟魏礼，世称"三魏"，并与彭士望、林时益、李腾蛟、邱维屏、彭任、曾灿等合称"易堂九子"。

　　对于文章，魏禧向来主张经世致用，所作内容多为谋天下事，所用的文体长于策、论等以广大胸怀，对于其他文体的创作也有自己独特的心得。他所写的文章大多表现出浓烈的民族意识，大多是歌颂民族气节的人和事。对于古人的功过是非，他都有自己的独特见解。

家书精选

　　吾兄弟少好口语，舌锋铦利，颇以此贾怨谤。然未尝敢行一害人事，欺诈人财，败众以成私也。

　　汝资性略聪明，能晓事。夫聪明当用于正，亲师取友，进归一路，则为圣贤，为豪杰，事半而功倍。若用于不正，则适足以长傲、饰非、助恶，归于杀身而败名。不然，即用于无益事。小若了了，稍长，锋颖消亡，一事无成，终归废物而已。

【译文】

我们兄弟年少时喜欢谈论，言辞锋利激烈，因此招来别人的怨恨和诽谤。然而却从来没有敢做一件伤害他人的事情，更没有欺诈别人的钱财，损害大家的利益来充实自己的私利。

你天资比较聪明，也能通晓事理。可聪明应当用在正道上，亲近的老师朋友都应该归于志同道合的人，这样或许你就会成为圣贤、豪杰，也能事半功倍。倘若不将聪明用到正道上，则会助长傲气、掩饰错误、帮助恶人和恶事，最后会引来杀身之祸，并身败名裂。就算不是这样，那你就是将聪明用在无益的事情上。小时候看似聪明懂事，可时间一长，锋芒便会消失，那点小聪明也会没有，一事无成，最终会沦落为一个废物。

【解读】

魏禧从小深受家庭的熏陶和父亲的教诲，在重病缠身的情况下，强撑着病体，写下这封动人的家信，对儿子进行孜孜教诲。魏禧害怕儿子因自持聪明，对自己不严格约束，身染恶习，最终导致贻误终身。可惜他客居他乡，不能亲自教导儿子，于是便只能通过书信来教导儿子。在信中，魏禧严肃提出聪明用于不同方面的问题，希望儿子可以认真领悟，严于律己，最终成为圣贤或者豪杰。他告诫儿子，"亲师取友，进归一路"，才是"聪明当用于正"的方法，这也就是在说，只有"亲君子，远小人"，才能使人进步得更快，获得事半功倍的效果。字里行间，无不流露着纯真的亲情父爱。孜孜不倦，循循善诱，语重心长，怎能让人不毕生牢记，三思而后行呢？这封书信涉及到众多内容，可叙事却十分简单明了，语言朴实无华、通晓易懂，结构主次有序，层次分明。不管是语言还是结构，都有值得我们学习借鉴的地方。

郑淑云示子朔书：穷亦未尝无益于人

人物简介

郑淑云，晚明人，生平事迹不详。

家书精选

阅儿信，谓一身备有三穷：用世颇殷，乃穷于遇，待人颇恕乃穷于交，反身颇严乃穷于行。昔司马子长云，虞卿非穷愁不能著书以自见于后世。是穷亦未尝无益于人，吾儿当以是自励也。

【译文】

阅读了儿子的来信，你说，人的一生会遇到三种困顿：拥有治世才华，却没有好的机遇；待人真诚宽厚，却没有好的朋友；严格要求自身、时常反省，却无法随心所欲地生活。昔日的司马迁同样是这样的，若不是因为贫困不得志，他后来也不会激发才智，著书立说流传千古了。就算人生一直是穷困的际遇，也不能说就不能做一些有益于其他人的事情。儿子你应当多读书勉励自己。

【解读】

这是郑淑云写给儿子的回信，全文只有寥寥几十字，是一封简短的手函。在来信中，儿子诉说自己的三种困顿以及苦不得志的郁闷。收到来信的母亲，不免为儿子担忧操心。可她没有怨天尤人，也不做空泛的安慰或劝其消极对待，反而说"是穷亦未尝无益于人"，告诉儿子尽管困厄非人所愿，但它可以磨练和激励人，鞭策人做出一番事业。由此可见，这位母亲拥有非同一般的见识，着实令人敬佩。她所关心的是孩子的抱负、理想和信仰，并非和其他寻常母亲那样，只知道关心孩子衣食小节。这位母亲以拳拳之心，劝导孩子多读书，尽早为人生打下坚实的基础。这位母亲的人生态度非常豁达，她不仅用家书安慰了儿子，更给儿子带去人生的重要智慧。

顾若璞与弟书：刻苦自学，终有成就

人物简介

顾若璞（1592—1681年），字和知，浙江钱塘人，明末清初女诗人。十五岁嫁给当时的知名才子黄茂梧，婚后十三年开始守寡。顾若璞随即独自支撑门户，抚养两个儿子黄灿和黄炜，并博涉经史，从四书五经，到《古史鉴》《皇明通纪》《大政纪》之类，她日夜披览阅读，指画口授，亲自教导两个儿子长大成才，黄氏文学的传统这才得以继承和发展。她亲子教诲"蕉园诗社"的钱凤纶和林以宁等人，使他们在康熙时期名噪一时。著有《卧月轩稿》，又名《啸余吟稿》。

家书精选

夫洰云逝，骨铄魂销，帷殡而哭，不知死之久矣。岂能视息人世，复有所谓缘情靡丽之作邪？徒以死节易，守节难，有藐诸孤在，不敢不学古丸熊画荻①者，以俟其成。当是时，君舅方督学西江。余复谓我父母兄弟，念不稍涉经史，奚以课藐诸孤而俟之成？余日惴惴，惧终负初志，以不得从夫子于九京也。于是酒浆俎纩之暇，陈发所藏书，自四子经传以及古史鉴、《皇朗通记》、《大政记》之属，日夜披览如不及。二子者，从外传入，辄令篝灯坐隅，为陈说吾所明，更相率咿唔，至丙夜乃罢。顾复乐之，诚不自知其瘁也。日月渐多，见闻与积，圣经贤传，育德洗心，旁及骚雅词赋，游焉息焉，冀以自发其哀思，舒其愤闷，幸不底于幽忧之疾。而春鸟秋虫，感时流响，率尔操觚，藏诸笥箧，虽然，亦不平鸣耳，讵敢方古班、左诸淑媛，取邯郸学步之诮耶？

【注释】

①丸熊画荻：丸熊：指的是唐柳仲郢的母亲韩氏用熊胆和丸，令仲郢

咀嚼，帮助督促他读书。画荻：指的是宋代欧阳修的母亲郑氏，以荻画地，教修写字。后人便用"画荻丸熊"来比喻母亲教子有方。

【译文】

　　丈夫溘然离世，令我极度悲伤，躲在殡所帷帐后面哭啼，都忘记他已经死了很久了。我哪能再生活在人世间，又有什么所谓写诗作赋的心情呢？只是因为以死守节容易，坚守贞节却很难，可又有诸多孤儿在，不敢不学唐代柳仲郢的母亲用熊胆和丸，让孩子咀嚼，以帮助孩子们读书，也不敢不学宋代欧阳修的母亲以荻画地教子读书。当时，公公正在江西做督学，我又远离我的父母兄弟，想到若我不稍微涉猎些经史，又怎么能教这些幼小的孩子，让他们学业有成呢？我整日惴惴不安，害怕最终会辜负了当初的志向，难以见先夫于九泉之下。于是，在做饭织布的时间外，我打开所收藏的书籍，从四书五经，到《古史鉴》《皇明通纪》《大政纪》之类的书籍，日夜披衣浏览，唯恐来不及。两个儿子从外入内，就令他们点灯坐在一角，对他们陈述我所领会的，有时领他们背书，到三更半夜才结束。还经常以此为乐，真的不知我到底有多劳累。时间一长，见闻也随之日积月累，圣贤经传，育德清洗心性，又涉及了《诗经》《离骚》这些诗词歌赋，悠然自在，希望以此来抒发自己的哀伤，舒缓自己的愤闷，希望不会因为忧伤而导致疾病。然而春鸟秋虫，感应时间和万物的流逝，拿起笔写下文章，藏在书箱中。虽然也会因不平而发声，但怎敢与古代班昭、左芬等名媛，邯郸学步而自取其辱呢？

【解读】

　　作为一封写给弟弟顾若祥的家信，顾若璞在文章内外处处透露着真情。再加上顾若璞深厚的文学功底，诗歌经典引用得恰到好处，文笔成熟且老道，一种特殊的苍凉之感扑面而来，令读者赞叹不已，不由敬佩她非凡的才情和品德。

　　作者详细讲述了自己的经历，讲述自己是如何通过刻苦学习成为一名德才兼备的女学者。又讲述了自己对亲人的无私奉献，以及在面对困境时所表现出的坚韧不拔的意志和豁达乐观的胸怀。

正是在顾若璞的影响下，黄氏家族中营造出一种浓郁的文学氛围，先后孕育出了11位女才子，从明朝到清朝，历经五代，亘延长达200余年，期间的创作从未中断。顾若璞以坚韧睿智的品格和贤良多才的风华，不仅撑起了一个家族，还成就了自己传奇的一生。

郑日奎与弟侄书：取其神去其形

人物简介

郑日奎（1631—1673年），字次公，号静庵，江西贵溪人，清初著名文学家、文论家。顺治十六年（1659年）高中进士，授庶吉士。后为工部屯田司主事、晋都水员外郎、礼部主客司郎中。康熙十一年（1672年）与王士祯主持四川乡试，所录之人全是名士。因劳累过度，回京不久后便病逝。王士祯曾为郑日奎咏诗称赞道："水部风流似郑虔。"

郑日奎著有《静庵集》十二卷，《四库总目》凡诗五卷，别集诗一卷，文五卷，《梅墩谈胜》（又名《醒世格言》）一卷。

家书精选

为蚕养桑，非为桑也。以桑饭蚕，非为蚕也。逮蚕茧而丝成，不特无桑，蚕亦亡矣。取其精，弃其粗；取其神，去其形，所谓罗万卷于胸中而不留一字者乎。

【译文】

为了养蚕而种桑树，并不是为了桑树。用桑叶来喂养蚕，并不是为了蚕。等到蚕茧丝成，取走丝，桑树便没有了用，蚕也就死亡了；种桑养蚕的最终目的是为了得到蚕丝，学习同样如此。面对各种事物，取其精华，去其糟粕；学习其中的神韵，融会贯通，抛弃外在一些无用的东西。正所谓积累万卷书于心中，而不用去纠结个别字词。

【解读】

　　这是郑日奎写给弟侄的一封家信，谈论的是读书。他运用类比的艺术手法，以蚕和桑之间的关系作比，形象地阐述出读书之道及其作用。在作者看来，读书是为了认识世界、增长知识和才干，并不是简单的读书。

　　做事一定要分清主次轻重，手段是为目的服务的。为了养蚕而种桑，而养蚕却不是最终目的，最终是为了得到蚕丝，一旦达到最终目的，得到了蚕丝，那桑、蚕什么的，都变得不再重要。同样的，读书也是这样，字、词、句、段、篇都是工具和手段，最终用文字来传递思想和抒发情怀才是最终目的。只要能领会文字中所蕴含的内容，读书人便会忘记具体的文字。就好比古人所说的"得鱼忘筌"，只要捕到了鱼，渔具都会忘掉，意思是说，只要实现目标，手段什么都是次要的，可以忘记。

顾炎武与三侄书：耿耿孤忠，不为妥协

人物简介

　　顾炎武（1613—1682年），本名绛，字忠清、宁人，亦自号蒋山佣，明朝南直隶昆山（今江苏省昆山市）人，明末清初著名的思想家、经学家、史地学家和音韵学家。因其仰慕文天祥的学生王炎午，特意改名为炎武。顾炎武与黄宗羲、王夫之并称为明末清初"三大儒"。

　　顾炎武辗转一生，学识渊博，行万里路，读万卷书，广泛涉猎国家典制、郡邑掌故、天文仪象、兵农及经史百家、音韵训诂之学等方面。并开创出了一种新的治学方法，成为一代宗师，被誉为清学"开山始祖"。到了晚年，顾炎武在治经方面，重视考证，开启清代朴学风气。康熙二十一年（1682年）2月10日，顾炎武失足落马，2月15日死亡，享年七十岁。

家书精选

新正已移至华下。祠堂书院之事,虽皆秦人为之,然吾亦须自买堡中书室一所,水田四五十亩,为饔飧之计。

秦人慕经学、重处士、持清议,实与他省不同。黄精、松花、山中所产;沙苑蒺藜,止隔一水,终日服饵,便可不肉不茗。然华阴绾毂关河之口,虽足不出户而能见天下之人,闻天下之事。一旦有警,入山守险,不过十里之遥。若志在四方,则一出关门,亦有建瓴之便。

今年三月,乘道途之无虞及筋力之未倦,出崤函,观伊洛,历嵩少。亦有一二好学之士,闻风愿交,但中土饥荒,不能久留,遂旋车而西矣。彼中经营方始,固不能久留于外也。

【译文】

元旦时我已经搬到了华山脚下,建造朱熹祠堂和书院的事情,虽然全是当地人操办,然而为了自己的生计,我也必须自己出资购买城中房子一所,水田四五十亩。

陕西人仰慕经学、尊重隐士、支持正确的舆论,确实与其他的省份有所不同。黄精、松花,都是山中所产;沙苑盛产蒺藜,与华阴只隔了一条渭河,便可整日食用蒺藜,便可以不吃肉,不喝茶。然而华阴却扼守着潼关和黄河,虽然足不出户,却可以见到天下各地的人,听闻天下大事。一旦有紧急情况,离华山不过十里远,可快速入山守险。倘若志在四方,便可一出潼关,就有居高临下的优势,不可阻挡。

今年三月,趁着道路无忧、身体尚未疲倦,我出了崤山、函谷关,到河南游历,观览了伊水和洛河,游历嵩山的少室山。也有一些好学的士人,慕名我去游历,想与我交往,但河南正处饥荒时期,不可久留,便返回陕西。华阴的事情才刚刚开始,固然不能长时间留在外面。

【解读】

这封家信写自作者游历、考察北方十几年后,刚定居陕西华阴时。

1645年，清兵南下，江南民众奋勇抵抗，江阴、嘉定、昆山等地的抗清斗争尤其激烈。顾炎武和归庄在昆山起兵，可惜当年七月嘉定、昆山相继沦陷，与扬州一样，嘉定和昆山也惨遭清兵屠城。就这样，带着国恨家仇，顾炎武流离失所，开始了游历生活。

反清复明一直是顾炎武心中所期盼的事情。他坚守民族气节，坚决不向清朝妥协，曾经十下南京，前去拜谒明孝陵，又北上山东、河北等实地调查了取胜之地，尤其重点考察了山海关、居庸关、昌平、古北口等地的地理形势，写下了众多的军事地理名著。到了晚年，他来到陕西，在华阴购买并垦殖了五十亩地，他认为华阴退可守，进可攻，形势大好，值得经营一番。直到暮年，他依然念念不忘反清复明。

通过这封信，我们看到一位忧国忧民内心坚定的英雄。他心系天下大事，"耿耿孤忠"，坚决不向清统治者妥协。

王夫之给子侄书：以立志为先，以高洁为荣

人物简介

王夫之（1619—1692年），字而农，号姜斋，又号夕堂，湖广衡州府衡阳县（今湖南衡阳）人。与顾炎武、黄宗羲并称明清之际三大思想家。晚年王夫之隐居于湘西蒸左石船山（今湖南衡阳县曲兰乡），学者遂称其为船山先生。

王夫之出生书香门第，从小家境优渥。从小，王夫之跟随父兄学习，文名重于乡里。只可惜，他仕途不顺，屡次科举落榜，直到明崇祯十五年（1642年）才考中举人，这是他第四次参加乡试。在此期间，他寻求拯救国家之道，曾组织过"匡社"。崇祯十六年（1643年），张献忠率军攻占衡阳，曾以重礼聘请王夫之兄弟加入农民军，然而王夫之坚守忠君观念，委婉谢绝后设法逃脱。明朝灭亡后，清军大举南下，王夫之也投身于抗清斗争中，

反清复明。

经过多次反清复明的斗争之后，王夫之眼见反清复明没有了希望，便决定退隐。随后四处隐居，辗转流离。他在极其艰苦的环境中，仍然努力探求治乱的根源，全力研究学问。清顺治十四年（1657年），他开始定居于衡阳莲花峰下续梦庵，教学著述，正式结束了流亡生活。清康熙十四年（1675年），他迁居到石船山下，修建草堂居住，坚决不与清朝合作，一直隐居，直到去世。

王夫之一生创作出了许多的哲学专著和史论，反映出我国学术在17世纪变迁的新动向，代表作有《船山遗书》等。王夫之穷其一生，都没有放弃追求，即使在饥寒交迫、生死攸关的时刻，他也没有放弃过内心的志向，更不敢浪费一寸光阴。有时病重无法起身，他便在卧榻旁放置纸墨笔砚，勉强把笔，也要坚持写作。对于他这种艰苦卓绝、勇敢追求学问的精神，后人甚为赞赏和敬仰，有不少学者在自己的著作中赞扬过他。如刘献庭在《广阳杂记》中称赞道："其学无所不窥，于六经皆有发明，洞庭之南，天地元气，圣贤学派，仅有此一脉，仅有此一线耳。"清末维新派的谭嗣同在《任学》中也称赞道："五百年来，真通天人之故者，船山一人而已。"

家书精选

立志之始，在脱习气。习气熏人，不醪而醉。其始无端，其终无谓。袖中挥拳，针尖竞利，狂在须臾①，九牛莫制。岂有丈夫，忍以身试？彼可怜悯，我实惭愧。

前有千古，后有百世。广延九州，旁及四夷②。何所羁络？何所拘执③？焉有骐驹，随行逐队。无尽之财，岂吾之积？目前之人，皆吾之治。特不屑耳，岂为吾累。

潇洒安康，天君无系。亭亭鼎鼎，风光月霁④。以之读书，得古人意。以之立身，蹈豪杰地。以之事亲，所养惟志。以之交友，所合惟义。惟其超越，是以和易。光芒烛天，芳菲匝地。深潭映碧，春山凝翠。寿考维祺，念之不昧！

【注释】

①须臾：表示片刻之间，形容一段很短的时间。

②四夷：指四方边远之地。

③拘执：指拘泥和固执。

④月霁：指月色澄朗，有秀丽之意。

【译文】

立志之初，要摆脱各种不良习气。不良习气会影响人，不用酒就能让人醺醉。它的开始和结束都悄然声息，没有一点痕迹。就算极其微小的一件事，只要发生剧烈争执，也会造成剧烈的损伤。如果一时狂妄冲动，沉不住气，就算有九牛之力也难以制止。哪有男子汉，愿意亲身尝试呢？这样的人实在值得怜悯，自身也会感到十分惭愧！

在我之前有千古之久，在我之后有百世之远。地域广阔，延伸至九州大地，一直到四方的边远之地，对我来说，又有什么可以控制，有什么可以坚守固执的呢？

而一个有志向的人，有怎么会甘心与庸泛的尘世一起浮沉呢？天下无尽的财富，怎么会是我要积累的东西呢？眼前的这些人，全是我应该影响教化的人，我对他们的豪强行为不屑一顾，他们又怎么会成为我的累赘牵绊呢？

为人潇洒安康，内心便会坦荡无愧。人格高尚，心胸开阔，以此来读书，便可领会古人的意境；以此来立身处世，便会像豪杰一样有一席之地；以此来侍奉亲人，可以涵养出高尚的志气；以此来结交朋友，处事便会合乎义理。正是因为有这些超然的气度，所以才能如此温和平易。一个人的人品光芒照耀天际，就如同花草芳香遍地；如同深潭水波碧映；如同春天的青山翠绿。可以享受高寿和吉祥，并终身谨念而不失。

【解读】

这是一封王夫之写给子侄的家信，意在教育子侄，做人要品行高尚，不可沾染不良的习气。告诫他们，只有潇洒安康、无所牵挂、堂堂正正、光明磊落，才能更好地读书，从而立身处世，侍奉长辈，结交好友，从而享受顺遂的人生。

"以立志为先"是王夫之为人处世的原则。他主张先将世俗习气祛除，一个人的赤子之心要不受污染，以此来读书、立身、事亲、交友，后人自然而然就变得高尚。"立志之初，在脱习气"讲的就是这点。没有沾染不良气息，就不会争权夺利，不会拘泥于蝇营狗苟，更不会以身试法，从而犯罪。正因如此，王夫之才提出主张"善教人者，示以至善以亟正其志，志正，则意虽不立。可因事以裁成之"。他在立志方面，也有着自己独特的见解和主张。在他看来，立志必须专一，还要摆脱流俗，而且，他特别强调立志的重要性，以及立志在为学和力行这两方面的重要性。

夏完淳狱中上母书：壮志未酬，亲孝未尽

人物简介

夏完淳（1631—1647年），别名复，字存古，亦号灵首，明松江府华亭县（现上海市松江）人，明末清初诗人，抗清英雄。

夏完淳从小就表现出了非凡的天赋，"五岁知五经，七岁能诗文"，到了九岁更是写出了《代乳集》。在父亲和老师的影响下，再加上复社领袖张溥的熏陶，夏完淳一生忠义，崇尚名节。

弘光元年（1644年），其父夏允彝在江南率兵与清兵激战，战败后自杀殉国。夏完淳和陈子龙继续坚持抗清，不久后也兵败被俘，夏完淳宁死不屈，壮烈殉国，年仅十六岁。殉国前，夏完淳因怒斥洪承畴的投敌之举而称名于世。

家书精选

不孝完淳今日死矣，以身殉父，不得以身报母矣！

痛自严君见背，两易春秋，冤酷日深，艰辛历尽。本图复见天日，以

报大仇，恤死荣生，告成黄土。奈天不佑我，钟虐先朝，一旅才兴，便成齑①粉。去年之举，淳已自分必死，谁知不死，死于今日也。斤斤延此二年之命，菽水之养，无一日焉。致慈君托迹于空门，生母寄生于别姓。一门漂泊，生不得相依，死不得相问。淳今日又溘然先从九京，不幸之罪，上通于天。呜呼！双慈在堂，下有妹女，门祚衰薄，终鲜兄弟。淳一死不足惜，哀哀八口，何以为生？

虽然已矣，淳之身父之所遗，淳之身君之所用，为父为君，死亦何负于双慈？但慈君推干就湿，教礼习诗，十五年如一日。嫡母慈惠，千古所难，大恩未酬，令人痛绝。慈君托之义融女兄，生母托之昭南女弟。淳死之后，新妇遗腹得雄，便以为家门之幸，如其不然，万勿置后。会稽大望，至今而零极矣，节义文章，如我父子者几人哉？立一不肖后如西铭先生，为人所诟笑，何如不立之为愈耶？

呜呼！大造茫茫，总归无后。有一日中兴再造，则庙食千秋，岂止麦饭豚蹄，不为馁鬼而已哉！若有妄言立后者，淳且与先文忠在冥冥诛殛顽嚚②，决不肯舍！兵戈天地，淳死后，乱且未有定期，双慈善保玉体，无以淳为念。二十年后，淳且与先文忠为北塞之举矣。勿悲勿悲，相托之言，慎勿相负！

武功甥将来大器，家事尽以委之。寒食盂兰，一杯清酒，一盏寒灯，不至作若敖之鬼，则吾愿毕矣。新妇结褵二年，贤孝素著，武功甥好为我善待之，亦武功渭阳情③也。

语无伦次，将死言善，痛哉痛哉！

人生孰无死，贵得死其所耳！父得为忠臣，子得为孝子，含笑归太虚，了我分内事。大道本无生，视身若敝屣。但为气所激，缘悟天人理。恶梦十七年，报仇在来世，神游天地间，可以无愧矣！

【注释】

①齑：jī，本意指的是捣碎的姜、蒜、韭菜等，现多指混杂、调和之意。

②顽嚚：wán yín，愚妄奸诈的意思。

③渭阳情：据《东周列国志》记载，秦康公送其舅重耳返回晋国，直

到渭水之北。后人便用"渭阳之情"指代甥舅间的情谊。

【译文】

不孝子夏完淳今日就要死去了，把身体奉献给父亲，却不能再以身体报答母亲了！

自从严父离我而去，我已经悲痛地又过了两个春秋，怨恨和悲痛日益加深，历尽了艰难辛苦。本想着重见天日，以报大仇，抚恤死者，荣耀生者，报告我们的成功给九泉之下的父亲。可奈何上天并不保佑我，把灾祸降临于先朝，一支军队刚刚兴建起来，就立即被粉碎了。去年的义举，我已经自知必定会死，可谁知没死，却死于今天。仅仅延长了我两年的生命，可没有一天可以孝养母亲。以至于慈母托身于空门，生母寄生在他姓家中。一门人漂泊，活着的时候不能相互依靠，死去也不能相互问候安慰。我今日又溘然先赴九泉，不孝之罪，上天都知晓了！哎！两位母亲依旧健在，下有妹妹、女儿，家运衰薄，也没有兄弟。我死不足惜，可让我悲痛万分的是，家中这众多人口，今后该如何生活呢？

虽然已经如此，那就这样吧！我的身体是父亲所遗留给我的，我的身体为国君所用，为父为君去死，又怎么算得上是辜负两位母亲呢？但慈母对我万分爱护，教我礼仪学诗，十五年如一日，从未改变。嫡母慈爱恩惠，千百年来少有。大恩未曾回报，令我悲痛不已。我现在只能将慈母托付给义融姐姐，将生母托付给昭南妹妹。我死之后，妻子若得到一个遗腹子，这便是家门之幸。如果不是，那千万不要另立后嗣。会稽的大望族，至今已经凋零到了极点。节义文章，如同我们父子的，又有几人呢？如果如同西铭先生，立一个不肖的后嗣，被外人诟骂讥笑，还不如不立的好！

哎，天地无穷无尽，家族不可能一直绵延，总会断绝。倘若有一日，朝廷再次兴盛，我们则会在庙中接受祭祀、被供养千百年，又哪里只是现在这样仅仅享受麦饭豚蹄，沦落为饿鬼呢？倘若有人妄言再立后嗣，我与父亲必定在冥冥中诛杀这个愚昧奸诈的人，坚决不肯轻易饶恕他。兵戈现已遍布天下，我死后，战乱暂且不会停止，还望两位母亲保重玉体，不要挂念我。二十年后，我与父亲将会扫平北塞。不要悲伤，不要悲伤！我所嘱托的话，切勿违背。

武功甥将来必成大器，家中的事情可以尽数委托给他。寒食节和七月十五，一杯清酒，一盏寒灯，不至于让我变成无人祭祀的饿鬼，这样我的愿望也就实现了。我与妻子结婚两年，她的孝贤素来为众人所知，武功甥好好为我善待她，这也是武功甥的渭阳情呀！

语无伦次，这全是将死之时的肺腑之言，悲痛呀！悲痛！

哪个人能不死呢？只要死得其所就行！父亲可以成为忠臣，儿子可以成为孝子，含笑而死，也完成了我的分内之事。一切本未尝生存，我视自己身体如同破旧的鞋子，完全不足珍惜。但为刚正之气所激励，从而懂得天人之理。十七年来，如同噩梦一场，报仇还在来世。我的神魂游荡在天地之间，可以说，我对一切毫无愧疚。

【解读】

这是夏完淳身陷牢狱自知命不久矣，写给母亲的诀别信。在信中，他倾诉了自己壮志未酬的遗憾，和不得不诀别亲人的悲痛，字字句句都流露着一代民族英雄纯真的个人情感，以及自己一心报国、视死如归的高尚情操，反映出当时所特有的忠孝节义和宗族传承观念。

这封信的语言虽然没有经过精心的雕琢，但行文中的慷慨之气和夏完淳的爱国热忱却表露无遗，并让人为之动容。这也让这封家书成为世代传承的佳作之一。

蒲松龄的与诸侄书：写文要"避实就虚"

人物简介

蒲松龄（1640—1715年），字留仙，号柳泉居士，世称聊斋先生，自称异史氏，山东淄川（今淄博）人，清代著名的文学家。早年的蒲松龄热衷功名，接连考取县、府、道三个第一，名噪一时，深为施闰章、王士禛所重。但此后屡次科举不中，直到72岁才成为了贡生。因生活窘迫，蒲松龄除中年一度做幕宾外，其他时间都在家乡做塾师，时间长达四十多年。家境的贫困，使他得以更好地接触和体会底层人民的生活。这种经历令他深切同情底层人民，也对科举制度的不公平不合理有深切的体会。再加上他从小酷爱民间文学，喜欢搜集精怪鬼魅的奇闻异事，积累了大量的创作素材和营养，这些东西都被他融进自己的生活体验中，创作出著名的文言短篇小说集《聊斋志异》。《聊斋志异》采用唐传奇小说文体，借助花妖狐媚的奇异故事，反映和折射现实生活，衬托出自己的理想，有中国"短篇小说之王"的美称。

家书精选

古大将之才，类出天授。然其临敌制胜也，要皆先识兵势虚实，而以避实击虚为百战百胜之法。文士家作文，亦何独不然？盖意乘间则巧，笔翻空则奇，局逆振则险，词旁搜曲引则畅。虽古今名作如林，亦断无攻坚撼实硬铺直写，而其文得佳者。故一题到手，必静相其神理所起止。由实字勘到虚字，更由有字句处，勘到无字句处。既入其中，复周索之上下四旁焉，而题无余蕴矣。及其取于心而注于手也，务于他人所数十百言未尽者，余以数言了之。及其幅穷墨止，反觉有数十百言在其笔下。又于他人数言可了者，予更以数十百言，排荡摇曳而出之。及其幅穷墨止，反觉纸上不多一字。如是又何虑文之不理明辞达，神完气足也哉！此则所谓避实击虚之法也。大将军得之以用兵，文人得之以作文，纵横天下，有余力矣。

【译文】

古代大将的才能，大多都是上天授予的。然而他们面对敌人却能致胜，全都是要先识别敌人兵力部署的虚实，从而以避开实力强健的地方，攻击薄弱的地方，这才是百战百胜的法宝。文士作家写作，为何不是这样的呢？文章立意出其不意则为巧妙，文笔风格一反空淡则为新奇，文章布局打破常规则为险奇，用词旁征博引、巧妙引用文辞则为流畅。

虽然从古至今名作如林，也断没有硬写、就事叙事、平铺直叙，从而能写出好文章的。因此，一个题目拿到手，就必须静下心来，思考题目主旨理趣所涉及的范围。从实字到虚字，仔细推敲，再由有字句处推敲到无字句处。既然已经这样深入其中，便再周密地探索文题的四面八方，这样一来，题目主旨就可以剖析得毫无剩余，清清楚楚。

等到了然于胸，弄清题意，再动手去写，别人用数百字都尚未表达清楚意思，而我用短短几字就可以了。等到别人写完，篇幅足够，无处下笔时，我反倒觉得有数百字还在自己的笔下（意犹未尽）。对于别人几个字便可结束的，我便写下数十百字，铺垫起伏，摇曳多姿，等到篇幅足够，无法下笔时，反倒觉得纸上不多一字（语多而不觉得多余）。

这样又何必考虑文章没有说理清楚、语词通达呢？这样的文章简直是神采完备、文气充沛！这就是所谓的避实击虚之法呀！大将军得到此法用以作战，文人得到此法用以作文，从而便能游刃有余，纵横天下了。

【解读】

在这封家书中，对于如何写出一篇好文章的道理和方法，作者做出了层层剖析和讲解，用词通达，道理深刻，充分展现出作者深厚的文化素养和扎实的文学功底。蒲松龄以兵家之法类比出文章之法，强调作文中百战百胜之法为"避实击虚"。同时，他结合自己创作的经验，得出结论"盖意乘间则巧，笔翻空则奇，局逆振则险，词旁搜曲引则畅"。并认为"由实字斟到虚字，更由有字句处，勘到无字句处"，则才是好文章的写作。写好文章的基础是立意新奇，蒲松龄在这封信中也着重强调，"文以意为主"，"意在笔先"。想要拥有真知真识，人们必须始终保持一种生活和情感的活力，这样才会不断涌现新颖鲜活的情感和新奇的立意。正因如此，蒲松龄笔下的《聊斋志异》才会篇篇都是佳作。

郑板桥家书：天下第一等人

人物简介

郑板桥（1693—1765 年），原名郑燮，字克柔，号理庵，又号板桥，人称板桥先生，江苏扬州兴化人，清代著名的书画家、文学家。郑板桥最重要的成就是绘画，是"扬州八怪"的重要代表人物。郑板桥一生最喜欢画竹、兰、石。

郑板桥出身贫寒，自幼丧母，全靠后母抚养。少年时拜乡先辈陆震为师，学习知识，20岁左右时考中秀才，雍正十年（1732年）考中举人，乾隆元年（1736年）高中进士。乾隆七年，郑板桥出任山东范县知县，一年后又调往潍县。乾隆十三年，乾隆皇帝东巡至泰山，他这时的官职是书画史。乾隆十八年，郑板桥因请求赈灾而得罪大吏，被迫罢官。"康熙秀才，雍正举人，乾隆进士""乾隆东封书画史""七品官耳"等，这些字眼经常出现在他书画上常用的印章印文上，可以说，这也是他一生仕途的真实写照。

郑板桥的堂弟郑墨小板桥24岁，为人谦虚稳重，板桥在外做官，便托付家事给堂弟，并对其期望良深。1765年，郑板桥于兴化城内升仙荡畔拥绿园中病逝，因身后无子，便将郑墨之子郑田过继到他的名下。

郑板桥为政有方，对官场腐败的作风深感痛恨，深切同情底层群众。刚上任潍县两年，就碰见山东大灾荒，饥荒遍地，甚至出现了"人相食"的惨状。郑板桥来不及向上申报批准，就采取应急措施，借贷官仓粮食给饥民，只是到了秋后，灾情依旧很重，郑板桥便将所有贷卷烧掉，以工代赈，修城凿池，招募附近灾民前来以工就食，又严令邑中大户开厂煮粥赈济灾民，又命积粟之家平粜囤粮，这才使饥民度过灾荒。只是这些措施却损害了豪绅富户和腐朽官吏的利益，导致郑板桥被诬陷罢了官。离开潍县时，郑板桥囊箧萧条，只有数卷图书，潍县百姓无不痛惜挽留，甚至为郑板桥设立了生祠。郑板桥一生不拘小节，性格旷达，喜欢放言高论，臧否人物。当时人称其"狂"和"怪"。郑板桥罢官后，定居扬州，靠卖画为生，所画的事物主要是兰、竹。

家书精选

十月二十六日得家书，知新置田获秋稼五百斛，甚喜。而今而后，堪为农夫以没世矣！要须制碓、制磨、制筛罗簸箕、制大小扫帚、制升斗斛。家中妇女，率诸婢妾，皆令习春揄蹂簸之事，便是一种靠田园长子孙气象。天寒冰冻时，穷亲戚朋友到门，先泡一大碗炒米送手中，佐以酱姜一小碟，最是暖老温贫之具。暇日咽碎米饼，煮糊涂粥，双手捧碗，缩颈而啜之，霜晨雪早，得此周身俱暖。嗟乎！嗟乎！吾其长为农夫以没世乎！

我想天地间第一等人，只有农夫，而士为四民之末。农夫上者种地百亩，其次七八十亩，其次五六十亩，皆苦其身，勤其力，耕种收获，以养天下之人。使天下无农夫，举世皆饿死矣。我辈读书人，入则孝，出则弟，守先待后，得志泽加于民，不得志修身见于世，所以又高于农夫一等。今则不然，一捧书本，便想中举、中进士、作官，如何攫取金钱、造大房屋、置多产田。起手便走错了路头，后来越做越坏，总没有个好结果。其不能发达者，乡里作恶，小头锐面，更不可当。夫束修[①]自好者，岂无其人；经济自期[②]，抗怀千古者，亦所在多有。而好人为坏人所累，遂令我辈开不得口；一开口，人便笑曰："汝辈书生，总是会说，他日居官，便不如此说了。"所以忍气吞声，只得挨人笑骂。工人制器利用，贾人搬有运无，皆有便民之处。而士独于民大不便，无怪乎居四民之末也！且求居四民之末而亦不可得也！

愚兄平生最重农夫，新招佃地人，必须待之以礼。彼称我为主人，我称彼为客户，主客原是对待之义，我何贵而彼何贱乎？要体貌他，要怜悯他；有所借贷，要周全他；不能偿还，要宽让他。尝笑唐人七夕诗，咏牛郎织女，皆作会别可怜之语，殊失命名本旨。织女，衣之源也；牵牛，食之本也。

在天星为最贵，天顾重之，而人反不重乎！其务本勤民，呈象昭昭可鉴矣。吾邑妇人，不能织绸织布，然而主中馈，习针线，犹不失为勤谨。近日颇有听鼓儿词，以斗叶为戏者，风俗荡轶，亟宜戒之。

吾家业地虽有三百亩，总是典产，不可久恃。将来须买田二百亩，予兄弟二人，各得百亩足矣，亦古者一夫受田百亩之义也。若再求多，便是占人产业，莫大罪过。天下无田无业者多矣，我独何人，贪求无厌，穷民将何所措足乎！或曰："世上连阡越陌，数百顷有余者，子将奈何？"应之曰："他自做他家事，我自做我家事，世道盛则一德遵王，风俗偷则不同为恶，亦板桥之家法也。"哥哥字。

【注释】

①束修：约束修养，素敬敛容。

②经济自期：期望可以经世致用。

【译文】

十月二十六日收到家中来信，得知新置办的田地收获秋季庄稼五百斛，我甚是高兴。从今以后，可以一辈子做农夫了。现在必须要制备碓、磨、筛罗、簸箕，制备大小扫帚，制备升、斗、斛这样的农具。家中妇女，率领众婢妾，都去学习舂揄蹂簸的活计，这便有了一种靠田园养育子孙的生活气象。等到天寒冰冻时，穷苦亲戚来家里，先泡一大碗炒米送到手中，佐以酱姜一小碟当做配菜，是最能让他们感到温暖的地方。闲暇时间，咬碎米饼，煮糊涂粥，双手捧碗，缩着脖子啜食，就算是在这样霜雪厚重寒冷的早晨，能喝到这样的一碗粥，全身也会变得暖和起来。唉！唉！我们可以长久地一辈子做农夫了！

我想这天地间第一等人，也就只有农夫了，而读书人则是这士农工商四等中的最后一等。农夫上等者，可以耕种土地一百亩；而次等的农夫，可以耕种七八十亩；再次等的也可以耕种五六十亩，他们全是穷苦自己的身体，付出他们勤奋的力量，耕种收获，以此来养天下的人。假设天下没有了农夫，那全世界的人都要饿死了。我们这些读书人，在家孝顺父母，出门尊敬兄长，守住先人的美德，以传给后人。做官得志时，要将恩泽施给百姓；不得志时，要修身养性，将美德表现于世，因此又高农夫一等。可如今的读书人却不是这样，一捧起书本，便想考中举人、进士、做官，做官后又想如何攫取金钱，建造大的房屋，置办更多的田产。一开始便走错了路，后来便会越做越坏，最终总没有个好的结果。那些没能在事业上有所发展的，便会在乡里作恶，行为丑陋，更是让人难以忍受。那些约束自己言行，注重自我修养的人，难道就没有吗？甚至期望自己经世济民，媲美千古高尚圣人的人，到处都有很多。只是好人总受坏人的牵连，就让我们也都开不了口。一开口，别人便会嘲笑道："你们这些书生，总是这样说。可是等他日做了官，便不会这样说了！"听到这话，我们也只能忍气吞声，只得任人笑骂。工匠制作器具，令人使用方便；商人搬运货物，疏通有无，全有方便百姓的地方。而唯独读书人对于百姓最不方便，也难怪会排在四民的最后。而且想要排在四民之末，也未必能得到。

你哥哥我平生最看重农夫，新招来的佃户，必须要以礼相待。他们称我们为主人，我们称他们为客户，主客原本就是平等相待的意思，我们有何高贵，而他们又有何低贱的呢？要体恤、怜悯他们；如果他们要有所借贷，就周全他；无力偿还借贷的，要宽容忍让他。我曾嘲笑唐人《七夕》诗，咏牛郎织女，全作相会离别等可怜的话，殊不知失去了他们原本的主旨。织女，是穿衣的本源；牵牛，是食用的本源，在天星中都是最为尊贵的，上天甚是重视，可人们反而不太重视。它们昭示勤奋务农，其形象完全可以作为人们的镜子来借鉴。我们家乡中的妇女，不能织绸织布的，可以主持家务、做针线活，依然不失勤劳。近来有不少听鼓词、玩斗叶的人，习惯放纵，应当制止，让他们戒掉。

我们家中田地虽然有三百亩，但是别人典押的产业，不可长久的持有和依靠。将来还必须购买田地两百亩，你我兄弟二人各自得一百亩就足够了，这也是古人一个农夫有田地百亩的意思。倘若再求多，那便是侵占他人产业，是莫大的罪过。天下没有田地失业的人口众多，我是何人，若贪求且不满足，那穷苦的人们将如何生存？有人说："世上田产阡陌相连，拥有数百顷土地的人大有所在，你又奈他何？"我回应道："他这样做，是他自己家的事；我这样做，是做我自己家的事。世道昌盛，一起遵守王制；世风日下，则不与世俗同流合污，这也就是板桥的家法。"哥哥字。

【解读】

  这是乾隆九年（1741年）郑板桥任山东范县（今属河南）知县时所写的家信。在信中，他针对当时士风日益败坏的现象，对过去"士农工商"四民的排列，提出了自己的主张，建议以农为首，贬士为四民之末。在他看来，农夫是"天地间第一等人"，"苦其身，勤其力……以养天下之人。使天下无农夫，举世皆饿死矣"。而士则应排列为四民的末端，因为士"一捧书，便想中举、中进士、作官。如何攫取金钱，造大房屋，置多产田"，若读书不能发达走上仕途，则会"乡里作恶，小头锐面，更不可当"。这是郑板桥对于世风日下这一现状发出的愤怒之语，也体现了他重农尊农的思想。全文语言亲切，感情真挚，在道家常中充分将自己的主张表达出来，自然流畅，通俗易懂。

彭端淑为学一首示子侄：坚持学习不懈怠

人物简介

  彭端淑（1699—1779年），字乐斋，号仪一，眉州丹棱（今四川丹棱县）人，清朝著名的文学家，与李调元、张问陶一起被后人称为"清代四川三才子"。

  彭端淑天资聪慧，十岁能文，十二岁入县学。雍正四年（1726年）中举，雍正十一年高中进士，从此走向仕途，初任吏部主事，后迁本部员外郎、郎中。乾隆十二年（1747年），彭端淑充任顺天府（今北京）乡试同考官。乾隆二十年（1755年），又出任广东肇罗道署察使。彭端淑为官期间，待民宽厚，一心为民，力求进取，兴利除弊，常常自励"清慎"。乾隆二十六年（1761年），彭端淑决意隐退，辞官后返回蜀地，进入锦江书院（今成都石室中学）教书，并长期任该院主讲、院长。

家书精选

天下事有难易乎？为之，则难者亦易矣；不为，则易者亦难矣。人之为学有难易乎？学之，则难者亦易矣；不学，则易者亦难矣。

吾资之昏不逮人也。吾材之庸不逮人也，旦旦而学之，久而不怠焉，迄乎成①，而亦不知其昏与庸也。吾资之聪倍人也，吾材之敏倍人也；屏弃而不用，其与昏与庸无以异也。圣人之道，卒于鲁也传之。然则昏庸聪敏之用，岂有常哉？

蜀之鄙②有二僧，其一贫，其一富。贫者问于富者曰："吾欲之南海，何如？"富者曰："子何恃而往？"曰："吾一瓶一钵足矣。"富者曰："吾数年来欲买舟而下，犹未能也。子何恃而往？"越明年，贫者自南海还，以告富者。富者有惭色。

西蜀之去南海，不知几千里也，僧之富者不能至，而贫者至焉。人之立志，顾不如蜀鄙之僧哉？是故聪与敏，可恃而不可恃也；自恃其聪与敏而不学者，自败者也。昏与庸，可限而不可限也；不自限其昏与庸而力学不倦者，自力③者也。

【注释】

①迄乎成：到了有所成就的时候。

②鄙：边远、郊野的地方。

③自力：自己勉励自己。

【译文】

天下的事有难易之分吗？只要愿意去做，那么再难的事情也会变得容易；不愿意去做，再容易的事情也会变得困难。人们做学问有难易之分吗？只要愿意去学，再难的学问也会变得容易；不愿意去学习，再容易的学问也会变得很难。我的资质愚笨，追不上他人；我的才能平庸，追不上他人。但是我每天坚持学习，长久不敢懈怠。等到自己学业有成，也不知自己的天资是平庸还是愚笨了。我天资聪慧，远超他人；我才思敏捷，远超他人，却将这些天赋抛开不用，这样与平庸愚笨的人没有什么区别。孔圣人的学问，最终还是靠算不上最聪明的曾参传承下来的。所以什么是愚笨？什么是聪明？并非一成不变。

四川的边远地区有两个僧人，一个贫穷，一个富裕。穷和尚问富和尚道："我想去南海，你看如何？"富和尚说："你凭借什么前往呀？"穷和尚回答道："我只需一盛水的水瓶和一盛饭的钵就足够了。"富和尚说："我这几年来，想要买船去南海，至今还没能去成，你又凭借什么前往？"可到了第二年，穷和尚从南海回来，特意来告诉富和尚这件事。听到此事，富和尚露出惭愧之色。从四川到南海，不知有几千里，富和尚不能抵达，而穷和尚却到了。人的立志求学，难道还比不上四川边远地区那穷和尚吗？

因此，聪明与敏捷，可依仗，又不可依仗。自持聪明与敏捷却不学习的人，是自己毁了自己。愚笨和平庸，可以限制一个人，也可以不受限制；不受自己愚笨和平庸所限制而且努力学习孜孜不倦的人，全靠自己勉励自己。

【解读】

这是乾隆九年（1744年）彭端淑训示子侄的家信。作者之所以写这篇文章，是因为内心忧愁，当时作者同族子侄众多，仅其祖父直系子侄就达69人之多，可这么大的一个家族里，却连一个文举人都没有，这让作者十分着急，因此加以训导。他用两个设问句开篇，直接点明全文的宗旨，将求学、做学问的道理详细阐述。又通过四川穷富两个和尚去南海的故事，推论出难与易、聪敏与平庸之间可以相互转化的辩证关系，揭示出主观能动性的重要作用，以此来勉励子侄，努力学习，力争上游。文中穷和尚那种百折不挠、坚决朝着目标前进的精神也值得我们借鉴和学习。

作者以平易近人的语言，通过对比论证，辩证地阐述事理。虽说是一封训示信，但更像是师长劝勉晚辈的一番话，没有艰深的文词，只是娓娓道来，意味深长。

袁枚与弟香亭书：遵循天命，修养道德

人物简介

袁枚（1716—1798年），字子才，号简斋，晚年自号仓山居士、随园主人，浙江钱塘（今浙江杭州）人。清朝乾嘉时期著名的诗人、散文家、文学评论家和美食家。与赵翼、蒋士铨并称"乾隆三大家"，又与赵翼、张问陶并称"性灵派三大家"，也是"清代骈文八大家"之一。乾隆时期高中进士，曾出任江宁知县。他的诗歌主张抒写性情，大多用来抒发闲情逸致，他一向不满儒家的"诗教"，一些作品在一定程度上抨击了汉儒和程朱理学。同时，他还擅长作文，在书信方面颇有特色，流传于世的代表作有《小仓山房集》《随园诗话》《子不语》等。

家书精选

阿通年十七矣，饱食暖衣，读书懒惰。欲其知考试之难，故命考上元[①]以劳苦之，非望其入学也。如果入学，便入江宁籍贯。祖宗邱墓[②]之乡，一旦捐弃，揆[③]之齐太公五世葬周之义，于我心有戚戚焉。两儿俱不与金陵人联姻，正为此也。不料此地诸生，竟以冒籍控官。我不以为怨，而以为德。何也？以其实获我心故也。不料弟与纾亭大为不平，引成例千言，赴诉于县。我以为真客气也。

夫才不才者本也，考不考者末也。儿果才，则试金陵可，试武林可，即不试亦可。儿果不才，则试金陵不可，试武林不可，必不试废业而后可。为父兄者，不教以读书学文，而徒与他人争闲气，何不揣其本而齐其末哉！"知子莫若父"，阿通文理粗浮，与"秀才"二字相离尚远。若以为此地文风不如杭州，容易入学，此之谓"不与齐楚争强，而甘与江黄竞霸"，何其薄待儿孙，诒谋之可鄙哉！子路曰："君子之仕也，行其义也。"非贪爵禄荣耀也。李鹤峰中丞之女叶夫人慰儿落第诗云:"当年蓬矢桑弧④意,岂为科名始读书?"大哉言乎!闺阁中有此见解,今之士大夫都应羞死。要知此理不明,虽得科名作高官,必至误国、误民,并误其身而后已。无基而厚墉,虽高必颠,非所以爱之,实所以害之也。然而人所处之境,亦复不同,有不得不求科名者,如我与弟是也。家无立锥,不得科名,则此身衣食无着。陶渊明云:"聊欲弦歌,以为三径⑤之资。"非得已也。有可以不求科名者,如阿通、阿长是也。我弟兄遭逢盛世,清俸之余,薄有田产,儿辈可以度日,倘能安分守己,无险情赘行,如马少游所云"骑款段马,作乡党之善人",是即吾家之佳子弟,老夫死亦瞑目矣,尚何敢妄有所希冀哉!

不特此也。我阅历人世七十年,尝见天下多冤枉事。有刚悍之才,不为丈夫而偏作妇人者;有柔懦之性,不为女子而偏作丈夫者;有其才不过工匠、农夫,而枉作士大夫者。有其才可以为士大夫,而屈作工匠、村农者。偶然遭际,遂戕贼杞柳以为桮棬,殊可浩叹!《中庸》有言"率性之谓道",再言"修道之谓教",盖言性之所无,虽教亦无益也。孔、孟深明此理,故孔教伯鱼不过学诗学礼,义方之训,轻描淡写,流水行云,绝无督责。倘使当时不趋庭,不独立,或伯鱼谬对以诗礼之已学,或貌应父命,退而不学诗,不学礼,夫人竟听其言而信其行耶?不视其所以察其所安耶?何严于他人,而宽于儿子耶?至孟子则云:"父子之间不责善",且以责善为不祥。似乎孟子之子尚不如伯鱼,故不屑教诲,致伤和气,被公孙丑一问,不得不权词相答。而至今卒不知孟子之子为何人,岂非圣贤不甚望子之明效大验哉?善乎北齐颜之推曰:"子孙者不过天地间一苍生耳,与我何与,而世人过于珍惜爱护之。"此真达人之见,不可不知。

有门下士,因阿通不考为我泱泱者;又有为我再三画策者。余笑而应之曰:"许由能让天下,而其家人犹爱惜其皮冠⑥;鹪鹩愁凤凰无处栖宿,为谋一瓦缝以居之。诸公爱我,何以异兹?韩、柳、欧、苏,谁个靠儿孙俎豆⑦者?箕畴五篇,儿孙不与焉。"附及之以解弟与纡亭之惑。

【注释】

①上元:今日南京。

②邱墓：祖先的墓地。

③揆：推测、揣度等。

④蓬矢桑弧：古时男子出生，常以桑木作弓，以蓬草为矢，向天地四方射去，后人用此词象征男儿应有志于四方，也常用来勉励人应有大志。

⑤三径：亦作"三迳"。喻指归隐者的家园或是院子里的小路，也用来指田园、房屋等。

⑥皮冠：古人打猎时所戴的帽子，这里喻指子女后代等。

⑦俎豆：俎和豆，古代祭祀和宴飨时盛放食物用的两种礼器，后泛指各种礼器。也可引申为崇奉、祭祀之意。

【译文】

阿通已经十七岁了，在家吃饱穿暖，可读书却很懒惰。我想让他知道读书考试的艰难，所以让他去上元去读书，让他知道读书的劳苦，并非一定希望他有所长进。如果要学有长进，便要入江宁的籍贯。那是祖宗邱墓的所在地，一旦舍弃，想必也会与齐太公五世葬周那样，我的心里就有些悲哀。两个儿子都不与南京人联姻，也正是因为这个原因。不曾想这个地方的众多生员，竟以冒充籍贯的罪名控告给了官府。我其实并不怨恨，反而却认为这是一种美德。为何呢？因为通过这事我得到了实际的收获，心里很安然。不料，弟弟和纡亭却愤愤不平，列举很多事例，汇总成诉状，到县里起诉，想以此为我洗刷罪名。我认为真是太意气用事了！

一个人有没有才华才是最根本的，参不参加考试反而是次要的。儿子如果有才，则可以考南京府，也可以考杭州，即使不考也可以。儿子如果没有才能，则考南京不行，考杭州不行，一定会落得不再考试，荒废学业后才可以。做父亲和兄长的，不教他读书学文，而只是与别人争闲气，为何不揣度他的根本反而去追逐末端呢？"知子莫如父"，阿通文理粗浮，与"秀才"二字相差甚远。若认为这里的文风不如杭州，容易入学，那倒可以说是"不与齐楚争强，而甘与江黄竞霸"，这样贻害儿孙的做法是何等的可鄙呀！子路说："君子，谋求做官，施行仁义。"并非为了贪图爵位、俸禄和荣耀。李鹤峰中丞之女叶夫人在安慰她儿子落第的诗中写道："当年立下宏大志向的用意，岂能是只为了功名而去读书？"多么有气魄的语言呀！身在闺阁中尚能有如此见解，如今这些士大夫都应该羞愧，都应该无地自容呀！要知道，连这些道理都不明白的人，虽然取得了功名，做了高官，也必定会误国、误民，最终贻误了自己。没有牢固的基础就去修建高厚的城墙，虽然很高，也必定会倒塌。这并非爱他，实际上是在害他。然而每个人所处的环境都不同，有的人是不得不去考取功名，比如我和弟弟你就这样。家中穷困不堪，没有立锥之地，不去考取功名，连衣食都会没有着落。陶渊明说："无聊到弹唱，暂时做官是把它当做归隐的基础。"这是不得已的事情。有可以不求功名的人，如阿通、阿长等人就是这样。我们弟兄正好遇见和平盛世，除了朝廷的俸禄外，还有些田产，儿孙可以靠这些度日，倘若他们能安分守己，没有危险的情况和丑行，就如同马少游所说的那样："就算没有才能，也要在家乡做个善人。"这样就算是我家的好子弟，我死也能瞑目，还敢有什么不合实际的妄想奢求呢？

不单这些，我已经活了七十多年了，我曾见过天下很多的冤枉事。有刚强才干的人，不做大丈夫该做的事情，反而偏偏去做妇人所做的事；有柔懦性情的人，不做女子该做的事情，偏偏去做大丈夫所做的事；有才干不如工匠、农夫的，反而却做了士大夫；有才干才能可做士大夫的，却只能屈身为工匠或村中农夫。因为偶然遭遇一些情况，便砍下可以编筐的柳条去做一个粗陋的杯碗，这是多么令人可惜呀！《中庸》中有这样一句话"率性之谓道"，又说"修道之谓教"，大概是说没有天赋，就算去教，也没有用。孔子和孟子深知这个道理，因此孔子教他儿子伯鱼只不过是学习一些诗礼方面的知识，至于管理方面的制度规矩，则轻描淡写，行云流水般而过，绝不加以督查责备。倘若当时伯鱼不听从孔子的教诲，又不能独立，或者伯鱼对孔子谎称诗礼已经学会，或表面答应父亲的命令，回去却不学习诗礼，孔夫子怎么会听他说的话，便相信他会这样做？或者不加以查看就心安呢？如果对自己的儿子宽容，那怎么又能严格要求别人呢？至于孟子则这样说："父子之间不相互责备为好"，而且认为责备是不祥的。似乎孟子的儿子还不如孔子的儿子伯鱼，所以孟子不屑于教诲，担心教导了如果不听反而会伤了和气，可被公孙丑一问，不得不搪塞回答。而到了今日，人们也不知道孟子的儿子到底是个什么样的人，难道圣贤就不想让自己的儿子有大出息？北齐颜之推说得很好："子孙不过是这天地间一个生灵罢了，与我有什么太大关系，而世人却过于珍惜爱护他们的子孙。"这真是通达人所拥有的见识，不能不懂。

我门下这些读书人，因阿通不去考学而对我感到不满，也有为我再三出谋划策的人。我只是笑着回答道："许由尚且可以礼让天下，而他的家人则那么爱惜自己的子女；鹪鹩忧愁凤凰无处栖宿，努力为它谋取一瓦缝让它住进去。诸位怜爱我，这样明白的道理，大家为何有不同的看法？韩愈、柳宗元、欧阳修、苏东坡，谁是依靠儿孙奉养的呢？《洪范九畴》五篇，他的儿孙都没有参与啊。"我又附带说了这么多，是为了解开弟弟和纾亭困惑的地方。

【解读】

这是袁枚写给他堂弟袁树的一封家书。不同于其他谈论子女教育问题的家书，袁枚讲的是父母应该怎么做，而不是子女该怎么做。尽管全文透露着一些清高和孤傲，但文笔朴素流畅，所表达的思想也是入情入理，不由令人心服。这种达观和释然的育儿态度，值得当今的每一位父母学习。

纪晓岚寄内子：守四戒，遵四宜

人物简介

纪昀（1724—1805年），字晓岚，晚号石云，道号观弈道人、孤石老人，直隶河间府献县（今河北献县）人，清代著名的政治家、文学家。

纪晓岚从小深受父亲的影响，并受到家人的严格督促，博览群书。雍正十二年，纪晓岚跟随父亲进京城，拜在著名画家董邦达门下。乾隆十二年，纪晓岚考取乡试第一，主考官大为称赞，直呼奇才。乾隆十九年三月中进士，从此开始仕途生涯，历任左都御史，兵部、礼部尚书，协办大学士加太子太保管国子监事，曾担任《四库全书》总纂修官。

因嘉庆帝御赐碑文"敏而好学可为文，授之以政无不达"，故死后赐谥号"文达"，后人称其为"文达公"。

其著名代表作有《阅微草堂笔记》。

家书精选

父母同负教育子女责任，今我寄旅京华，义方之教，责在尔躬。而妇女心性，偏爱者多，殊不知爱之不以其道，反足以害之焉。其道维何？约言之，有"四戒""四宜"。一戒晏起，二戒懒惰，三戒奢华，四戒矫傲。既守四戒，又须规以四宜：一宜勤读，二宜敬师，三宜爱众，四宜慎食。以上八则，为教子之金科玉律，尔宜铭诸肺腑，时时以之教诲三子，虽仅十六字，浑括无穷，尔宜细细领会，后辈之成功立业，尽在其中焉。书不一一，容后续告。

【译文】

父母应当共同担负教育子女的责任，可我如今寄居京城，教育子女的责任就全都落在你一个人身上。而妇女的本性，偏爱子女的占多数，殊不知偏爱不讲原则，反而是害了子女。那教育子女应该有哪些原则呢？大致来说，有"四戒""四宜"。一戒晚起床，二戒懒惰，三戒奢华，四戒骄傲。既要遵守四戒，就必须要有四宜的规矩。一宜勤奋读书，二宜尊敬师长，三宜爱护众人，四宜谨慎饮食。以上八条原则，是教育子女不可更改的条例，你要牢记在心，时时刻刻以此来教育三个孩子，虽然只有十六字，但它已经包括了无穷的意思，你应当仔细领会。子女们成功立业，全在这十六字当中。书信中就不一一列举，等以后再继续告知。

【解读】

这是纪晓岚写给他夫人的一封关于教育孩子的家书，从这封书信中，我们可以看出，在纪晓岚心中，家庭教育和自身修养才是一个人成功的关键。他因自己身在京城，无法承担教育子女的责任，又深知母亲大多疼爱子女，因此特意写下了这封书信，他向夫人讲解应当如何教育孩子，列举了四戒四宜，告诉夫人，过分溺爱孩子，实际上会害了他们，应当严格教育孩子，并让他们承担起责任。纪晓岚的四戒四宜，尽管只有短短的十六字，但不仅涉及到了学习方面，也涉及道德修养方面，甚至还有身体健康方面的内容。由此可见，纪晓岚博学多才，涉猎广泛，被称作一代通儒，可谓是当之无愧。直到今日，纪晓岚的"八则"教育依旧值我们学习和借鉴。

姚鼐谕侄孙书：博采众长，融会贯通

人物简介

姚鼐（nài）（1731—1815年），字姬传，又字梦谷，世称惜抱先生、姚惜抱，安庆府桐城（今安徽桐城）人。清代著名的散文家，与方苞、刘大櫆并称为"桐城派三祖"，被盛誉为"中国古文第一人""中国古文的高峰"。

姚鼐于乾隆十五年（1750年）江南乡试中举，乾隆三十八年（1773年）中进士，授庶吉士。曾任山东、湖南乡试副主考。乾隆三十八年担任《四库全书》编修官。乾隆三十九年秋，他借病辞官回乡，以授徒为生，先后在扬州梅花书院、安庆敬敷书院、歙县紫阳书院、南京钟山书院担任主讲，教化一方，学人弟子众多。姚鼐在方苞重义理、刘大櫆长于辞章的基础上，发展并完善了桐城派文论，提倡文章要讲"义理"、重"考证"、究"辞章"，要三者互为并用，是桐城派散文之集大成者。

姚鼐不仅在诗文方面取得令人瞩目的成就，而且在书艺方面也有很大的建树。其代表作有《惜抱轩全集》。

家书精选

来书云："欲于古人诗中寻究有得，然后作诗。"此意极是。近人每云：

"作诗不可模拟。"此似高而实欺人之言也。学诗文不模拟,何由得入?须专模拟一家已得以后,再易一家。如是数番之后,自能熔铸古人,自成一体。若初学未能逼似,先求脱化,必全无成就。譬如学字,而不临帖可乎?

【译文】

你在来信中说道:"想在古人的诗中寻找写作的技巧,然后作诗。"这个想法很好。如今人们常说:"作诗不可模仿。"这要求似乎很高,而实际上却是欺人之言。学习诗文不去模仿,又从何入门呢?必须专门模仿一家,等到学有所得,再更换到下一家。如此几家之后,便能融会贯通古人的诗文,自成一体。倘若初学时未能模拟得很像,便想抛弃不学,则必定会毫无成就。就比如学习写字,不临摹字帖,又怎么可以学好呢?

【解读】

姚鼐告诉初学诗文的侄孙,学习诗文,就必须像学习写字那样,先模仿古人,临帖模仿,等到将一家模仿得有所心得后,再换另一家,博采众家之长,最终融会贯通,形成自己的风格。他的这一观点放在现代社会依然具有很大的实用价值。

章学诚家书:目标坚定,适当调整

人物简介

章学诚(1738—1801年),原名文镳、文酕,字实斋,号少岩,会稽(今浙江绍兴)人,清代著名的史学家、思想家。

章学诚早年多次参加科举都没有取得功名,直到乾隆四十三年(1778年),41岁的他才考中进士,并出任国子监典籍。章学诚提倡"六经皆史"之论,在治经治史方面有较大成就。他创立出一套完整的修志义例,先后主修了十多部志书,如《和州志》《永清县志》《亳州志》《湖北通志》等。他在撰写《文史通义》《校雠通义》《史籍考》等论著上面花费了毕生精力,总结并发展了中国古代史学理论，深深影响后世。他的《文史通义》与唐代刘知几的《史通》齐名，有中国古代史学理论"双璧"的美称。

家书精选

夫学贵专门，识须坚定，皆是卓然自立，不可稍有游移者也。至功力所施，须与精神意趣相为浃洽，所谓乐则能生，不乐则不生也。昨年过镇江访刘端临教谕，自言颇用力于制数，而未能有得，吾劝之以易意以求。夫用功不同，同期于道。学以致道，犹荷担以趋远程也，数休其力而屡易其肩，然后力有余而程可致也。攻习之余，必静思以求其天倪，数休其力之谓也；求于制数，更端而究于文辞，反覆而穷于义理，循环不已，终期有得，屡易其肩之谓也。夫一尺之棰，日取其半，则终身用之不穷。专意一节，无所变计，趣固易穷，而力亦易见绌也。但功力屡变无方，而学识须坚定不易，亦犹行远路者，施折惟其所便，而所至之方，则未出门而先定者矣。

【译文】

为学贵在专一，识见必须坚定，这是卓然自立的条件，不可有丝毫的游移不定。至于功夫力气所施展到什么地方，必须与精神兴趣相互符合。这就是人们所说的，做高兴的事情容易成功，不高兴的事情则不易成功。去年我路过镇江，特意去拜访了刘端临教官，他说自己在术数方面很下功夫，然而却未能有所收获，所以我劝他更改用功的方向。用功的方向不同，但最终都是为了懂得法则和道理。求学以致道，犹如挑着担子去走远路，要多次休息并多次换肩，才会力有所余，行程到达终点。攻读学习之余，必须要静下心来思考，以求事物细微的初始，也就是挑担子休息一会补充体力的意思。研求术数，不如探究于文辞，反复求经义、探明理，坚持不懈，循环不停，最终必有收获，这就是挑担子换肩。那一尺长的木棍，每日截取一半，则终身用不尽。专心投入到一个方面，没有丝毫变换，兴趣固然容易消耗殆尽，力量也会容易出现短缺。但用功的方法却能多次变化，而学识只要坚定不移，就犹如走远路的人，施展的走法可以根据自己随心所欲，但所定的方向则是在出门之前就要先定下来的。

【解读】

　　章学诚在这篇家书中讲述学习的方法，指出只要目的坚定，学习的内容和方法则可以根据自己的精神意境有所调整和变化，这样才会对学习产生乐趣，并最终有所收获。他以挑担走路作类比，告诉众人，在学习上也要中途休息、不断换肩，这样才会有气力达到终点，也就是说攻读与静思相结合，才能事半功倍。直到今日，这种富有辩证哲理的经验依旧值得我们借鉴和学习。

林则徐与夫人书：族中子弟禁绝毒品

人物简介

　　林则徐（1785—1850年），字元抚，晚号俟村老人、瓶泉居士、栎社散人等，福建侯官（今福建福州）人，清代著名的政治家、思想家、诗人，中国近代伟大的爱国主义者。曾任湖广总督、陕甘总督和云贵总督，两次受命为钦差大臣。因鸦片战争时主张严禁鸦片、抵御外来侵略，被誉为"民族英雄"。

　　1839年，林则徐在广州禁烟，强迫外国鸦片商人交出鸦片，并于1839年6月3日在虎门集中销毁了被没收的鸦片，中英关系也因此陷入极度紧张之中。英国趁机以虎门销烟为借口，发动了第一次鸦片战争，入侵中国。可以说林则徐的一生都在抵御西方侵略，但对于西方的文化、科技和贸易，却极其开明，主张择其优而学之。晚清思想家魏源的《海国图志》，就是根据林则徐及幕僚翻译的文书合编而成的。在史学界，林则徐被称为近代中国"开眼看世界第一人"。

家书精选

　　前日发一信后，昨日接连家书两函。一系七月二十一日发，一系七月二十五日发。知次儿病已霍然，且已准备应试，甚以为念。余发此信时，想次儿已于矮屋中缴卷出矣，前发一信，嘱不必应试，仔细一思，发函时正在风檐矮屋中接题起草，迨信到时，至快总在月底，函中云云，已成昨日黄花，不免多此一言。临颖匆匆，竟未思及，真堪失笑。然使次儿因病未能考试，或以父为责为虑者，阅信后尚可释然也。

　　此地鸦片触目，十户之中，吸者半数。即官场中染此者亦多，可恨之极！决意严行禁止。现正委广洲道与英夷办理交涉，今后不得来此贩运，违者并禁绝其贸易，但未知有无成效也。

　　大儿在京，闻睡时甚迟，交友犹多，未知染此癖否？当驰函痛戒之。夫人如发信去，亦须得及，毋使余担心也。次儿三儿在家，承夫人督教，当不至此。惟闻族中子弟，亦有此不疲者，一入黑籍，身体即隳，今后将永远提不起精神，办不成大事，是亦林氏之不幸也。未知彼父兄所司何事，而竟放任至此，是真咄咄怪事。

　　前据促常表兄来信，知夫人近患脚肿，何来信绝未提及？想已全愈矣！甚念。月底子嘉兄将回闽省亲，届时将托伊顺便一造吾家。银两亦托伊带来。家中用途如何？可省则省，不可省处，亦不必过事俭啬。王戎钻核①，终非佳士；布孙布被，亦属佥壬。接人处事，当从大处落墨，一钱不舍，余不取也。

【注释】

　　①王戎钻核：典故来自南朝宋刘义庆《世说新语·俭啬》："王戎有好李，卖之恐人得其种，恒钻其核。"意思王戎家卖的李子特别好，但卖掉后他又担心别人取了种子，便先将李核钻透，破坏了种子。后人便用"卖李钻核"这一成语来形容极端自私的行为。

【译文】

　　前日寄出一封信后，昨日竟接连收到家信两封。一封是七月二十一日寄来的，一封是七月二十五日寄来的。在信中得知二儿子的病已经痊愈了，并且已经准备考试了，我的心中甚是惦念。我寄出这封信时，想必二儿子已经从考场中交卷出来了。前日寄出一封信，嘱咐二儿子不必参加考试，但仔细一想，发信时二儿子正在考场中接题起草准备考试，等到这信到达时，最快也要到月底了。信中所说的话，早已成为昨日黄花，不免多此一言。临笔写信时匆忙，竟然没能想到这些，真是忍不住笑了出来。可假若二儿子因病未能参加考试，或许会担心父亲会责备，但读过这封书信后，便可释然放心了。

　　这个地方鸦片泛滥，令人触目惊心。十户人家中，吸食鸦片的竟然有半数之多。即使在官场上，沾染鸦片的人也有很多，可恨至极呀！我决心严行禁止鸦片。现在正委派广州道与英夷办理交涉此事，从今以后不得来此贩运鸦片，违反的人就要禁绝与其进行贸易，但不知有无成效。

　　大儿子在京城，听闻他睡觉很晚，结交的朋友甚多，不知是否也染上这个癖好？应当尽快给予书信，严厉地劝诫他。夫人如果给他写信，也必须如此，不要让我担心。二儿子、三儿子在家，承蒙夫人监督教育，应当不至于染上烟瘾。只是听闻族中子弟，也有乐此不疲的人，一旦吸食了鸦片，身体随即就垮了，今后将永远提不起精神，办不了大事，这也是我们林氏家族的不幸呀！不知他们的父亲、兄弟所管何事，竟然将他们放任到如此地步，这真是咄咄怪事呀！

　　根据仲常表兄的来信，得知夫人近来患上脚肿，为何来信中却丝毫没有提及呢？想必是已经痊愈了。甚是挂念。月底子嘉兄将回福建探亲，届时将委托他顺便造访下我家。银两也托他给带来。不知家中费用如何？可以省去的，就省；不可省去的地方，也不必太过于节俭吝啬。王戎钻核，终究不是好的人品；布孙布被，也不过是徒有虚名。接人处事，应当从大处着眼，连一钱都不舍，我也不赞成这样。

【解读】

19世纪初，帝国主义向中国大量倾销鸦片。鸦片泛滥，中国百姓民不聊生。对于鸦片问题，清廷内部分为两派，禁烟和反对禁烟。道光十八年（1838年），时任湖广总督的林则徐连续上书清廷，奏请禁止鸦片，明确指出外国鸦片的泛滥，除了会从根本上损害中国人民的身体，还会直接导致国内大量白银外流，银贵钱贱。他称："数十年后，中原几无可以御敌之兵，且无可以充饷之银"，道光皇帝同意了林则徐的奏请，并任命他为钦差大臣，前往广州查除禁止鸦片。到达广州后，林则徐采取强硬措施，明确表示："若鸦片一日不绝，本大臣一日不回，誓与此事相终始，断无终止之理。"这封信便是他初到广州禁烟时，写给妻子郑夫人的家书。

在信的开头和结尾，林则徐与夫人谈家常私事，字里行间，无不流露出林则徐的高尚品德。他十分关心次子的身体，甚至嘱咐不必参加科举考试。要知道，在当时的封建社会，读书人将科举看得比生命还重要，一个父亲有这样的觉悟，非常不容易。作为钦差大臣，林则徐在广州可谓风光无限，身边从不缺乏阿谀逢迎之徒。可他并未趁机大发横财，反而写信让家中捎来银两，由此可见林则徐的清白和廉洁。

从这封信中我们可以得知，对于鸦片，林则徐深恶痛绝，"决意严行禁止"；对于吸食鸦片的官吏，林则徐痛恨万分；对于自己的大儿子，林则徐担心不已，害怕他会沾染烟瘾；对于家族中沾染鸦片的子弟，林则徐认为这是林氏一族的不幸，责怪其父亲和兄长没有严加管教。对于自己的子弟，林则徐是既爱护，又严格要求，这无疑是正确的。这封家书，语言朴实无华，毫无雕琢，行其所当行，但有着一种"清水出芙蓉，天然去雕饰"的朴素之美。

曾国藩家书：以烦琐为贵，为家族争光

人物简介

曾国藩（1811—1872年），初名子城，字伯涵，号涤生，曾子七十世孙。湖南湘乡人，中国近代著名的政治家、战略家、理学家、文学家，湘军的创立者和统帅。官至两江总督、直隶总督、武英殿大学士，封一等毅勇侯。1872年病故，谥文正。传世有《曾文正公全集》。

曾国藩出生于晚清一个地主家庭，从小勤奋好学，6岁入私塾读书，8岁便能读四书五经，14岁便可以诵读《周礼》《史记》文选。道光十八年（1838年）考中进士，入翰林院，为军机大臣穆彰阿门生，从此踏上仕途。与大学士倭仁、徽宁道何桂珍等为密友，以"实学"相互鼓励。太平天国运动时期，曾国藩组建湘军，经过多年鏖战力挽狂澜，剿灭了太平天国，拯救了岌岌可危的清王朝。

曾国藩一生奉行程朱理学，但并未盲目崇拜，主张兼取各家之长，认为义理、考据、经济、辞章缺一不可，但处于首要地位的始终是理学。曾国藩主张凡事要勤俭廉劳，不可为官自傲，始终奉行为政以耐烦为第一要义。曾国藩的崛起，深深影响到了清王朝的政治、军事、文化、经济等方面。作为洋务派的代表，曾国藩主张"师夷智以造炮制船"，先后设立创办了安庆内军械所、江南制造总局等军事工业，并主持翻译了第一批西方书籍，安排赴美留学生，是中国近现代化的开拓者。

家书精选

曾国藩跪禀父母家书

男国藩跪禀父亲母亲大人膝下：

去年十二月十六日，男在汉口寄家信，付湘潭人和纸行，不知已收到否？后于二十一日在汉口开车。二人共雇二把手小车六辆，男占三辆半。行三百余里，至河南八里汊度岁。正月初二日开车，初七日至周家口，即换大车。雇三套篷车二辆，每套钱十五千文。男占四套，朱占二套。初九日开车，十二日至河南省城，拜客耽搁四天，获百余金。十六日起行，即于是日三更趁风平浪静径渡黄河。二十八日到京。一路清吉平安，天气亦好，惟过年二天微雪耳。

到京在长郡会馆卸车。二月初一日移寓南横街千佛庵。屋四间，每月赁钱四千文，与梅、陈二人居址甚近。三人联会，间日一课。每课一赋一诗誊真。初八日是汤中堂老师大课，题"智若禹之行水赋"，以"行所无事则智大矣"为韵，诗题赋得"池面鱼吹柳絮行"得"吹"字。三月尚有大课一次。

同年未到者不过一二人，梅、陈二人皆正月始到。岱云江南、山东之行无甚佳处，到京除偿债外，不过存二三百金，又有八口之家。

男路上用去百金，刻下光景颇好。接家眷之说，郑小珊现无回信。伊若允诺，似尽妥妙；如其不可，则另图善计，或缓一二年亦可，因儿子太小故也。

家中诸事都不挂念，惟诸弟读书不知有进境否？须将所作文字诗赋寄一二首来京。丹阁叔大作亦望寄示。男在京一切谨慎，家中尽可放心。

又禀者，大行皇后于正月十一日升遐，百日以内禁剃发，期年禁燕会音乐。何仙槎年伯于二月初五日溘逝。是日男在何家早饭，并未闻其大病，不数刻而凶问至矣。没后，加太子太保衔。其次子何子毅，已于去年十一月物故。自前年出京后，同乡相继殂逝者：夏一卿、李高衢、杨宝筠三主事，熊子谦、谢讱①庵及何氏父子凡七人。光景为之一变。男现慎保身体,自奉颇厚。

季仙九师升正詹,放浙江学政,初十日出京。廖钰夫师升尚书。吴甄甫师任福建巡抚。朱师、徐师灵榇并已回南矣。

詹有乾家墨,到京竟不可用,以胶太重也。拟仍付回,或退或用随便。接家眷事,三月又有信回家中。信来,须将本房及各亲戚家附载详明,堂上各老人须一一分叙,以烦琐为贵。

谨此跪禀万福金安
二十年二月初九日

【注释】

①讱:rèn。

【译文】

儿子国藩跪禀父亲、母亲大人膝下:

去年十二月十六日,儿子在汉口寄出家信,并交付给湘潭人和纸行代转,不知是否已经收到?后来在二十一日,我们在汉口乘车离开,我们两个人共雇佣了二把手小车六辆,儿子就占了三辆。行进了三百多里路,到了河南八里汊,并在这里度过了年关。正月初二,我们再次出发,初七到了周家口,随即更换乘大车,雇佣三套篷车两辆,每套钱十五千文。儿子就占了四套,朱占了两套。初九启程,十二日到了河南省城,在此拜客耽误了四天,收到了百余金的礼金。十六日再次启程,随即于当天三更,趁着风平浪静直渡黄河。二十八日到达京城,一路上基本平安清净,天气也很好,唯独过年那两天下了点小雪。

到京城后,我们在长郡会馆卸车休息。二月初一则移居到南横街千佛庵居住。屋舍四间,每月租赁费四千文,而且与梅、陈二人居住的地方很近。三人一起温习功课,每隔一日就是一次课。每次课都会写出一赋一诗来誊正。初八是汤中堂老师的大课,题目是"智若禹之行水赋",以"行所无事则智大矣"为韵,诗题赋得"池面鱼吹柳絮行",得"吹"字。而且三月份还有这样的大课一次。

同年未到的人不过一两个，梅、陈二人都是正月抵达的。岱云的江南和山东之行并不理想，处境堪忧，来到京城后，除了偿还债务外，只留下不过二三百的钱财，又有一家老小八口人的拖累。

儿子路上花费了百金，目前的境况尚好。接家眷的事情，郑小珊至今还没回信。若她答应此事，似乎是更加的妥善；如果她不答应，我则另做打算，或缓和个一二年也都可以，因为这是儿子太小的缘故。

家中众事，我都不牵挂，唯独几位弟弟的学业不知是否进步？还须将他们几位所写的文章诗赋寄来一两份来京城。丹阁叔的大作，也希望可以一并寄来。儿子在京城一切都会小心谨慎，家中尽管放心好了。

又有一些事情要禀告给父母大人：大行皇后于正月十一日升天，百日内禁止剃发；另外一年内禁止各种宴会娱乐。何仙槎年伯于二月初五溘然离世。那天我在何家吃的早饭，并未听闻他有什么大病，可不一会，他离世的凶讯就传了过来。年伯死后，朝廷给他追封太子太保这个头衔。他的次子何子毅，早已于去年十一月去世。自从前年离京后，同乡中许多人相继逝世，如夏一卿、李高衢、杨宝筠这三位主事，还要熊子谦、谢庵以及何氏父子，共计七人。当日的光景早已变化，不再复现。因此儿子现在特别谨慎，十分爱惜自己的身体，生活得很好，以免发生不幸。

最近季仙酒九先生被提升为正詹，下放到浙江担任学政，初十离开的京城。廖钰夫先生则被升为尚书。吴甄甫先生出任福建巡抚。朱先生、徐先生的灵柩已经回到了南方老家。

詹有乾家的墨，到了京城后竟然不可使用，可能是因为墨中的胶质太多，准备日后带回家，或退掉或用掉，都可以。接家眷的事情，三月还会有书信到家中。等到下次来信，必须将本房及各亲戚家附载详细，堂上的各位老人也需要一一分叙清楚，以详细为要，为好！

谨此跪禀万福金安
道光二十年二月初九

【解读】

这是曾国藩家书中目前存世年代最早的一封。道光十八年（1838年），曾国藩第三次参加会试，终于中试，最后以殿试位列三甲第四十二名的名次，赐同进士出身，从此踏上仕途。后来在朝考中，列一等第三名，道光帝亲拔为第二名，并选为翰林院庶吉士。庶吉士只是一个虚职，并非实职官员，可谓是前途无量。作为庶吉士，必须通过三年后在当时被称为散馆的一次考试，只有散馆合格，才能真正留在翰林院。如果不合格，从此则会失去进入朝廷核心阶层的机会，不是被派往地方担任县令，就是被分配到各部任职。曾国藩在散馆前的三年，请假回到湖南读书。在写这封信之前，曾国藩早已来到北京，参加并顺利通过了散馆考试，被授职翰林院检讨，七品衔，顺利成为京城众多官员中的一名小官员。

　　虽然当时的曾国藩在北京默默无闻，但在曾氏家族中，曾国藩却已经是了不起的人物，原来曾氏家族已经有五六百年没有人取得像曾国藩这样的功名，而且还是一名庶吉士，曾国藩的父亲因此也沾了光。曾国藩的父亲名为曾麟书，号竹亭，也是位读书人。可能是运气不佳的缘故，曾麟书一连参加了十七次科考，直到四十三岁才考中了秀才。尽管如此坎坷，却是曾家第一个秀才。曾麟书一直以教蒙童为业，直到曾国藩发迹后才停止，并因曾国藩的地位，在晚年被升为乡绅。母亲曾江氏比父亲曾麟书年长五岁，性格刚烈、好强，而且勤快能干。曾麟书夫妇共有五子四女，曾国藩是长子。书信中所提到的儿子，则是曾氏次子纪泽。曾国藩结婚四年后，也就是在道光十七年十月，长子祯第诞生，只是此子在一岁多时与其小姑同时染上痘症，不幸夭折。道光十九年十一月初二，次子纪泽降生。同一天，在隆重的祭祖鞭炮声中，曾国藩离家北上，并于次月正月二十八日到达京城。行走了八十多天，这才从湖南湘乡到了北京，由此可见，古时进京赶考是多么的艰难。

　　作为晚清名臣，曾国藩同样是位传统儒家文化的传承人，而且家族观念深重。这是曾国藩刚刚抵达北京，给父母报平安的家信。一抵达京城，曾国藩就写信给父母，就连日常琐事，都不忘在信中一一言明，由此可见，曾国藩将父母看的很重。挂念诸弟的学业，不仅是因为曾国藩是曾家的长子，顾念兄弟之情，更因为曾国藩希望诸弟可以效仿自己，通过科举建立功名，为家族争光，这是典型的中国传统儒家思想。在中国传统文化中，家乡是"根"，一个游子无论走得有多远，最终都希望自己落叶归根。曾国藩在信中向父母写道"以烦琐为贵"，体现一个游子时刻渴望得知家中各方面的情况。等到后来，曾国藩的妻子来京，曾国藩依旧十分关心家中琐事。可以说，曾国藩是一位典型的传统中国人。

曾国藩与子纪鸿书

字谕纪鸿儿：

　　家中之来营者，多称尔举止大方，余为少慰。凡人多望子孙为大官，余不愿为大官，但愿为读书明理之君子。勤俭自持，习劳习苦，可以处乐，可以处约，此君子也。余服官二十年，不敢稍染官宦气习，饮食起居，尚守寒素家风，极俭也可，略丰也可，太丰则我不敢也。凡仕宦之家，由俭入奢易，由奢返俭难。尔年尚幼，切不可贪爱奢华，不可惯习懒惰。无论大家小家、士农工商，勤苦俭约，未有不兴；骄奢倦怠，未有不败！尔读书写字不可间断，早晨要早起，莫坠高曾祖考以来相传之家风。吾父吾叔，皆黎明即起，尔之所知之也。

　　凡富贵功名，皆有命定，半由人力，半由天事。惟学作圣贤，全由自己做主，不与天命相干涉。吾有志学为圣贤，少时欠居敬工夫，至今犹不免偶有戏言戏动。尔宜举止端庄，言不妄发，则入德之基也。

手谕（时在江西抚州门外）
咸丰六年九月二十九日夜

【译文】

给纪鸿儿：

　　家中来到我这里的人，大多都称赞你举止大方，我心中感到了些许的安慰。世人大多都希望子孙可以做大官，可我却不愿你们为官，更希望你们可以成为读书明理的君子。保持勤俭、习惯劳苦，便可以享受安乐，可以安于节俭，这就是君子。

　　我做官已经有二十年了，从不敢稍微沾染一点官宦的习气，饮食起居，尚且恪守朴素的家风；极其节俭也可以，略微丰盛也可以，只是太过于丰盛，我不敢也难以享受。但凡官宦的家庭，从节俭到奢华很容易，可从奢华到节俭却很艰难。你年纪尚小，万万不可贪图爱慕奢华，不可习惯懒惰。无论是名门望族，还是平民百姓，或是士农工商，只要勤苦节俭，没有不兴旺发达的；只要是骄傲懒惰的，没有不衰败的。你读书写字，不可以间断。每日早晨要早起，不可败坏了我家祖辈相传的家风。我的父亲和叔叔，都是黎明时分就起床的，这你也知道。

但凡富贵功名，都是命中注定，一半由人力决定，一半靠天命。唯独学习成为圣贤，全由自己做主，不与天命有丝毫的干系。我有志学习做圣贤，但年少时缺乏居家恭敬谨慎的修养，至今也不免偶尔会流露出戏言和戏谑的行为。因此，你应当举止端庄，言语谨慎，这样才是修养品德的基础呀！

写于江西抚州门外
1856 年 10 月 27 日

【解读】

曾纪鸿，字栗诚，曾国藩的次子，他对仕途并不热衷，却酷爱数学，在古代算学上取得了相当大的成就，是中国近代著名的数学家，可惜英年早逝。曾国藩在这封家书中，尽数讲的都是一些为人处世和学习的道理，通读下来，处处勉励，可品味出其中的利弊。对于子孙，曾国藩表示，并不期望他们发财升官，只希望他们可以读书明理，做一个君子。并反复告诫儿子，不可犯官僚子弟易犯的骄奢习气，要勤俭且戒骄奢，又用自己的亲身经历来教育儿子节俭。这都是一些为人和治家的道理。

左宗棠家书：随时随事，留心著要

人物简介

左宗棠（1818—1885年），字季高，一字朴存，号湘上农人，湖南湘阴人。晚清重臣，军事家、政治家、湘军统帅之一，洋务派代表人物。历任闽浙总督、陕甘总督、两江总督，官至东阁大学士、军机大臣，封二等恪靖侯。

左宗棠生性颖悟，少年时便有大志。道光十二年（1832年）中举，当时左宗棠年仅二十岁，虽然此后在会试中屡次不第，但他一直博览群书，攻读各种儒家经典，涉猎经世致用之学，这对他以后的带兵和施政打下了深厚的基础。太平天国运动时期，左宗棠应湖南巡抚张亮基的邀请出山，解救长沙之围，从此名声鹊起。后来参与平定太平天国运动，兴办洋务运动，镇压捻军，平定陕甘同治回乱，收复新疆，推动新疆建省。中法战争时期，左宗棠自请赶赴福建督师，光绪十一年（1885年）病逝于福州，清廷追赠为太傅，谥号"文襄"，并入祀昭忠祠、贤良祠。

左宗棠著有《楚军营制》《附条规》《朴存阁农书》（失传）等。清朝末期，后人将其奏稿和文牍等编辑为《左文襄公全集》。

家书精选

与女婿陶少云书

学业才识，不日进，则日退。须随时随事，留心著力为要。事无大小，均有一当然之理，即事穷理，何处非学？昔人云："此心如水，不流即腐。"张乖崖亦云："人当随事用智。"此为无所用心一辈人说法。果能日日留心，则一日有一日长进；事事留心，则一事有一事之长进。由此累积，何患学业才识不能及人邪！

作官能称职，大不容易。作一件好事，亦须几番盘根错节而后有成。昔人事业到手，即能处措裕如，均由平常留心经验，能明其理习于其事所致。未有当前遇事放过，而日后有后成者也。

【译文】

学业和才识，如果不天天有所进步，便会天天退步。必须随时随事都留心注意，这才是最重要的。事情无论大小，都有一定的道理，遇到事情刨根问底，这样的话，哪里都有学问。古人说："这心思如同水一样，不流通便会腐臭。"宋代张乖崖也说："人遇见事情应当使用智慧。"这是对事事不用心的那类人说的。如果可以天天留心，则每天都会有长进；如果事事留心，则一件事有一件事的长进。由此日积月累下来，还担心学业才识不能赶上他人吗？

做官称职的人，大多都不容易。做一件好事，也必须经过几番错综复杂的困难和折磨，才能有所成效。古人事业一到手，便能从容处理，全是因为平常留心积累，有丰富的经验，能明白其中的事理，并将其运用到解决事情的过程中所致。如果当前遇到事情不努力去做，却想在日后取得成就，这样的人是没有的。

【解读】

对于子女，左宗棠经常进行严格又亲切的督教。这一点可以从他一生中一百多封家信中窥得一二。书信的内容大多是在教育子女应该如何为人处世、治事做官等。这封左宗棠写给女婿陶少云的家书中，几乎没有寒暄，直接开门见山，切入主题，以简练精确的语句表达出自己对学习的认识。清晰的脉络和简练的文字，展现出作者深厚的文字功底和清晰的思维。

在信中，左宗棠提出"学业才识，不日进，则日退。须随时随事，留心著力为要"的观点，明确指出，只有日积月累、随时留心研究，学业才识才能有所增加。学习是人们认识客观世界、修炼道德情操的方法和途径，更是积累能量、自我充实的过程。对于学习，我们不仅要有对学习的渴望和毅力，还要有对品性的追求，这样学习才能不断进步。左宗棠也十分重视"留心"的学习方法。因为想要获得最后的成功，就必须日日、事事留心，这样才能积累经验和增长见识。这一观点放在当今社会也很重要，我们必须不断学习，留心学习，善于学人之长补己之短，这样才能更好地应对这信息瞬息万变、知识日新月异的社会。

信中还论述了称职官员的办事能力和学业才识，强调实际办事能力的重要性。左宗棠告诫后辈，如果不屑于努力做好当前的事情，那就很难在日后取得成功。这封信语句朴实无华，完全是用口语书写的，如同唠家常一般，但令人发省，语重心长。

胡林翼致枫弟、敏弟书：勤劳俭朴，自立自强

人物简介

胡林翼（1812—1861年），字贶生，号润芝，湖南益阳人，湘军重要首领，晚清中兴名臣之一。道光十六年（1836年）进士，授编修，先后担任会试同考官、江南乡试副考官。又历任安顺、镇远、黎平知府及贵东道，咸丰四年（1854年）调任四川按察使，第二年又调任湖北按察使，随后又升湖北布政使、署巡抚。在湖北任职期间，胡林翼整顿吏治，引荐人才，协调各个方面的关系，曾多次引荐左宗棠、李鸿章、阎敬铭等人，备受当时世人称赞。1861年因病吐血而死，赠总督，谥文忠。有《胡文忠公遗书》等。

家书精选

二弟在家，闻颇好舒服。兄闻之，以为非是。人生衣食住，诚为不可缺一者，然衣仅求其暖，食仅求其饱，住仅求其安，初不必衣罗绸，厌膏腴，而处华美之室也。吾家素尚俭朴，祖父在时，年届古稀，而辄喜徒步，不甘坐肩舆。父亲亦常劳筋骨，饿体肤，不自逸豫。吾兄弟数人，虽所禀不同，然体质均尚健硕，年又值盛壮，安可甘自暴弃，放荡形体，沃土之民不材，

瘠土之民向义，如之何而可忘怀耶！幸勉思所以自立，晏安鸩毒，戒之戒之。

【译文】

　　两个弟弟在家，听闻你们较为喜欢过舒服的日子。为兄我听闻这个消息，认为并非是好事。人生穿衣、吃饭、住宿，当然是不可缺少。然而，衣服仅仅求温暖，吃饭仅仅求温饱，住宿仅仅求安稳，完全不必穿绫罗绸缎，也不要贪恋美味奢华的食物，不要居住华美的房屋。我们家素来崇尚俭朴，祖父在时，就算年过古稀，还喜欢徒步行走，不愿乘坐轿子；父亲也经常锻炼筋骨，饥饿身体，只是因为不喜欢过太安乐的日子。我们兄弟数人，虽然禀性不同，然而身体却都很健壮，又正值壮年，怎可自暴自弃不受节制，放荡形骸！肥沃土地滋养的人们不会成才，贫困土地滋养的人们讲究礼义，我们怎么能忘记呢？我希望你们努力思考如何自立，追求安逸的生活，就如同饮用毒药，要警惕、戒掉呀！

【解读】

　　胡林翼得知两位弟弟喜欢追求舒适安逸的生活，便立马写了这封信劝导两位弟弟。他在信中指出，衣食住行，都是人生不可缺少的东西，但不必追求过于奢华，衣服保暖，食物足够，住所安全，这样就足够了。而且他还指出，好逸恶劳必定会导致自身的危机，他恳切地告诫他们，追求安逸的生活，就如同饮毒酒，只会害死自己，希望勤劳俭朴，追求自立自强。胡林翼在这篇家书中用词朴实无华，也没有什么深刻的哲理，但期望之情表现得淋漓尽致。

俞樾的与次女绣孙：以中年之不好，换晚年之大好

人物简介

俞樾（1821—1907年），字荫甫，自号曲园居士，浙江德清县人。清末著名学者、文学家、经学家、古文字学家、书法家。现代诗人俞平伯的曾祖父。门人众多，代表人物有章太炎、吴昌硕、日本井上陈政等。

清道光三十年（1850年）俞樾考中进士，从此进入仕途，曾任翰林院编修。后因受咸丰皇帝赏识，任河南学政。为学政期间，其清廉刚正，遭人弹劾和诬陷，从而罢官。自此，俞樾便无心仕途，移居苏州，直到去世，都全身心地投入到研究学问中。俞樾治学严谨，涉猎甚广，他以经学为主，附以诸子学、史学、训诂学，还对戏曲、诗词、小说、书法等也有所成就。向他求学者众多，就连日本、朝鲜等国也有人纷纷前来拜师求学，因而被尊称为朴学大师。俞樾一生的著作众多，后被集合为一部名为《春在堂全书》的大书，共250卷。

家书精选

得正月二十七日书，知汝无恙，为慰。

吾于正月二十八日，在钱塘江首途①，由严州、金华、处州、温州而至福宁。祖母今年八十有七，惟步履艰难，及重听较甚耳，饮食起居，与前年无异，期颐②可望也。伯父之病，仍未脱体，幸公事清闲，颇足养病。吾在彼小住二十七日，仍由原路而还，水陆兼程，行殊不易。然泉声山色，颇足娱情；已于三月之末至西湖精舍，笔墨丛杂，宾客纷繁，远不如福宁太守之清闲自在矣。汝南旋之计，闻又不果。在都固无佳况，还南亦乏良图，触藩之叹，诚有如汝所言者。眼前既不成行，宜随时排遣，勿郁结成病。汝有生以来，尚无大拂逆之境，此日稍尝辛苦，亦文章顿挫之法。昨

得彭雪琴侍郎书,有诗云:"欲除烦恼须无我,历尽艰难好作人。"此言有味,故为汝诵之。

吾尝言人生须分三截:少年一截,中年一截,晚年一截,此三截中无一毫拂逆,乃是大福全福,未易得也。三截中有两截好,已算福分矣。但此两截好,须在中晚方佳;若晚年不好,便乏味也。必不得已,中一截不好,犹之可耳。汝少年总算顺境,但愿以中年之小不好,博晚年之大好,仍不失为福慧楼中人。善自保重,深思吾言。

【注释】

①首途:开始出发

②期颐:指一百岁老人。期是期待,颐是供养,意思是百岁老人饮食起居往往不能自理,需要别人供养或照顾。现在常用"期颐"来指代百岁老人。

【译文】

收到正月二十七日的来信,得知你平安无碍,心中甚是安慰。

我于正月二十八日,在钱塘江出发,由严州、金华、处州、温州,到了福宁。祖母今年八十七岁了,只有走路艰难,以及耳朵失灵严重,饮食起居与前年并没什么区别,活到一百岁,还是很有希望的。伯父的病,仍旧没有好转,幸亏公事清闲,足以养病。我在那里小住了二十七日,然后仍然由原路返回,水路陆路兼程,行程很不容易。然而一路上泉水的声音和山上的景色,很值得陶冶情操;我已于三月底来到西湖学舍,这里诗文和写作的环境繁杂,来客也多,远不如福宁太守时清闲自在。你南下的计划,听说又没有结果。在京城固然没有什么好的境地,而南下也不是什么良策,四处碰壁进退两难,正如你所说的那样。眼下既然不能南下,应当随即排遣自己,不要忧伤积累成病。你自从生下来以来,尚且没有经历过大的不好的处境,这段时间稍微经历些辛苦,也就像文章中顿挫的方法。昨日收到彭雪琴侍郎的书信,其中有诗写道:"欲除烦恼须无我,历尽艰难好作人。"我感觉这句诗十分有意思,抄来让你诵读。

我曾说人生分为三个阶段:少年一段,中年一段,晚年一段。这三段中没有丝毫不顺的处境,这便是大福全福,这很难得到。三个阶段中有两个阶段好，这已经算得上有福了。但如果要有两个阶段好，还必须在中晚年才是好；倘若晚年不好，便是没有了意思。如果必不得已的话，中年阶段不好，也算可以。你少年阶段总算得上处于顺利的处境，但愿你以中年的一点点不好，换来晚年的大好，这样仍旧不失为有福气的人。你自己好好保重，认真思考我的话！

【解读】

俞樾在19岁那年与姚夫人成了亲，共育有二男二女，其中小女绣孙聪明伶俐，才智超群，年仅十岁便能写诗作文，深受俞樾喜爱。本篇便是俞樾写给爱女绣孙的书信。全文通俗易懂，朴实无华，如同朋友间娓娓交流，虽然没有任何表达父女情深的句子，但胜似千言万语，使人觉得父女之间的关系是如此的和谐亲切。俞樾在信中详细叙述自己的想法和处境，吐露衷肠于知心的女儿，由此可见他们之间父女情深。

在信的前半部分，俞樾主要讲述自己近期的行程经过，并告知家中祖母及伯父的身体情况。同时因女儿想南下而一时不能南下的事情，劝导女儿不要忧郁，并借用彭雪琴的诗句来开导她——只有历经艰辛，有烦恼时想开，才能成就丰富和成功的人生。

在信的后半部分，俞樾表达出自己写这封信的主要意思，讲述了自己对人生的看法和所要追求的目标。他把人生分为三个阶段，教导女儿：人生难免会有不如意的时候，在困难时，要励精图治，不要自暴自弃，争取在晚年收获好的结果。

李鸿章家书：师夷长技以制夷

人物简介

李鸿章(1823—1901年)，本名章铜，字渐甫或子黻(fú)，号少荃(泉)，晚年自号仪叟，安徽合肥人。晚清重臣，淮军、北洋水师的创始人和统帅，洋务运动的领袖。世人多称其为"李中堂"。

道光二十七年(1847年)进士，后受业曾国藩门下。咸丰三年(1853年)，李鸿章受命回原籍操办团练，并多次与太平军作战。1858年冬，李鸿章入曾国藩幕府襄办营务。1860年统带淮扬水师。湘军攻占安庆后，曾国藩向朝廷奏请建议李鸿章"才可大用"，并大力推荐，李鸿章出任江苏巡抚。李鸿章掌握地方实权后，开始大力扩军，采购使用西方新式枪炮，使淮军实力大增，两年内增至六七万人，成为清军中不可小视的一股地方武装力量。

李鸿章高瞻远瞩，具有大视野大格局。自19世纪60年代起，开始从事洋务事业，并努力向西方学习，积极筹建新式军事工业。1865年分别在上海和江宁（今江苏南京）创办了江南机器制造总局和金陵机器制造局。同年，李鸿章署理两江总督，调集淮军剿灭捻军。剿灭捻军后，李鸿章一时风光无限，继曾国藩任直隶总督兼北洋通商大臣，从此真正控制北洋，这一控制便是25年之久。自此，李鸿章触及清政府权力中心，参与并掌管清政府外交、军事、经济大权，成为清末权势最显赫的封疆大吏。

与此同时，李鸿章又筹办了北洋海防，并于光绪十四年(1888年)建成北洋水师。李鸿章还创办各类新式学堂，促成很多有志之士赴美留学，为国家培养了一大批人才。

作为晚清重臣，李鸿章先后参与了一系列重大历史事件，包括：镇压太平天国运动、镇压捻军起义、洋务运动、甲午战争等，代表清政府签订了《越南条约》《马关条约》《中法简明条约》《辛丑条约》等一系列不平等条约。官至东宫三师、文华殿大学士、北洋通商大臣、直隶总督,爵位一等肃毅伯。慈禧太后将其视为"再造玄黄之人"。死后被清廷追赠太傅,晋一等肃毅侯,谥号文忠。著作收于《李文忠公全集》。

家书精选

年来国势日非。吾等执政,虽竭力谋强盛,然未见效,深为可叹。国人思想受毒根深,忽然一旦变化,固非易事。然受外人之凌辱,国人未能反省,非愚且钝乎?受人凌辱之原因,莫外乎不谙世事,默守陈法。藏身于文字之间,而卑视工商。岂知世界文明,工商业较重于文字。窥东西各国之强盛,无独不然。今当局者渐醒,于是有遣使出洋考察之议。然考察而未能仿行,等于不察;欲仿行而仍假手于外人,等于不仿。故曾夫子涤笙等,有上疏拟送聪颖子弟出洋习艺事,各专所学,报效于国家也。或谓天津、上海、福州等处,已设局仿造轮船、机械、军火;京师设同文馆,选满汉子弟,延请学者教授;又上海开广方言馆,选文童肄业。似中国已有基础,无须远涉重洋,不知设局、制造、开馆,所以图振历之基也。远适肄业,集思广益,所以收远大之效也。西人学求实济,无论为士、为工、为兵,无不入塾读书,共明其理。习见其器,躬亲其事,各致其心思巧力,选相师授,期于月异而岁不同。中国欲取其长,一旦遽图尽购其器,不惟力有不逮,且此中奥妙,苟非遍览久习,则本原无由洞澈,曲折无以自明。古人谓:学齐语者,须引而置之庄岳之间,又曰:百闻不如一见。此物此志也。况诚得其法,归而触类引申。今日所为孜孜以求者,不更扩充于无穷耶?余然曾夫子之说,附其后,因疏圣上,并筹办法,吾儿身体不佳,宜自保重。每日工作,宜有定时,弗过度。余年老力衰,耳眼不灵。疏忽之处颇多,可恨可恨。

【译文】

近年来,国家形势越来越糟糕。我们这些执政的人,虽然竭力图谋国家强盛,然而却没有见到成效,深深为此感到可惜呀!国人思想深受毒害,根深蒂固,忽然一下子变化,固然不是什么容易的事情。然而受外国人的凌辱，国人还不能有所反省，这不是愚蠢而且迟钝吗？受人凌辱的原因，不外乎就是不了解世界形势，一直墨守陈规，埋头沉浸在诗经文字之中，而不重视工商。怎么知道世界文明，工商业一向重于书本文字。观察东西各国的强盛，无不都是这样。如今当政者逐渐觉醒，于是便有了派遣使者出洋考察的想法。然而考察而不效仿，等同于没有考察；想要效仿而仍旧借助外国人，完全照搬，等同于没有效仿。因此曾国藩等人，上疏奏报皇上，准备挑选聪颖的子弟出国学习技艺，各自专门学习一门技术，回来后报效国家。或者有人说，在天津、上海、福州等地，已经设立专门的机构，仿造轮船、机械、军火等；京师设立同文馆，选拔满汉两族子弟，并请学者前来教授；又在上海开办广方言馆，选儿童在这里就学。似乎中国已经有了基础，无须远涉重洋前去国外求学，殊不知设立机构、兴办制造、开设文馆，是图谋振兴朝廷统治的基础。远派出国求学，可以集思广益，收到的效果更为深远。西方人求学讲究实际利益，不管是为官、为工、为兵，没有不入学读书的，大家都明白其中的道理。通过学习知晓一个人的才能，亲自做这件事，各自展现出自己的智慧和能力，选择老师教授，学习期限也在几年或几个月不等。中国想要吸取他们的长处，便会急于求成，尽数购买他们的机器，不考虑力量是否足够。而且机器中的奥妙，若非没有长期的摸索和练习，则无法彻底搞清；里面的某些曲折毛病，也不会自己明白。古人说：学齐语的人，必须要到齐国山野中去不可，又说：百闻不如一见。这些说法都在阐述这个道理。况且如果得到了外国的方法，回国后便可引伸拓展。那我们今日所孜孜以求的内容，不是更能扩充到无穷了吗？我也赞成曾国藩的说法，紧跟其后，上疏奏请皇上，并筹备办法。你身体不好，应当自己好好保重。每日工作，应当有固定的时间，不要过度劳累。我年老力衰，耳朵和眼睛都不灵敏，有疏忽的地方众多，可恨，可恨呀！

【解读】

这封信主要是对为何要派少年出国留学进行解释。其中涉及：如何改变当前中国局面；对于向西方学习，是学习技术和模式，还是购买机器设备；学习技术和模式，是关门自学，还是外出求学，亲自多次操作呢？这封家书看似是教子，实际是在教育引导全国民众，它体现了洋务派的基本主张——通过教育实现实业救国。

经过鸦片战争和太平天国运动后的清王朝陷入内忧外患的危急时刻，清廷上层逐渐分化为"洋务派"和"守旧派"两大阵营。在"师夷长技以制夷"的口号和目的下，以李鸿章、曾国藩、左宗棠为代表的洋务派官员，在全国开展实业救国运动，临摹学习西方列强的工业技术和商业模式，采用官办、官督商办、官商合办等模式，发展国内近代工业，获得了强大的军事装备，增加了国库收入，在一定程度上增加了国力，并维护了清廷统治。这场实业救国运动从咸丰十年年底（1861年）开始，到1895年结束，持续了将近35年。洋务派官员和容闳等一批了解西方的人，认为只有打开国门，广泛学习西方先进科学技术，才能实现实业救国，改变中国积贫积弱、任人欺凌的局面。在此背景下，时任武英殿大学士、两江总督曾国藩会同直隶总督李鸿章于同治十年（1871年）八月十九日领衔会奏《拟选子弟出洋学艺折》。在奏折中，他们先从现实出发，阐述发派幼童出国留洋的必要性，又提出具体模式，请求朝廷给予政策和资金方面支持。第二年二月十二日，曾国藩和李鸿章二人再次领衔会奏，奏请尽快落实"派遣留学生一事"，并提出在美国设立"中国留学生事务所"，陈兰彬、容闳为正副委员，常驻美国负责工作；在上海设立"幼童出洋肄业局"，由刘翰清"总理沪局选送事宜"。遗憾的是，半个月后，也就在三月一日，曾国藩病逝。此后李鸿章独立完成并主持此事，进行的非常曲折和艰辛。

这封信写于同治十年八月十九日李鸿章与曾国藩领衔会奏《拟选子弟出洋学艺折》后，解释为何要派少年出洋留学。全文看似是一封家信，其实与曾国藩领衔会奏的奏折一样，逻辑严密，说理充分，以设问答疑、层层推进的方法，告诉世人"拟选子弟出洋学艺"的必要性和重要性。

李鸿章共有六个儿子，此信是写给长子李经方的。李经方生于咸丰五年（1855年），当时十六岁，与派遣幼童出国的年龄相符。李经方原是李鸿章六弟李昭庆的儿子。因李鸿章原配夫人周氏生子经毓，早夭，故过继为继子。在李鸿章的教育下，李经方努力学习西方文化，在天津直隶总衙门读书时，跟随朱静山、白狄克学习英文。光绪八年（1882年）中举，后跟随李鸿章留在北洋大臣衙门襄办外交事宜。光绪十二年（1886年），李经方以参赞的身份，跟随驻英钦差大臣刘瑞芳前往英国。光绪十六年，又以候补道的身份任出使日本大臣，并跟随李鸿章参加了《中俄密约》的谈判。李鸿章去世后，他跟随工部左侍郎盛宣怀与英国人马凯进行谈判，商定通商条约，后又参与到安徽及泸宁铁路的筹建工作中。光绪三十三年（1907年）三月，李经方出任出使英国大臣。宣统二年（1911年）十二月，又被调任邮传部左侍郎。为了维护国家主权，李经方多次进行交涉，最终从外国人把持的税务司手中夺回邮政业务，转为邮传部管辖，并兼任中国第一任邮政总局局长。可以说，中国外交、邮政和铁路事业的开创，李经方功不可没。

曾国荃与侄儿书：安居僻乡，远离祸患

人物简介

曾国荃（1824—1890年），字沅甫，号叔纯，湖南湘乡（今湖南省双峰县荷叶镇）人。他是湘军主要的将领之一，因为擅长挖壕围城，因此被称为"曾铁桶"，光绪十年担任两江总督、光绪十年加太子太保衔。

曾氏兄弟五人中，曾国藩文武双全，对于近代中国有着深远的影响；除了曾国藩以外，曾国藩的九弟曾国荃也有极高的功名，除了对清朝功不可没以外，对曾国藩的帮助也是几位兄弟中最大的。

因为受到哥哥曾国藩的影响，曾国荃十分看重家庭教育。在他逝世后，他的著作被整理成《曾忠襄公全集》流传于世。

家书精选

若议及久远，安居则又以僻乡为长策。一则可杜万世子孙市井①之习，一则仰体②先人存日不忍轻去梓乡③之意。想吾侄兄弟与四叔面议之时，必以此论为然。近省垣觅地比衡湘山中更难，过于近四达之衢④则难期五患⑤之免。余提兵三千余里，每见近域名墓突被惊扰罹难者多矣，非当孔道⑥者晏然⑦无恐，此层亦不可不先虑及。

【注释】

①市井：也叫作商贾（gǔ），古时候用来做买卖的地方。

②仰体：敬慕体察的意思。

③梓乡：指故乡。

④衢：大路。

⑤五患：指对财、色、名、饮食、睡眠这五种欲望的追求。

⑥孔道：通道。

⑦晏然：平安的样子。

【译文】

若要说长远的安居之策，居住在偏远的乡间才是长久之策。一是因为可以杜绝后世子孙沾染上市井之人的恶习；一是体谅先人在有生之年不想轻易离开故乡的心情。我想你们兄弟二人在和你们四叔当面商议这个事情的时候，对我的结论也会十分的认同。在省城之内寻找合适居住的地方比在我们的家乡衡湘山中寻找更加困难，那些过于交通便利，四通八达的地方难免受到财、色、名、饮食、睡眠这五患的影响。我带兵行军三千多里，经常遇见临近要道的名墓突然遭受惊扰破坏者居多，而那些没有在交通要道上的就安然无患，无须担心，这一点也一定要优先考虑到。

【解读】

在兄长曾国藩去世以后，曾国荃立刻给自己的两个侄儿曾纪泽、曾纪鸿写信，对于后世子孙的成长，表明了自己的看法，认为还是居住在老家湘乡才是长久之策，既体谅了先人"不忍轻去梓乡"的心情，又有利于后代子孙的健康成长。也许曾国荃的想法未必完全正确，但是他如此重视对后世子孙的教育以及对晚辈前途的关心，确实值得学习。

张之洞诫子书：勤俭节约，努力上进

人物简介

张之洞（1837—1909年），字孝达，号香涛、香岩等，晚年时自号抱冰。他曾任两广总督，称"帅"，因此被当时的人们称呼为"张香帅"。他祖籍直隶南皮（如今属于河北），出生于贵州兴义府。张之洞是晚晴时期有名的大臣，也是清代洋务派的代表人物。

张之洞共任了18年的两广总督，在任期间，他大力推行"湖北新政"，对办洋务、修铁路、建新军等众多新兴事务都起到了很大的推动作用。张之洞在武汉连续创办了11家企业，使得武汉成为全国的重工业基地，其中当时的武汉汉阳钢铁厂是亚洲最大的钢铁联合企业，因此张之洞可以说是洋务运动的奠基者。不仅如此，甲午战争失败以后，世事惨淡，他奋力进取，在近代工业、商业、交通、文教、军事等众多领域内做出了突出的贡献。他将汉阳枪炮厂、大冶铁厂、萍乡煤矿融为一体，组建成了汉、冶、萍重工业联合总公司，将铸造、冶炼、燃料聚集为一身，兴办了中国最早的现代工业；他主持修建的京张铁路，是中国历史上第一条干线铁路；他从美国引进优良的棉花品种，建立了"棉、布、麻、丝"四局，推动了内地的农业进步；他大胆提出废除科举制度，用新式学堂代替原来老旧的院式教学，并设立了数、理、化、天文、地理、军事、国语等近代科技学科，聘请洋人教学，在湖北、四川、山西、江苏等地开办了50多家各类学院，不仅如此，还在日本东京办了一所湖北驻东京铁路学堂。在中国教育由封建传统向现代化迈进的过程中，张之洞做出了历史性的贡献。

家书精选

诫子书

吾儿知悉：汝出门去国，已半月余矣，为父未尝一日忘汝。父母爱子，无微不至，其言恨不一日离汝，然必令汝出门者，盖欲汝用功上进，为后日国家"厂城之器，肩用之才具"。方今国事扰攘，外寇纷来，边境累失，腹地亦危。振兴之道，第一即在治国。治国之道不一，而练兵实为首端。汝自幼即好弄，在书房中，一遇先生外出，即跳邯嬉笑，无所不为，今幸科举早废，否则汝亦终以一秀才老其身，决不能折桂探杏[①]，为金马玉堂[②]中人物也。故学校肇开，即送汝入校。当时诸前辈犹多不以然，然余固深知汝之性情，知决非科甲中人，故排万难送汝入校，果也除体操外，绝无寸进。余少年登科，自负清流，而汝若此，真令余愤愧欲死。然世事多艰，习武亦佳，因送汝东渡，入日本士官学校肄业，不与汝之性情相违。汝今既入此，应努力上进，尽得其奥。勿惮劳，勿恃贵，勇猛刚毅，务必养成一军人资格。汝之前途，正亦未有限量，国家正在用武之秋，汝只患不能自立，勿患人之不己知。志之，志之，勿忘，勿忘。抑余又有诫汝者：汝随余在两湖，固总督大人之贵介子也，无人不恭待汝。今则去国万里矣，汝平日所挟以傲人者，将不复可挟，万一不幸肇祸，反足贻堂上以忧。汝此后当自视为贫民，为贱卒，苦身戮力，以从事于所学。不特得学问上之益，且可借是磨炼身心，即后日得余之庇，毕业而后，得一官一职，亦可深知在下者之苦，而不致自智自雄。余五旬外之人也，服官一品，名满天下，然犹兢兢也，常自恐惧，不敢放恣。汝随余久，当必亲炙之，勿自以为贵介子弟，而漫不经心，此则非余所望于尔也，汝其慎之。寒暖更宜自己留意，尤戒有狭邪赌博等行为，即幸不被人知悉，亦耗费精神，抛荒学业。万一被人发觉，甚或为日本官吏拘捕，则余之面目，将何所在？汝固不足惜，而余则何如？更宜力除，至嘱，至嘱！余身体甚佳，家中大小，亦均平安，不必系念。汝尽心求学，勿妄外骛。汝苟竿头日上，余亦心广体胖矣。父涛示。五月十九日。

【注释】

①折桂探杏：古代农历八月举行乡试，考中称为折桂；农历三月举行会试，考中称为探杏。因此这里指的是乡试和会试。

②金马玉堂：古时候学士待诏的地方被称为金马门，给待诏的学士提供议事的地方被称为玉堂殿。因此"金马玉堂"常被用来指翰林院或是翰林学士。

【译文】

吾儿知悉（书信开头用语）：你出门离开国家已经半个多月了。你的父亲我不曾有一天不想念你。父母对自己孩子的疼爱，无微不至，恨不得一天都不离开你的身边，但是又必须让你出去学习，全都是因为想让你用功学习努力上进，希望有朝一日你可以成为一个有用之人，成为国家的栋梁之才。如今国事纷乱，外寇接连入侵，边境屡次失守，内地也危在旦夕。国家的振兴之道，首当其冲就是治国。治国的方法有很多，最重要的就是训练军队。你从小就调皮好动，在书房里，只要先生外出，你就立刻开始蹦跳嬉笑打闹，无所不为，幸亏现在科举制度废除了，否则你最多也就只能得到一个秀才终老了，绝不可能折桂探杏，成为金马玉堂中的人物。因此学校刚开设，便将你送进了学校。当时有很多的前辈不赞同我的做法，但是我深知你的性情，知道你绝对不是科举之人，因此排除万难，将你送到了学校里，果然不出我所料，除了体操以外，其他的没有半分进步。我少年登科及第，以"清流"自居，而你若是如此，真是想让我愤恨羞愧想死啊。然而现在世事多艰险，学习武艺也好，因此送你东渡，进入日本的士官学校在校学习，也算是不违背你的性情。如今你既然已经入学，就应该努力上进，学会精通军事中的全部奥秘。不要害怕辛苦，不要自认为高贵，要勇猛刚毅，务必要成为一个合格的军人，养成军人的秉性。因此，你的前途将不可限量，国家现在正是用武的时候，你只需要考虑自己是否可以成才，不需要担心别人是不是了解你，务必要记住，切不可忘记。我还要告诫你，你跟随我在湖南湖北的时候，自然是总督大人的贵公子，所有人对你都十分恭敬。但是你现在离国家十万八千里，你平日里轻视他人所需要凭借的条件，将无法再仰仗，万一不幸惹上祸事，反而让我们做父母的担忧。从今以后，你应当将自己看作是贫民，是地位低下的士兵，吃苦出力，用这样的态度对待自己的学习。这不仅对自己的学习有好处，也可以磨炼自己的身心，即使是以后因为我的庇佑，毕业以后，得到一官半职，也能够深切地体会到地位低下者的艰苦，而不至于妄自尊大，自以为是。我已经是五十多岁的人了，担任朝中一品大臣，扬名天下，但是依旧做事小心谨慎，常常害怕自己做错事情，从来不敢肆意妄为。你跟随我已经很长时间了，自己必定受到了熏陶，切勿认为自己是尊贵人家的公子，就全然不在意，这不是我对你所期望的，你一定要谨慎。气候的冷暖变化更是要自己注意，尤其告诫自己千万不要有嫖娼赌博这样的行为，如果做了这样的事情，即使幸运不被别人知道，也耗费自己的精神，荒废了学业。万一被人发现，更严重的被日本的官吏拘禁逮捕，那我的颜面，该放在哪里？你固然不值得可怜，而我又该如何是好呢？因此更应该摒除这些行为，务必要记住我的嘱托！我的身体十分健康，家中的大小也都平安无事，你不必牵挂。你要尽心求学，不要有其他的心思。你要是可以不断进步，我也就心宽体胖了。父亲涛示（父亲书信结束用语）。五月十九日。

【解读】

新式学堂创办以后，向国外派遣留学生属于新生事物，很多人不理解也不太容易接受，因此对洋务十分热衷的张之洞受到了很大的阻力和挑战，为了向当时的人们展示自己对洋务运动的决心，他将自己的儿子送到了日本留学，这封信就是当时他写给在日本留学的儿子的。

张之洞的儿子从小就十分顽劣，不是学习的材料，因此在信中张之洞说幸亏现在科举制废除了，要不然儿子到老最多也就是一个秀才。也正是因为如此，张之洞将儿子送到了日本习武，一方面是不违背儿子的性情，一方面是因为国家正是用兵之时，希望儿子以后可以成为国家的有用之才，也算是因材施教。在这封家书里，张之洞对在日本留学的儿子提出了很多的告诫以及表达了自己对他的期望。他鼓励儿子要专心求学，指出国家现在正是危难时刻，振兴国家首要的是练兵，希望儿子在国外也要努力学武，精通全部先进军事的奥秘，不要害怕辛苦，要成为一个勇猛刚毅的军人。同时，张之洞还告诫儿子，要放下自己公子哥的架子，对待学习要放下自己的身份，摒除自己之前的坏习惯，这样不仅有利于自己的学习，还能磨炼身心。在生活上也要养成良好的生活习惯，千万不可沾染上赌博嫖娼等恶习，以免耗费自己的精力，荒废了学业，更不要给自己惹祸上身。张之洞作为一个严格的父亲，对远在异国他乡的儿子真切的关心跟思念，在这封家信上展现的淋漓尽致，文笔精练，真挚感人。

复儿子书

示谕吾儿知悉：来信均悉。兹再汇汝日本洋五百元，汝收到后，即复我一言，以免悬念。儿自去国至今，为时不过四月，何携去千金，业皆散尽？是甚可怪！汝此去，为求学也。求学宜先刻苦，又不必交友酬应，即稍事阔绰，不必与寒酸子弟相等，然千金之资，亦足用一年而有余，何四月未满，即已告罄，汝果用在何处乎？为父非吝此区区，汝苟在理应用者，虽每日百金，力亦足以供汝，特汝不应若是耳。求学之时，即若是其奢华无度，到学成问世将何以继？况汝如此浪费，必非饮食之豪，起居之阔，必另有所销耗。一方之所销耗，则于学业一途，必有所弃，否则用功尚不逮，何有多大光阴，供汝浪费？故为父于此，即可断汝决非真肯用功者，否则必不若是也。且汝亦尝读《孟子》乎？大有为者，必先苦其心志，劳其筋骨，饿其体肤，空乏其身，困心衡虑之后，而始能作。吾儿恃有汝父庇荫，固不需此，然亦当稍知稼穑之艰难，尽其求学之本分。非然者，即学成归国，亦必无一事能为，民情不知，世事不晓。晋帝之"何不食肉糜"，其病即在此也。况汝军人也，军人应较常人吃苦尤甚，所以备戮力王家之用，今汝若此，岂军人之所应为？余今而后恐无望于汝矣！余固未尝一日履日本者也，即后日得有机会东渡，亦必不能知其民间状况。非不欲知也，身份听在，欲知之而不得。然闻人言，一学生之在东者，每月有三十金，即足维持。即饮食起居稍顺适者，每月亦无过五十金。今汝倍之可也，亦何至千金之赀，不及四月而消亡殆尽，是必所用者，有不尽可告人之处。用钱事小，而因之怠弃学业，损耗精力，虚度光阴，则固甚大也。余前曾致函戒汝，须努力用功。言犹在耳，何竟忘之？虽然成事不说，来者可追，而今而后，速收妆邪心，努力求学，非遇星期，不必出校；即星期出校，亦不得擅宿在外，庶几开支可省，不必节俭而自节俭，学业不荒，不欲努力而自努力，光阴可贵。求学不易，儿究非十五六之青年、此中甘苦，应自知之，毋负老人训也。儿近日身体如何？宜时时留意。父身体甚佳，家中大小，亦皆安康，汝勿念。父涛白。八月初九日。

【译文】

望吾儿知晓：你的来信我已经看了，现在再给你汇去五百日元，你收到后回复我一声，以免再挂念你。自从你离开国家到现在，才过去了四个月，为何带去的那么多钱都已经用完了？这实在是令人匪夷所思！

你此次前去日本，是为了求学。求学应当先学会刻苦，又不需要交友应酬，即使是稍微阔绰一些，不必跟那些寒酸的子弟相比拟，但是一千多金也足够你用上一年，甚至会有结余。又怎么会不到四个月的时间，就已经用完了，这些钱你到底用在了什么地方？我并不是吝啬这区区一千金，你若是将钱用在合理的地方，就算是每天花去一百金，我也足以供应你，但是你不应该这样。求学的时候，若是这样奢侈没有节制，等到你学成归来，进入社会，你又该如何？况且像你如此浪费，必定不只是用于豪华的饮食，阔绰的起居，必定是将钱财消耗在了其他的地方。在其他的方面消耗了精力，对于学业方面，则必定有所丢弃，要不然用功学习尚且追赶不上，哪里有那么多的时间让你浪费？因此为父我根据如此，便可以断定你绝不是真的愿意用功学习，否则必定不会如此。

而且你不是也读过《孟子》吗？书里说，做大事的人，必定先磨炼自己的心志，劳累自己的身体，让自己经受饥饿的考验，使自己受尽贫困之苦，经过痛苦的思考以后，才能有所作为。你因为有我的庇护，自然不需要如此，然而也需要多少了解农家人的辛苦，尽到自己外出求学的本分。

若不如此，即使你学成归来，也必将没有一件事情可以做得好。不体察民情，不知晓世事，正是因为如此，晋惠帝才会因为"何不吃肉粥"这个典故，被后人耻笑。更何况你是一个军人，军人应该比平常人更能吃苦，时刻准备为帝王效力，如今你的所作所为，难道是一个军人应该做的吗？我今后恐怕是指望不上你了啊！

  我确实不曾去过日本一天，即使是以后有机会东渡，也必定无法得知日本的民间情况。并不是不想知道，而是因为身份摆在那里，想知道却无法知道。但是听人说，在日本的一个学生，每个月只需要三十金，就足以维持生计。即使是饮食起居稍微好一些的，每个月也超不过五十金。如今就算是你花销加倍，也不至于千金的费用，不到四个月就用完了，必定是用到了不可告人的地方。花钱是小，但是因此耽误丢弃了学业，损耗了精力，浪费了时间，才是大事啊。

  我曾经写信告诫过你，必须要努力用功学习。那些话依然回荡在耳边，为何你会忘记？虽然如此，以前的事情就不说了，从今往后，你必须要赶紧将你的心思收回来，努力求学，如果不是星期天，就不需要出校；即使是星期天出校，也不能擅自在外面留宿，这样就可以节省开支，不必刻意的节俭，自然而然就会节俭，学业就不会荒废，不想努力，也自然而然就会努力，时间极其珍贵，在外求学不容易，你终究不是十五六的青年了，这其中的甘甜与辛苦，你应该自己心里有数。切勿辜负为父的教诲。

  吾儿近日身体如何？应当时刻留意。为父我的身体很好，家中大小，也都平安顺遂，不要挂念！父涛白。八月初九日。

【解读】

  这封信是张之洞收到在日本留学的儿子的书信后，写给儿子的一封信。这封信中，张之洞用平淡的语气和朴实的言语，写出了对儿子的牵挂。"知子莫若父"，张之洞知道自己的儿子生性顽劣，花钱奢侈，去日本不足四月，就将带去的一千金用尽，从而知道儿子"绝不是真用功之人"，告诫儿子一定要吃苦耐劳，努力求学，不要将精力消耗在其他的方面。即使因为有自己的庇佑，不需要吃太多的苦，但是依然需要稍微了解农家的疾苦。同时列举了晋惠帝的典故，来告诫儿子一定要知民情，通世事。同时通过对比，指出儿子开销如此大，一定是另有所用，告诫儿子光阴的珍贵，一定要努力求学，谨记自己的教诲。

　　张之洞认为，节俭可以让人远离奢侈贪欲的诱惑，激发人们努力上进，不断进取，这对一个人未来成才有着很重要的影响。正确的消费观可以让一个年轻人趋利避害，养成良好的学习习惯。张之洞的思想与看法，不仅对他的儿子有着积极的教育意义，对如今的青少年健康成长也有着深远的影响。

下篇／近现代名人经典家书

詹天佑给女儿的信：鞠躬尽瘁，死而后已

人物简介

詹天佑（1861—1919 年），汉族人，字眷诚，号达朝，英文名字叫 Jeme Tien Yow。出生于广东省广东府南海县，祖籍徽州婺源。1872 年，十二岁的詹天佑赴美留学。1878 年考入耶鲁大学土木工程系，主修铁路工程。詹天佑负责修建了京张铁路等工程，是中国近代铁路工程专家，有中国"铁路之父""中国近代工程之父"的称号，被誉为中国首位铁路总工程师。

1905 年到 1909 年期间，詹天佑主持修建了中国历史上第一条自主设计并建造的京张铁路；创设的"竖井开凿法"和"人"字形线路，震惊了中外；并且在筹划修建沪嘉、洛潼、津芦、锦州、萍醴、新易、潮汕、粤汉等铁路的时候，也取得了卓然的成绩。平生著作有《铁路名词表》《京张铁路工程纪略》等。

家书精选

东三省铁路事，明知甚难，是当时已面辞曹总长矣。其时，伊以为我客气，是以未在心。后于二十一日再传见，我将各事及各情形详细一说，他说，现在东三省铁路中国要争回管理，非有曾经当过工程师，并须有外国认为有本事经验之人前往，方免外国推辞不允。无论如何，请我前往一行，如将来因身体不安，即可回来，另派人前往便是等语。我见总长以让至如此，我只可应允前往。

【译文】

东三省铁路的事情，我知道十分的困难，所以当时已经当面推辞了曹总长。却不曾想，他以为我是客气，却并没有放在心上。后来在二十一日再次传见我的时候，我便将其中的相关事宜全部都向他详细讲述了一遍。

他说，中国必须要争回对东三省铁路的管理权，所以必须是曾经担任过工程师，并且是外国人认为有本事经验的人前去，才可以避免外国人推辞不答应。所以无论如何，都必须请我去一趟，如果以后感觉身体不舒服，便可以回来，再另外派遣人前往。我见曹总长已经如此让步，也只能答应前往。

【解读】

1896年，沙俄与李鸿章签订了"中俄密约"，根据这一条约，沙俄在1901年修建了这两条铁路。中东铁路干线长1481公里，哈大铁路长944公里。中东铁路原本属于中俄合办，因此中国在这条铁路上也设有督办，有监管的主权，不用与国际共同监管。因为如此，北洋政府曾拒绝将中东铁路列入监管范围，但是在各列强势力的压迫下，软弱无能的北洋政府被迫接受监管。中国驻俄公使刘景人被北洋政府派为监管委员，铁路技术专家组成了技术部。接到政府交通部电召的詹天佑，成为了中国政府的代表，出任协约国"联合监管远东铁路委员会"技术部委员，同英、美、法、日等国家的代表一起，共同主持对包括中国境内中东铁路在内的俄国远东铁路的监管技术工作。

1919年2月，接到委派的詹天佑还在汉口养病。他的身体原本还是不错的，但是在主持修筑汉粤川铁路以后，七年来长期奔波，在四国银行团之间周旋，心力交瘁。1918年9月以后，又开始忙于粤汉铁路武昌到长沙路段的通车事宜，过度操劳，导致身体状况每况愈下。在1918年秋天的时候，患上了腹疾（痢疾），多次治疗都没有痊愈。其实在接到北京政府电召的时候，詹天佑已经身患疾病，本来想拒绝此次任务，但是北洋政府交通总长曹汝霖对詹天佑的身体状况并不关心，以为詹天佑的推辞是"客气"，没有放在心上。等到2月21号两人再次见面的时候，曹汝霖依然坚持说"你的名字已经上报到了联合监督委员会，无法更改。不管怎么样，这次的会议你都要前去参加，如果以后身体坚持不住再马上返回"。被曹总长拒绝了两次的詹天佑，无奈只得带病前往。他的夫人谭菊珍劝詹天佑等到病好了以后再赴任，但是以国事为重的詹天佑，依然坚持抱病来到北京。

这封信正是 2 月 24 日詹天佑在北京写给自己的二女儿詹蕙颜的，这是一封不同寻常的家书。

写信后不久，詹天佑想到各国列强都对中东铁路虎视眈眈，情况紧急，为了国家，于是带病任职，陪在他身边照料的是刚从美国耶鲁大学毕业回来的次子詹文琮，另外还聘请了颜德庆与俞人凤作为助手，跟随自己一同参加会议。

2 月底詹天佑前往哈尔滨，3 月 5 日，协约国"联合监管远东铁路委员会"在哈尔滨正式开始办公。会议期间，为了夺回中国对中东铁路的驻兵权和管理权，詹天佑多次发言，并且每天白天奔波在参加会议的道路上，寒风刺骨，饱尝艰苦；夜晚的时候查阅文书，研究议案，小心翼翼生怕国家的利益受到任何损失，最终争取到了中国工程师可以被中东铁路聘用的权利。在这期间，詹天佑亲自到海参崴一带的铁路线考察，因为身体遭受了寒风的侵蚀，病情日益加重，终于无法支撑，只得将手中的工作交给颜德庆，请假回到汉口的家中治病。1919 年 4 月 18 日，詹天佑回到北京，见到了大总统徐世昌汇报了会议上的情形，并向总统说明自己要回武汉治病，等到身体好转，再返回工作岗位。4 月 20 日，詹天佑病情恶化，在 24 日病逝在自己的家中。去世的时候，仍然坚持对中华工程师学会、汉粤川路等事务留下了自己的意见，口授《遗呈》。

在写给子女的信中，大多数都是对子女的谆谆教导和思念之情。而詹天佑在写这封信的时候，正被疾病缠身，信中却并没有过多提起疾病，多是在写自己的工作以及国家的事情。这封家书表达了自己对国家的热爱以及对事业的执着，用自己的实际行动教导了女儿，在个人身体健康与国家利益间，首要选择的是国家。詹天佑虽然出生于平民之家，却将自己的一生都奉献给了铁路事业，至今仍是最具世界影响力的中国历史人物之一。詹天佑的高风亮节，对国家的热爱以及奉献，感动了整个中国，赢得了后人的高度评价。周恩来称他是"中国人的光荣"。

孙中山给侄子的信：勿扰乡邻，捍卫国土

人物简介

孙中山（1866—1925年），本名孙文，字载之，号日新，又号逸仙。是近代著名的革命家、政治家。他是中国近代民主主义革命的开拓者，是中华民国和中国国民党的缔造者。他系统地提出了民主革命的纲领——三民主义，创立了《五权宪法》。

孙中山出生在广东香山的一个农民家庭，青少年时期受到了广东人民与传统做斗争的影响。他一生中最大的历史功绩是领导革命推翻了中国两百多年的清朝统治以及两千多年的封建帝制，他努力捍卫共和制度，建立了中华民国临时政府。孙中山先生晚年促进了革命统一战线的成立，直接推动了国内第一次革命高潮的来临。并对三民主义做出了新的解释，为国共合作打下基础。1925年3月12日孙中山在北京因为肝癌去世，按照他自己的遗愿，被安葬在南京紫金山。1940年，国民政府通告全国，尊称孙中山为"中华民国国父"。孙中山为了改造中国付出了毕生的心血，在历史上留下了浓墨重彩的一笔。

孙中山生平著有《建国方略》《建国大纲》《三民主义》等。

孙昌（1881—1917年），字建谋，孙中山的兄长孙眉的儿子，在美国檀香山出生，是中国近代民主革命家。孙中山对这唯一的侄子关怀备至。受到叔叔的影响，孙昌在1910年加入中国同盟会，跟随孙中山一起从事民主革命。1917年11月20日，孙中山命令他乘船押送军饷前往广州，由于事先没有与海军联系，被海军误击，落入江中，溺水而亡，享年36岁。

家书精选

昌侄知悉：

　　闻汝举兵于乡，多有扰及闾里，致父老责有怨言，此在袁氏未死之时，人人有讨贼之任，尚可为汝曲谅。今大盗已去，汝当洗戟归田，毋久为乡里之累，方表大公无私，否则难免乡人之责难也。见信之日，务要即将所部遣散，并将所征发于各乡之枪械器物缴还原主。至于解散费，今由唐少川先生派专人回乡，与父老协商公平发给，汝当惟众议是从，不得留难抗阻。否则叔惟有置汝于不理，任由乡中设法对待，恐无汝容身之地也。汝宜思之慎之，毋违叔命，此示。

叔孙文亲笔书
上海，七月廿二日

【译文】

侄儿孙昌知晓：

　　我听说你在乡里举兵，对乡里多有扰乱，导致父老乡亲有所怨言。如果这是在袁世凯还没有死的时候，每个人都有讨伐贼人的责任，我尚且还可以体谅你。但如今大盗已经被除去，你应当解甲归田，不要再长时间侵扰乡里了，这才显得你大公无私，否则难免被乡亲们责怪。当你看到信的时候，一定要立刻将所有的部队遣散，将从各乡征收的枪支器械物归原主。至于遣散部队所需要的费用，如今由唐少川先生派专人回乡，与父老乡亲商议以后公平地发放给大家。你应当听从众人的意见，不要为难抵抗。要不然叔叔我也只能对你置之不理了，任由乡亲们处置你，到时候恐怕就没有你的容身之处了。你应该仔细和慎重，不要违抗我的命令，此示。

叔孙文亲笔书
上海，七月廿二日

【解读】

　　1916年孙中山从日本返回，参加了声讨袁世凯、反对袁世凯复辟的革命活动，斥责了袁世凯"伪造民意，强迫劝进，妄图称帝"的行为，号召并领导各地的中华革命党组织暴动，发起起义。在这次斗争中，孙中山的侄子孙昌也在家乡组织军队，发动斗争。同年的六月，袁世凯被迫取消帝制，并忧惧而死。孙中山亲眼看到袁世凯死后，国家发生了很多的变乱，虎狼遍地，愈加的激发了他内心捍卫共和国的心意。

而在斗争结束后，孙昌组织的队伍出现了扰乱百姓的问题，家乡的百姓怨声载道。孙中山知道以后，特地写了这样一封信。他在信中批评侄儿"举兵于乡，多有扰及闾里，致父老责有怨言"。并且劝导孙昌，现在袁世凯已经死了，应该"汝当洗戟归田，毋久为乡里之累，方表大公无私"。不仅如此，孙中山还要求孙昌应当立刻解散部队，将所征收的兵器全部物归原主，还让唐少川（即唐绍仪）先生专门派人回乡，跟乡亲商量以后，公平的发放遣散费。

从信件的内容不难看出，孙中山对侄儿要求的非常严格，语气严厉，从"否则叔惟有置汝于不理，任由乡中设法对待，恐无汝容身之地也"这句话可以看出来是给孙昌下了最后的通牒。另外信中"大公无私""公平""惟众议是从"等字句也响应了孙中山"天下为公"的思想。

章太炎给妻子的信：铮铮铁骨，宁死不屈

人物简介

章太炎（1869—1936年），浙江余杭人，原名章学乘，后来改名为炳麟。因为热衷于反清，倾慕顾炎武的为人处事而改名为绛，号太炎。世人称呼他为"太炎先生"。是清末民初的民主革命家、思想家、著名学者，他学识渊博，所研究的范围涉及文学、历史、哲学、政治等，一生著作颇丰。其代表作品有《国故论衡》《章太炎医论》《驳康有为论革命书》等。

1904年章太炎与蔡元培合作，发起了光复会。1906年出狱后，被孙中

山迎接去了日本,参加了同盟会,主要负责编著同盟会的机关报《民报》,并同改良派展开论战。1911年,章太炎回到光复后的上海,负责主编《大共和日报》,并担任孙中山总统的私密顾问。1936年6月14日因病去世。

家书精选

汤夫人左右:

不通函件几四旬。以吾蕉萃①,知君亦无生人之趣。幽居数月,隐忧少寝,饮食、仆役之费,素皆自给,不欲受人馁②养,今遂不名一钱,延至六月,则槁饿而死矣,亦不欲从人告贷及求家中寄资。盖如劳瘵③之人,不可饮以人参上药,使缠绵患苦,不速脱离也。呜呼!夫复何言!

知君存念,今寄故衣以为纪志,观之亦如对我耳。斯衣制于日本,昔始与同人提倡大义,召日本缝人为之。日本衣皆有员规④标章,遂标"汉"字。今十年矣,念其与我同忧患难,常藏之箧笥以为纪念。吾虽陨毙,魂魄当在斯衣也。亡后,尚有书籍遗稿皆在京师(中有自写诗一册,又自定文稿,皆在箧中。去岁得范文正遗卷,未必是真,亦在箱内),君幸能北来一抚⑤,庶不至与云烟俱散。自度平生志愿未遂,惟薄宦⑥两年,未尝妄取非分,犹可无疚神明耳。

先公及太夫人墓,在钱塘留下邨九条沙,自忧患难,东窜嵎夷⑦,违冢墓者八岁矣。辛亥旋归,半岁中抵杭三次,皆以尘事迫促,又未及躬自展省(家次兄宅中亦只一宿耳),违离茔兆遂十一年。今岁八月四日,则先公九十生辰也。君于是日,当为我谒祭墓前,感且不朽。

吾生二十三岁而孤,愤疾东胡⑧,绝意考试,故得研精学术,忝为人师,中间遭离祸难,辛苦亦已至矣。不死于清廷购捕之时,而死于民国告成之后,又何言哉!吾死以后,中夏⑨文化亦亡矣。

家本寡资,谂⑩君孤苦,能勤修百业,观览佛经,以自慰藉,此亦君之所能,而尊舅氏⑪谷臣先生之遗教也。(吾在日本曾购小字藏经一部,今书籍及藏经并寄存哈同花园黄中央处,可以往取。惟《瑜伽师地论》在家,此书百卷,精微奥博不可复加,观之益人智慧。)长老如汤蛰仙⑫先生、至戚如龚未生[13]，皆宜引为自辅。此二君者，死生之际必不负人，其余可信者鲜矣。北仆亦宜黜去，此辈只知势利，主穷则无所不为也。（韩镇在京，间其窃吾书籍、衣服，为同人所追得；若来上海，速即逐之。）言尽于斯，临颖[14]悲愤。

炳麟鞠躬
五月二十三日

【注释】

①蕉萃：同"憔悴"。

②餧：同"喂"。

③劳瘵：亦作"痨瘵"，即肺结核，肺痨。瘵，念 zhài。

④员规：圆形。员，通"圆"。日本的服装上用来标写名字的圆形标记。

⑤抚：安排的意思。

⑥薄宦：官职卑微。1912 年，章太炎曾驻长春，担任东三省筹边使。当时人力财力都很短缺，但是他还是坚持不辞辛苦地开创实业。

⑦嵎夷：嵎，念 yú。古书上的地名。这里指的是日本。1903 年章太炎因发表《驳康有为论革命书》和替邹容《革命军》作序，惹怒了朝廷，将他逮捕。1906 年出狱后逃亡日本，直到辛亥革命以后，上海光复才回国。

⑧东胡：古族名。此指清朝。以与汉族区别。

⑨中夏：中原。这里指中国，华夏。

⑩谂 shěn：知悉，了解。

⑪舅氏：这里指作者岳父。

⑫汤蛰仙：汤寿潜，字蛰人，浙江绍兴人。辛亥革命时曾任浙江总督。与张謇组织统一党，后来在南洋游历，回国后病死。

⑬龚未生：作者的女婿，曾任职浙江图书馆。

⑭颖：笔。

【译文】

汤夫人左右：

已经很长时间没有跟你通信了。以我的憔悴程度，可知你的生活肯定也不会太欢乐。我幽居在这里几个月，心里忧虑很少睡觉，饮食仆役所需要的费用，一直都是自己负责，不想接受他人的喂养。虽然现在非常的贫穷，熬到六月，会因为穷苦饥饿而死，也不想从其他人那里借钱，或是请求从家里寄钱来。这就像是得了肺痨的人不能饮用人参这种大补的药，缠绵于患苦的人也无法快速的脱离苦难。唉！我还能说些什么话呢！

知道你心里十分的挂念我，如今将我的旧衣服给你寄过去，来纪念我的志向，你看见它就像是看到了我。这件衣服是在日本制作的，昔日最开始的时候与同仁一起倡导大义，召日本裁缝缝制的。日本的衣服都有圆形的标志，于是在衣服上标注了一个"汉"字，如今这件衣服已经有十年了。因为它与我一起经历了患难，所以常将它藏在竹箱里当作纪念。即使是我死了，魂魄也一定在这件衣服里。等我死后，尚且还有我写的书籍和遗稿留在京城（其中有一册自写诗还有自定文稿都在小箱子里，去年得到了范文正遗卷，不一定是真的，也都在箱子里）。你如果有幸可以来北京安排一下，也不至于与云烟一起消散。我自认为平生的志愿没有完成，虽然当了两年小官，但是从来没有非分之想，心中无愧于神明。

先父和太夫人的墓碑在钱塘留下邨九条沙，我身处于忧患之中，向东逃窜到了山东，离开家乡已经八年了。辛亥革命的时候返回，半年中抵达杭州三次，都是因为一些凡尘俗事匆忙离开，从来没有去祭扫（即使是在家次兄宅中，也只是留宿一晚），到现在远离坟墓已经十一年了。今年的八月四日，就是先父九十岁的冥寿。如今果然不能如愿了，你等到那天替我去墓前祭拜，我感激不已。

我二十三岁的时候就孤独一人，对清朝愤恨不平，下定决心考试，于是研究学术，成为别人的老师，中间遭受了很多的祸难，以至于如此辛苦。没有死于清廷的逮捕，却不曾想到在民国告成以后死去，又何须再多说什么！我死了以后，中原文化也灭亡了啊！

家中资本寡淡，想到你生活艰苦，可以勤修百业，翻阅佛经来告慰自己，这样你便能遵从舅氏谷臣先生生前的遗愿了（我在日本的时候曾经购买过一部小字藏经，如今书籍与藏经一起寄存在哈同花园黄中央处，你可以去取出来。只有《瑜伽师地论》在家，此书百卷，书内博大精深，看了可以增加人的智慧）。长老如蛰仙先生，至亲龚未生，都可以辅助你。这两个人在生死攸关的时刻，必定不会辜负你，其他可以信赖的人很少！北仆也应该驱赶出去，这个人贪图势利，主人要是穷困了就会无所不为（韩镇在京城的时候，他盗窃我的书籍和衣服，被我的同人找了回来，若是他来上海，要赶紧将他赶出去）。话到这里就说完了，临笔心中悲愤。

炳麟鞠躬
五月二十三日

【解读】

章太炎中年丧偶，不习惯独处，于是登报求婚，结识了苏州才女汤国黎，由蔡元培证婚，结为夫妇。婚后长期居住在上海。二人结婚二十多年，同甘共苦，他们婚后遭遇了二次革命、护法运动、北伐战争、土地革命战争，后来又经历了全民族抗日运动的前期，两个人不管面临任何困境，始终相濡以沫。

1913年袁世凯窃取了临时大总统的职位，建立了北洋军阀政权以后，疯狂镇压革命党人，企图复辟帝制。1913年4月，得知宋教仁被杀害，章太炎便借口称有事情，策划讨伐袁世凯，后来被袁世凯诱骗到了北京，将他软禁。在被拘禁期间，袁世凯多次用钱财或者器物想要拉拢引诱章太炎，都被他痛骂一番，并将东西烧毁。1915年6月，袁世凯大造复辟言论，看到复辟将成事实的章太炎悲愤欲绝，立下遗嘱，安排自己的后事，怀着万分悲痛的心情，给自己的妻子寄去了自己的一件旧衣服，并写下了这封信。直到1916年袁世凯死后，他才被释放。

章太炎意志坚定，在被袁世凯囚禁的时候，虽然"隐忧少寐"，但是即使"槁饿而死"，也不愿意"从人告贷，及求家中寄资"。由小见大，从这些细节里可以看出章太炎作为一名革命者，宁死不屈的崇高气节。也从他对妻子的嘱托中可以看出对家人的关心和挂念，特别是"知君存念，今寄故衣以为记志"一句，更是将自己对妻子的思念表现得淋漓尽致。这封写给爱妻的家书，虽然没有那种你侬我侬的甜言蜜语，但是从他对妻子的嘱托中还是可以看出来，他对妻子深沉的爱恋与牵挂。

对于生死，章太炎表现得非常豁达，他已经做好了最坏的打算，所以在被囚禁时选择绝食前给自己的妻子写了这封诀别信，嘱托家中的事务。面临死亡，这封信通篇没有一句丧气的话，充分体现了章太炎这位革命元勋的铮铮铁骨以及傲人的气节。章太炎在死前还留下了"设有异族人主中夏，世世子孙毋食其官禄"的遗言。章太炎先生虽然因为学问闻名中外，但是从这封家书以及死前留下的遗嘱都可以看出来，他身上始终散发着强烈的民族主义精神以及不屈不挠、宁死不屈的崇高气节，让世人敬佩和缅怀。

梁启超家书：言传身教，各自成材

人物简介

梁启超（1873—1929年），字卓如，号任公，又号饮冰室主人、自由斋主人等。梁启超出生于广东省新会市，是中国近代著名的思想家、政治家、教育家、史学家、文学家，是戊戌变法的领袖之一，也是中国近代维新派、新法家的代表人物。

梁启超跟随师父康有为，成为了资产阶级改良派的宣传者。维新变法前，他与康有为一起联合各省的举人一同发起了"公车上书"，呼吁救亡图存。随后又先后领导了北京和上海的强学会，联合黄遵宪一起创办了《时务报》，并担任了上海时务学堂的主讲，为了宣传变法他编著了《变法通议》。戊戌变法的失败，致使他和康有为两人逃到了日本，这样的经历让他的政治思想变得保守，但是他依然不忘倡导近代文学革命运动理论。梁启超倡导新文化运动，支持五四运动。他的著作被收集合编在《饮冰室合集》。

梁启超在推动变法，拯救国家的同时，也十分注重对下一代的教育。梁启超一生养育了九个孩子，而这九个孩子也在梁启超的教育跟言传身教下，各自成才。

家书精选

梁启超给众儿女的家书

我像许久没有写信给你们了。但是前几天寄去的相片，每张上都有一首词，也抵得过信了。今天接着大宝贝五月九日、小宝贝五月三日来信，很高兴。那两位"不甚宝贝"的信，也许明后天就到罢？我本来前十天就去北戴河，因天气很凉，索性等达达放假才去。他明天放假了，却是现在很凉。一面张、冯开战消息甚紧，你们二叔和好些朋友都劝勿去，现在去不去还未定呢。我还是照样的忙，近来和阿时、忠忠三个人合作做点小顽意，把他们做得兴高采烈。我们的工作多则一个月，少则三个礼拜，便做完。做完了，你们也可以享受快乐。你们猜猜干些什么？庄庄，你的信写许多有趣话告诉我，我喜欢极了。你往后只要每次船都有信，零零碎碎把你的日常生活和感想报告我，我总是喜欢的。我说你"别要孩子气"，这是叫你对于正事——如做功课及与料理自己本身各事等——自己要拿主意，不要依赖人。至于做人带几分孩子气，原是好的。你看爹爹有时还"有童心"呢。你入学校，还是在加拿大好。你三个哥哥都受美国教育，我们家庭要变"美国化"了！我很望你将来不经过美国这一级（也并非一定如此，还要看环境的利便）便到欧洲去，所以在加拿大预备像更好。稍旧一点的严正教育，受了很有益，你还是安心入加校罢。至于未能立进大学，这有什么要紧，"求学问不是求文凭"，总要把墙基越筑得厚越好。你若看见别的同学都入大学，便自己着急，那便是"孩子气"了。思顺对于徽音感情完全恢复，我听见真高兴极了。这是思成一生幸福关键所在，我几个月前很怕思成因此生出精神异动，毁掉了这孩子，现在我完全放心了。思成前次给思顺的信说："感觉着做错多少事，便受多少惩罚，非受完了不会转过来。"这是宇宙间唯一真理，佛教说的"业"和"报"就是这个真理，（我笃信佛教，就在此点，七千卷《大藏经》也只说明这点道理）凡自己造过的"业"，无论为善为恶，自己总要受"报"，一斤报一斤，一两报一两，丝毫不能躲闪，而且善和恶是不准抵消的。佛对一般人说轮回，说他（佛）自己也曾犯过什么罪，因此曾入过某层地狱，做过某种畜生，他自己又也曾做过许多好事，所以亦也曾享过什么福……如此，恶业受完了报，才算善业的账，若使正在享善业的报的时候，又做些恶业，善报受完了，又算恶业的账，并非有个什么上帝做主宰，全是"自业自得"，又并不是像耶教说的"到世界末日算总账"，全是"随作随受"。又不是像耶教说的"多大罪恶一忏悔便完事"，忏悔后固然得好处，但曾经造过的恶业，并不因忏悔而灭，是要等"报"受完了才灭。佛教所说的精理，大略如此。他说的六道轮回等等，不过为一般浅人说法，说些有形的天堂地狱，其实我们刻刻在轮回中，一生不知经过多少天堂地狱。即如思成和徽音，去年便有几个月在刀山剑树上过活！这种地狱比城隍庙十王殿里画出来还可怕，因为一时造错了一点业，便受如此惨报，非受完了不会转头。倘若这业是故意造的，而且不知忏悔，则受报连绵下去，无有尽时。因为不是故意的，而且忏悔后又造恶业，所以地狱的报受够之后，天堂又到了。若能绝对不造恶业（而且常造善业——最大善业是"利他"），则常住天堂（这是借用俗教名词）。佛说是"涅槃"（涅槃的本意是"清凉世界"）。我虽不敢说常住涅槃，但我总算心地清凉的时候多，换句话说，我住天堂时候比住地狱的时候多，也是因为我比较的少造恶业的缘故。我的宗教观、人生观的根本在此，这些话都是我切实受用的所在。因思成那封信像是看见一点这种真理，所以顺便给你们谈谈。思成看着许多本国古代美术，真是眼福，令我羡慕不已，甲胄的扣带，我看来总算你新发明了（可得奖赏）。或者书中有讲及，但久已没有实物来证明。昭陵石马怎么会已经流到美国去，真令我大惊！那几只马是有名的美术品，唐诗里"可要昭陵石马来"，"昭陵风雨埋冠剑，石马无声蔓草寒"，向来诗人讴歌不知多少。那些马都有名字，是唐太宗赐的名，画家雕刻家都有名字可考据的。我所知道的，现在还存四只，（我们家里藏有拓片，但太大，无从裱，无从挂，所以你们没有看见）怎么美国人会把他搬走了！若在别国，新闻纸不知若何鼓噪，在我们国里，连我怎么一个人，若非接你信，还连影子都不晓得呢。可叹，可叹！希哲（周希哲，梁启超女婿）既有余暇做学问，我很希望他将国际法重新研究一番，因为欧战以后国际法的内容和从前差得太远了。十余年前所学现在只好算古董，既已当外交官，便要跟着潮流求自己职务上的新智识。还有中国和各国的条约全文，也须切实研究。希哲能趁这个空闲做这类学问最好。若要汉文的条约汇纂，我可以买得寄来。和思顺、思永两人特别要说的话，没有什么，下次再说罢。

【解读】

梁启超的家庭是一个多子女的传统家庭，他共有九个孩子，分别是思成、思永、思忠、思达、思礼、思顺、思庄、思懿和思宁。梁启超平等地对待自己的儿女，尊重他们对生活和学习的选择，引导他们而不是命令式的教育。他借鉴了曾国藩的"内圣"教育，发展成独具梁氏特色的"磨炼人格"教育方式。民国初年的时候，梁家已经进入了上流社会，但是梁启超却坚持让自己的孩子保持"寒士门风"，希望他们可以养成勤俭、好学、坚韧、上进的性格。

儿子梁思成、思永分别在美国的宾夕法尼亚大学、哈佛大学读书，思庄年龄还小，因此跟随姐姐思顺在加拿大读中学。1924年后，大女儿思顺和他的丈夫周希哲移民到加拿大，周希哲任当时的中国驻加拿大总领事。梁启超十分想念在海外的儿女们，经常给孩子们写信，这封信就是他在1925年7月10日写给自己的儿女们的。

信中所说的张、冯开战，张指的是张作霖，冯指的是冯玉祥。梁启超的文风一向犀利激荡，但是在这封写给子女的信里，言辞亲切，语气温和地向子女们倾诉了生活中的事情，同时对教育和生活也表达出了自己的看法，字里行间显露出对子女的想念和牵挂以及一个父亲对子女无私的爱。文中的"大宝贝"和"二宝贝"指的是自己的大女儿思顺和二女儿思庄，而"不甚宝贝"指的却是自己的两个儿子思成与思永。其中的"忠忠""达达"则是留在家里的孩子思忠和思达，"老baby"则指的是只有一岁大的小儿子思礼。从梁启超给孩子起的这些爱称里可以看出梁启超对子女的疼爱以及对生活的热爱。

在信中，梁启超向孩子们详细描述了自己的生活与工作情况，同时对孩子们在来信里提出的问题也给予了细致的分析，对孩子们谆谆教导、循循善诱，提出了自己的看法和实际的建议，体现了他的睿智与机智。其中在给思庄的建议中提到，对待工作中的正事，要有独立的想法，不要总是依靠他人，要敢于承担责任，"不要孩子气"。而在生活和为人处世方面，要带有几分孩子气，保持"童心"。保持童心并不是一件简单的事情，特别是那些经过社会打磨的人，要做到保持一颗童心去生活，那将是对人生境界最大的提升。而积极乐观的人生态度，就是保持童心最好的办法，要善于发现生活中的美好，热爱生活，对生活充满信心。在保持童心的同时，还要知足常乐，因为一个总是羡慕他人，而对自己的生活从来不满意的人是不会像孩子那样快乐的。

梁启超以身作则，用自己超人的智慧和卓越的远见，以自己的实际行动以及个人思想，默默的对孩子们产生着深远的影响。他不仅要将孩子们培养成有学问的人，也想将孩子们培养成对社会有用的人。梁启超不强求孩子们都跟他一样，只希望孩子快乐地成长，充分享受人生的乐趣，因为他坚信孩子们最终都会有属于他们自己的道路。

梁启超写给儿子梁思成的信

思成再留美一年，转学欧洲一年，然后归来最好。关于思成学业，我有点意见。思成所学太专门了，我愿意你趁毕业后一两年，分出点光阴多学些常识，尤其是文学或人文科学中之某部门，稍为多用点工夫。我怕你因所学太专门之故，把生活也弄成近于单调，太单调的生活，容易厌倦，厌倦即为苦恼，乃至堕落之根源。再者，一个人想要交友取益，或读书取益，也要方面稍多，才有接谈交换，或开卷引进的机会。不独朋友而已，即如在家庭里头，像你有我这样一位爹爹，也属人生难逢的幸福，若你的学问兴味太过单调，将来也会和我相对词竭，不能领着我的教训，你全生活中本来应享的乐趣，也削减不少了。我是学问趣味方面极多的人，我之所以不能专积有成者在此，然而我的生活内容，异常丰富，能够永久保持不厌不倦的精神，亦未始不在此。我每历若干时候，趣味转过新方面，便觉得像换个新生命，如朝旭升天，如新荷出水，我自觉这种生活是极可爱的，极有价值的。我虽不愿你们学我那泛滥无归的短处，但最少也想你们参采我那烂漫向荣的长处（这封信你们留着，也算我自作的小小像赞）。我这两年来对于我的思成，不知何故常常像有异兆的感觉，怕他渐渐会走入孤峭冷僻一路去。我希望你回来见我时，还我一个三四年前活泼有春气的孩子，我就心满意足了。这种境界，固然关系人格修养之全部，但学业上之熏染陶熔，影响亦非小。因为我们做学问的人，学业便占却全生活之主要部分。学业内容之充实扩大，与生命内容之充实扩大成正比例。所以我想医你的病，或预防你的病，不能不注意及此。这些话许久要和你讲，因为你没有毕业以前，要注重你的专门，不愿你分心，现在机会到了，不能不慎重和你说。你看了这信，意见如何（徽音意思如何），无论校课如何忙迫，是必要回我一封稍长的信，令我安心。

【解读】

梁思成是梁启超的长子，从小在父亲梁启超的身边耳濡目染，人文学养丰厚。在高中毕业以后，梁思成就翻译了英国威尔斯的《世界史纲》，同时在美术知识以及在艺术方面的眼光也是异于常人。1924年，前往美国宾夕法尼亚大学学习建筑的梁思成，为了学到更多的知识，在图书馆里用"笨功夫"博览群书，研究古代的历史，参考历史文物，将那些有名的古建筑全部都默画了下来。对儿子的学习方法和学习效果十分担心的梁启超，害怕儿子"学问兴味太过单调"，于是专门写信叮嘱他。

按照父亲对自己的嘱托，梁思成在以优异的成绩获得建筑硕士学位的同时，也培养了多方面的学习趣味。后来他前往哈佛大学读研究生，准备写"中国公室史"的博士论文。他感觉在学习中，对于研究工作，只是单纯的在书本中寻找资料是不可行的，必须通过实践才能得出更好的研究成果，于是为了考察建筑，他离开了哈佛前往欧洲。1928年，学成归来的梁思成在东北大学创办了建筑系并担任系主任，成为我国建筑业的开拓者之一，为我国的建筑业做出了突出的贡献。

20世纪20年代初,梁启超发现那些留学美国的青年,主攻方向是实用的科学技术,却忽略了人文学术的修养。长此以往,虽然增长了学识,却失去了对生活的艺术情趣以及人与人之间的感情交流。对于这种情况,梁启超十分担心自己在美国留学的儿子也会变成这样,于是他将自己的想法融入家书里,对儿子梁思成循循善诱,希望儿子可以以现实生活为基础,通过分析告诉他在学习书本知识的同时也要培养广泛兴趣的重要意义。同时,也在学习理念及学习方法上对儿子提出了很好的建议和忠告。

从这封家书中就可以看出来,梁启超是一个十分注重学习趣味的人。信中他说"我每历若干时候,趣味转过新方面,便觉得像换个新生命,如朝旭升天,如新荷出水,我自觉这种生活是极可爱的,极有价值的",是用亲身经历来向儿子强调学习趣味的重要性。确实,一个人如果缺乏趣味地生活在世界上,那么不仅他自己会成为一个乏味的人,就连与他接触的人都会觉得很没有乐趣,生活也因此变得枯燥无味,就如同他信中所说的"把生活也弄成近于单调,太单调的生活,容易厌倦,厌倦即为苦恼,乃至堕落之根源"。从"我希望你回来见我时,还我一个三四年前活泼有春气的孩子,我就心满意足了"这句话可以看出:相比于其他的父母,在孩子很小的时候就为他们规划了固定的人生"事业",对于他们将来有多少人文修养、兴趣爱好、情感节操,却丝毫不关心,而梁启超从来没有过多的强求命令孩子们可以走上什么样的道路,而是希望孩子们的生活可以充满乐趣,健康快乐的生活。

通过这封信,我们可以看出梁启超以自己对兴趣的正确认识为基础,向梁思成阐述了如何培养正确的趣味。他认为,首先要爱亲人、爱朋友、爱事业、爱学问等;其次要有所学、有所悟、有感受,从而才会有所思考,有一番见解,才会洋溢出蓬勃向上的生命力。对于这样的人,他们的生活才会时刻的充满新鲜感与幸福,就算是遇到困难挫折,也不会轻易改变人生态度。梁启超正是用这一人生态度来对待生活中所遇到的一切,才会成为"浑身浸泡在趣味中的人"。

鲁迅家书：铮铮铁骨，不掩柔情

人物简介

鲁迅（1881—1936年），曾用名周樟寿，后改名为周树人，曾字豫山，后改豫才，浙江绍兴人。他用"鲁迅"这一笔名发表了《狂人日记》，这也是他影响最广泛、最广为人知的笔名。

鲁迅是著名的文学家、思想家、民主战士、五四新文化运动的重要参与者，也是中国现代文学的奠基人。除了文学创作、文学批评、思想研究、文学史研究这些方面，鲁迅在翻译、美术理论引进、基础科学介绍和古籍校勘与研究等多个领域也有着重大的贡献。他对于五四运动以后的中国社会思想文化发展也产生了重要的影响，在世界文坛上声名远赫，被誉为"二十世纪东亚文化地图上占最大领土的作家"。毛泽东曾高度评价他："鲁迅的方向，就是中华民族新文化的方向。"

他一生著作颇丰，代表作品有《呐喊》《彷徨》《朝花夕拾》《野草》《华盖集》《中国小说史略》等。

家书精选

鲁迅给妻子的信

小莲蓬而小刺猬：

现在是三十日之夜一点钟，我快要睡了；下午已寄出一信，但我还想讲几句话，所以再写一点。

前几天，董秋芳给我一信，说他先前的事，要我查考鉴察。我那有这些工夫来查考他的事状呢，置之不答。下午从西山回，他却等在客厅中，并且知道他还先向母亲房里乱攻，空气甚为紧张。我立即出而大骂之，他竟毫不反抗。反说非常甘心。我看他未免太无刚骨,然而他自说其实是勇士,独对于我,却不反抗。我说我却愿意人对我来反抗,他却道正因如此,所以佩服而不反抗者也。我也为之好笑,乃笑而送出之。大约此后当不再来缠绕了罢。

晚上来了两个人,一个是为孙祥偈翻电报之台,一个是帮我校《唐宋传奇集》之魏,同吃晚饭,谈得很畅快。和上午之纵谈于西山,都是近来快事。他们对于北平学界现状,俱颇不满。我想,此地之先前和"正人君子"战斗之诸公,倘不自己小心,怕就也要变成"正人君子"了。各种劳劳,从我看来,很可不必。我自从到北平后,觉得非常自在,于他们一切言动,甚为漠然;即下午之面斥董公,事后也毫不气忿,因叹在寂寞之世界里,虽欲得一可以对垒之敌人,亦不易也。

小刺猬,我们之相处,实有深因,它们以它们自己的心,来相窥探猜测,那里会明白呢。我到这里一看,更确知我们之并不渺小。

这两星期以来,我一点也不颓唐,但此刻遥想小刺猬之采办布帛之类,豫为小小白象经营,实是乖得可怜,这种性质,真是怎么好呢。我应该快到上海,去管住她。

【解读】

1927年9月,鲁迅给台静农写信,表示拒绝作为诺贝尔文学奖的候选人,并且离开广州前往上海,与许广平一起在上海生活。他们结婚后只是给鲁迅的母亲寄过合影,一直没有时间去看望鲁迅的母亲。1929年5月,由于许广平有孕在身,鲁迅只好一个人前往北平,去看望自己的母亲。在北平的鲁迅和在上海的妻子分隔两地,十分牵挂她,于是经常给她写信询问情况,有时候甚至一天写好几封信。1929年6月3日,在朋友的送别下,鲁迅带着书籍和许广平产后需要食用的小米,与年迈的母亲分别,回到了上海的妻子身边。

这封信正是1927年5月30号,在北平的鲁迅写给在上海的妻子的。信中所说的董秋芳是鲁迅的学生,也是浙江绍兴人。台指的是台静农,魏指的是魏建功。魏建功毕业于北京大学,是北京大学的教授,曾担任辅仁大学的讲师。信开头的"小莲蓬而小刺猬"是鲁迅对妻子的爱称。鲁迅当年在北京的时候，曾经买过一个石头雕刻的刺猬，用来镇纸，深得鲁迅喜爱，于是私底下便给爱人起了一个"小刺猬"的爱称。"小莲蓬"的爱称则是因为两人分别后，鲁迅在曾经寄给妻子的信中附带了两幅画，一幅画着枇杷，一幅画着莲蓬，在莲蓬的旁边还写了一首诗："并头曾忆睡香波，老去同心住翠窠。甘苦个中侬自解，西湖风月味还多。"寄托了自己对妻子的相思与爱恋。于是，"小莲蓬"便成了鲁迅对妻子的另一个爱称。鲁迅和妻子通信时候的称呼，从最开始的"广平兄"再到后来的"小莲蓬而小刺猬"，可以看出他们的感情越来越浓厚、亲密。

在鲁迅的心里，许广平不仅是自己的亲密爱人，更是自己并肩作战的同志。在信里，他毫不掩饰自己的感情，将自己的爱憎全都毫无保留地表达了出来。在信中，鲁迅告诉妻子，因为董秋芳在自己母亲的房里"乱攻"以至于自己对他大骂，以及"台""魏"两人的到来，自己"谈的很畅快"，从这些言语中都可以看出鲁迅是一个耿直、率真、爱憎分明的人。同时，鲁迅在信中写道，自己在北平对于他人所做的一切言行都"甚为漠然"，同时也说到"在寂寞之世界里，虽欲得一可以对垒之敌人，亦不易也"，从这些也可以体会出，鲁迅对于现在社会的无奈和忧虑。

在这封信里，我们看不出来你侬我侬的亲密，也没有花前月下的佳句，鲁迅只是在用平淡的语言向自己的妻子叙述自己生活中的琐事，但即使是一些最平淡的语言，依然可以品味出两个人感情的坚定，以及思想的变动。

鲁迅给母亲的信

母亲大人膝下：

敬禀者，不寄信件，已将两月了，其间曾托老三代陈大略，闻早已达览。男自五月十六起，突然发热，加以气喘，从此日见沉重，至月底，颇近危险，幸一二日后，即见转机，而发热终不退。到七月初，乃用透物电光照视肺部，始知男盖从少年时即有肺病，至少曾发病两次，又曾生重症肋膜炎一次，现肋膜变厚，至于不通电光，但当时竟并不医治，且不自知其重病而自然痊愈者，盖身体底子极好之故也。现今年老，体力已衰，故旧病一发，遂竟缠绵至此。近日病状，几乎退尽，胃口早已复元，脸色亦早恢复，惟每日仍发微热，但不高，则凡生肺病的人，无不如此，医生每日来注射，据云数日后即可不发，而且再过两星期，也可以停止吃药了。所以病已向愈，万请勿念为要。海婴已以第一名在幼稚园毕业，其实亦不过"山中无好汉，猢狲称霸王"而已。

专此布达，恭请金安。

男树叩上七月六日

广平海婴同叩

【解读】

鲁迅在少年时代就得了肺病，但是并不严重。但是随着鲁迅年龄增长，以及紧张的社会活动和写作，使得他的病情日益严重。1936年5月，鲁迅再次发病，并且被疾病的痛苦折磨了两个月，由于间断发热以及吐血使得鲁迅只得接受注射治疗，家人无时无刻不担心着鲁迅的身体状况。7月6日，感觉自己病情好转的鲁迅，给远在北京的母亲写下了这封信。但是当时医疗条件有限，1936年10月19日，距离写信才过去了三个月时间，鲁迅便因为肺病复发，在上海的公寓内去世。在鲁迅的葬礼上，一面绣着"民族魂"三个大字的白旗被人们盖在了他的棺木上。

文中所说的老三指的是鲁迅的三弟周建人。透物电光指的是X射线。虽然鲁迅是在生病的时候写的这封信，但是信中在向母亲介绍自己病情时，不仅丝毫没有流露出被病痛折磨的痛苦和颓废，而且还用"近日病状，几乎退尽，胃口早已复元，脸色亦早恢复，惟每日仍发微热，但不高"来安慰母亲不用牵挂自己，体现了鲁迅的坚强勇敢和乐观。通过鲁迅写给母亲的这封信，我们可以看出鲁迅对生命的热爱以及对生活的眷恋，同时鲁迅在病痛中，依然不放弃希望，乐观坚强的形象也印刻在了每一个读者的心中。

蔡锷给妻子的信：为国献身，绝不后悔

人物简介

蔡锷（1882—1916年），原名蔡艮寅，字松坡，汉族，出生于湖南宝庆（今邵阳市），毕业于日本陆军士官学校。他是中华民国初年杰出的军事领袖，护国起义的主要组织者和领导者，也是近代伟大的爱国者以及著名的政治家、军事家、民主革命家。蔡锷去世以后，生前的著作被编著为《蔡松坡先生遗集》。

蔡锷的一生主要做了两件大事：第一件事是辛亥革命的时候在云南领导了推翻清朝统治的新军起义；第二件事是在辛亥革命四年以后参加了反对袁世凯称帝，并维护民主共和国政体的护国军起义。

蔡锷特别注意辨别政治风云，顺应历史的发展潮流，积极投身于革命运动；不管是军事理论还是战争实践方面都做出了突出的贡献。但是，意气风发的蔡锷在34岁时因为肺结核在日本福冈大学医院去世。听到蔡锷病逝的孙中山，悲痛不已，于是写了"平生慷慨班都护，万里间关马伏波"这副挽联，将他比喻成历史名将班超和马援，正是对这位叱咤风云、热诚爱国的军事将领的高度赞扬。

家书精选

蕙英贤妹妆次：

由威宁发一函，计达。廿九号于贵州之毕节，因等待队伍，在此驻扎两日，规定二月一号向永宁出发。我军左纵队已占领四川之叙州、自流井、南溪、江安一带；右纵队之董团，今晚可进取永宁；旬日[①]之内，即可会师泸州，三星期内定可抵成都矣。预想成、泸之间，必有几场恶战，我军士气百倍，无不一以当十，逆军虽顽强，必能操胜算也。余素抱以身许国之心，此次尤为决心，万一为敌贼暗算，或战死疆场，决无所悔。但自度生平无刚愎暴厉之行，而袁氏有恶贯满盈之象，天果相中国，其必以福国者而佑余也。川中军民，对余感情甚洽，昨来电有奉余为全川之主，云云。但川省兵燹②连年，拊循③安辑④，颇非易易耳。手此即询。

近好！

锷言

一月卅一号于毕节

【注释】

①旬日：十日。也指较短的时间。

②兵燹：燹 xiǎn，野火。因战乱而受到的破坏、烧毁。

③拊循：亦作"拊巡"。拊 fǔ，安抚，抚慰。

③安辑：安定。

【解读】

1913 年，袁世凯将蔡锷调任到了北京，实际上是将他软禁起来。1915 年 12 月 12 日，袁世凯向全国通告，1916 年将改为"洪宪元年"，并且在元旦的时候加冕称帝，大总统府也将改为新华宫。为了捍卫辛亥革命的胜利结果，蔡锷用去天津看病的借口从北京逃出，从日本去了昆明。12 月 25 日，蔡锷跟唐继尧等人通报运动独立，并且成立了讨伐袁世凯的护国军，还担任了护国军第一军总司令。1916 年 1 月 29 日，蔡锷兵分三路，抵达贵州的毕方，准备直接进军四川泸州。虽然没有成功占领泸州，却有效地牵制住了敌军的主力，给友军争取到了机会，推动了国内反袁世凯行动的进一步开展。同年的 3 月 22 日，无计可施的袁世凯宣布取消帝制，护国运动取得成功。而这封信正是 1916 年 1 月 29 日，蔡锷在毕方写给妻子潘慧英的信。

潘慧英出生于一个士绅家庭，父亲曾经担任过普济堂的堂长，在昆明城内也小有名望。年幼的潘慧英在私塾学的是儒家传统教育，年龄大些的时候开始接受了西方的教育。虽然两人相差十三岁，但是年龄无法阻挡两人之间的感情。结婚后的潘慧英十分低调，很少跟蔡锷一起出现在公共场合。蔡锷生活也十分简朴，甚至主动将自己的月薪减到了60元，致使妻子身边没有一个服侍的丫头。

在信中，蔡锷首先向妻子描述了当时的战况，接着说起了自己的作战计划，他告诉妻子虽然免不了要有几场恶战，但是"必能稳操胜算"，说明即使战争非常困难，但是他的内心依旧信心满满，斗志昂扬。同时蔡锷在信中表明了自己以身献国的决心，就算是"战死疆场，决无所悔"。蔡锷将自己的肺腑之言全部表露给妻子，说明了妻子在他心中是可以理解自己的人，是自己的红颜知己。

在这场护国运动中，抱病参战的蔡锷，指挥劣势部队抵挡住了占有优势的敌对部队的猛烈进攻，逼迫敌人停战。他的这种临危不惧、慷慨赴义，为了国家和人民坚定战斗到底的英雄气概鼓舞了国内的革命斗争，同时也值得我们每个人敬佩。

冯玉祥给儿子的信：真正自爱，力争上游

人物简介

冯玉祥（1882—1948年），字焕章，原名冯基善，出生于直隶青县（今属河北沧州市），原籍是安徽省巢县（今安徽巢湖市），他是中国国民革命军陆军一级上将，西北军阀，具有"基督将军""倒戈将军""布衣将军"这些称号。

1911年辛亥革命爆发以后，冯玉祥参加了滦州起义。1921年7月以后，担任了陕西的督军。1924年在北京发动政变，推翻了直系军阀并控制了北京政府，将自己的部队改为国民军，除了担任总司令外还兼任第一军的军长，并请孙中山来掌管大局。1926年，因为直奉联军的进攻选择辞职。同年的5月在苏联考察期间加入中国国民党。同年的9月17日，率领西北军参加北伐战争。1930年3月组成讨伐蒋介石联军，中原大战失败后选择隐居。

1933年5月，担任总司令，组织民众抗日同盟军。1948年9月1日，因为轮船失火遇难。

家书精选

洪志爱儿：

　　于本日在归秭船上收到你本年二月二十三日所发的信，知道你近来没有收到家信，你心中很不安，并你要学费为朋友读书的事，都明白了，兹分别告知：一、家中都平安，只是每日都有飞机来，有时一点钟被炸死三千人两千人不等，多是老少和女子，你要知道愈炸人们愈恨日本鬼子，所以打得更好。二、你的学费竭力设法，真是艰难到万分，不但没钱，即有钱这外汇亦万分难办，恐怕儿你还不知道国家的困难到了什么光景呢？可是不论多难办，亦要去办，为的是你学了知识好帮助国家和社会做事，你知道么？三、立身之法，先要身体健康，要身心并健，尤其先把思想清洁。如思想不清洁，不能咬牙立志，则善念来了不去扩大，恶念来了不去铲除，久之必成堕落，亦就随之成为心身均不康健了。儿你是国家最好的瑰宝，你要真正自爱，力争上游，使你的身心达到极健康之地步为要。四、交友之道为最难，吾以为择交二字是说交友必须选择，不可马虎。如与坏人交，如入鲍鱼之肆，久而不闻其臭；与善人交，如入芝兰之室，久而不闻其香，益切实教训青年人慎交友之急也。五、什么是道德、什么是良心，最根本之事，就是不说谎话，诚实二字为立身之大本，此交友也须交诚实之朋友也。六、读益于青年志向的书，德文的，此类的书必不少，须特别到书店去找，久之必有进步。此上各条是我自宜昌至万县的道路上在船上写的，千言万语是为盼望吾儿健康立志，求学慎交，为国家为社会不为自己活着而已，你明白么！前十几天有一信给你，你应把家信妥为保存起来为要。此问近好。

巴东江中民主轮
二十八年四月二十八日

【解读】

冯洪志是冯玉祥的次子，1917年在北京出生。在冯洪志12岁的时候，跟二姐一起前往苏联留学，后来又到德国的柏林大学学习机械工程。

1938年9月，作为督导长官的冯玉祥，离开了武汉前往湖南、贵州、四川等地检阅和督练新兵。1940年4月28日，在他从宜昌前往万县的船上，他收到了正在德国读书的儿子冯洪志的来信。在信中，冯洪志不仅表达了自己因为最近没有收到家里的来信而感到的不安，还提到了想为自己朋友读书要学费的事情。这封信正是冯玉祥给儿子的回信。

在信中，冯玉祥先是告诉儿子虽然现在国家的情况比较危急，但是家里人都很平安，其次告诉儿子，学费的事情非常困难，但是为了儿子可以学好知识为国效力，即使国家到了现在如此困难的光景，还是会全力去办。冯玉祥说自己的儿子是"国家最好的瑰宝"，因此要求儿子"真正自爱，力争上游"。冯玉祥不仅对于儿子的身心健康做出了正确的指导，同时强调了交朋友的重要性，"不可马虎"。冯玉祥认为近朱者赤近墨者黑，不应该匆忙的去结交朋友，而是选择好的朋友去结交。他还告诉儿子要做一个诚实的人，交朋友也要交实诚的朋友。与此同时，还希望他可以多读一些有益于青少年志向的书。

冯玉祥在信中对儿子的谆谆教导，不仅是一个父亲对儿子的嘱托，更是一个长辈对晚辈的殷切希望，当冯洪志从德国留学回来以后，他又亲笔写下了文天祥的《正气歌》赠送给他，并在末尾写道："以期时时刻刻坚立在正气之上，无论遭遇如何艰险困苦，毫不动摇。只知有国不知有家，只知有公不知有私，只知为人不知为己，能如此便是真正有为之好青年，亦就是民国的好国民。"

通过冯玉祥写给儿子的这封信，我们可以看出一个父亲对儿子的殷切希望，以及对儿子的人生道路做出了正确的指导，并且希望儿子可以学好知识，为国家和社会奉献自己的力量，成为国家真正的栋梁。他对儿子的这些教导，对现在的青少年也有着很好的教育意义。

谢觉哉给姜一的信：心事放宽，不要忧愁

人物简介

谢觉哉（1884—1971年），原名谢维鎏，字焕南，别号觉哉，也叫作觉斋，湖南省长沙市宁乡县人。他曾担任《湖南通俗日报》《湖南民报》等报刊编辑，是中国共产党的优秀党员，是著名的法学家和教育家，杰出的社会活动家、法学界的先导、人民司法制度的奠基者，也是"延安五老"之一。

1884年谢觉哉出生于湖南宁乡，在1925年的时候参加了中国共产党。1933年在中央苏区担任内务部长的时候，主持起草了中国红色革命政权最早的《劳动法》《土地法》等法令条例。1934年参加长征。新中国成立以后，曾经担任过中国政法大学校长、最高人民法院院长、内务部部长等职位。1971年6月15日在北京病逝。

延安时期人们为谢觉哉祝寿的时候曾经赠送给他"为党献身常汲汲，与民谋利更孜孜"这样的诗句，也是对他革命一生最真实的写照。在他去世以后，他的著作被收集在《谢觉哉文集》中。

家书精选

一姐姐[①]：

四月二十六日我回到了北京，同时也接到了你的信。

我想给你写一篇传，传呢，就是这封信。你看了，不要哭，只许笑。八十多岁的老人，伤心是不可以的。

你比我要大八九岁，我记得事的时候，在外婆家没有看见你，你已到彭家做"细媳妇"[②]去了。我第一次见到你，是同"上戴家湾里"一些人去河对面的山上杀草，走了很远，见一个屋子，说是彭家，我们在山上，你出现在阶基上，半大子人的姑娘。我没有进屋，没和你说话。

后来，见面时候少，但你的行止，常听得说。你是一个勇于和环境作斗争的人。正如你说的"从小苦起"，其实不只是苦，还有不少人欺负你，但你没有屈服。你又能顺应环境，当你流到宁乡县城的时候，流到长沙市的时候，我想没有人给你以温暖的，但你却在困难中抚养大了你的儿女。我佩服你这员女将！

你又是一个富于情感的人。听说长沙马日事变③后，你打听不出我的消息，听到浏阳门外杀人，就到刑场上去看，看有没有我的尸首；你又为我许过"回龙山"的"保烛"。当然，不只是因为我是你的表弟，而是你相信我们是好人，好人是不会做坏事的。

我外家的人都聪明，你是最聪明的一个。如果不是穷，读不起书，不是重男轻女的社会，那你必然能做出很多的事。但是，这样的社会已经打倒了，你应该为这件事欢喜。

你是一个能干的人，不怕困难的人，又是一个聪明的人，你的儿子、媳妇、孙儿女，应该向你学习。

四舅活得最久，但没有看到革命成功，想他死时必然还在为我的命运操心。满舅母孤苦一世，我初以为她早死了，后打听她还在，寄点钱去，已来不及用了。我对于外家没有帮助，对你也没有帮助，用不着感谢。

人是不能不死的，但多活些时间是可以做到的。只要你心事放宽，不忧愁，再活十多二十年并不是难事，老姊弟再见面的日子还是有。

祝你好，你一家都好。

觉哉

1957年5月21日

【注释】

①一姐姐：作者的表姐，姜一。

②细媳妇：湖南方言，指的是童养媳。

③长沙马日事变：指的是1927年5月21日，在湖南驻扎的国民党军第三十五军第三十三团团长许克祥在长沙发动反革命政变，捕杀共产党人和革命的工农群众。

【解读】

　　这封信是谢觉哉写给自己的表姐姜一的回信。在信里，围绕谢觉哉少年时代对表姐的记忆，描述了对表姐的见闻、战争时代的四处流浪、与生活命运相抗争、对子女辛苦的抚养这四个方面，展现给我们一个平凡的劳动妇女的不平凡的一生，让人肃然起敬。

　　信中谢觉哉描述了在马日事变以后，因为表姐牵挂着自己，在当时的情况下，表姐仅凭自己的猜测和判断，便毅然行动起来，到浏阳门外寻找自己尸体的事情。表现了表姐是一个勇敢又有魄力的人，形象瞬间丰满高大起来。自己对表姐也是万分的感激和尊敬。同时信中评价自己的表姐是外婆亲戚那边最聪明的一位，在称赞表姐聪明、能干，堪称女中豪杰的同时，也在为表姐鸣不平，如果不是因为条件的局限，必定会有所作为。最后，表达自己对表姐的美好祝福，希望表姐可以健康长寿，并期待两人的重逢。

　　这封家书充分体现了谢觉哉对表姐的赞许，更是一份迟来的祝福，感情真挚，让人唏嘘不已。这封信中描述的不仅是表姐姜一的一生，更是万千旧社会妇女的缩影，具有非常高的社会史料价值，同时也侧面反映了老一辈革命家从事革命的艰辛。

方声洞给父亲的信：苟利国家生死以，岂因祸福避趋之

人物简介

　　方声洞（1886—1911年），字子明，出生于福建闽侯。1902年，方声洞跟随兄妹前往日本留学，在东京成城学校学习军事。同盟会成立以后，他与哥哥方声涛、姐姐方君瑛以及嫂子都先后加入了中国同盟会，全家参与革命。曾经担任过中国留学生总代表、同盟会福建支部长、同享会议事部长等职位。

家书精选

父亲大人膝下，跪禀者：

　　此为儿最后亲笔之禀，此禀果到家者，则儿已不在人世者久矣。儿死不足惜，第此次之事，未曾禀告大人，实为大罪，故临死特将其就死之原因，为大人陈之……迩者与海内外诸同志共谋起义，以扑满政府，以救祖国；祖国之存亡，在此一举。事败则中国不免于亡，四万万人皆死，不特儿一人；如事成则四万万人皆生，儿虽死亦乐也。只以大人爱儿切，故临死不敢不为禀告。但望大人以国事为心，勿伤儿之死，则幸甚矣！

　　夫男儿在世，若能建功立业以强祖国，使同胞享幸福；奋斗而死，亦大乐也。且为祖国而死，亦义所应尔也。儿刻已念有六岁矣，对于家庭本有应尽之责任，只以国家不能保，则身家亦不能保，即为身家计，亦不得不于死中求生也。儿今日竭力驱满，尽国家之责任者，亦即所谓保卫身家也。

　　他日革命成功，我家之人皆为中华新国民，而子孙万世，亦可以长保无虞，则儿虽死，亦瞑目于地下矣！惟从此以往，一切家事均不能为大人分忧，甚为抱憾，幸有涛兄及诸孙在，则儿或可稍安于地下也。惟祈大人得信后，切不可过於伤心，以碍福体，则儿罪更大矣。幸谅之！

　　兹附上致颖媳信一通，俟其到汉时面交，并祈得书时即遣人赴日本接其归国。因彼一人在东，无人照料，种种不妥也。如能早归，以尽子媳之职，或能稍轻儿不孝之罪。临死，不尽所言。惟祈大人善保玉体，以慰儿于地下。旭孙将来长成，乞善导其爱国之精神，以为将来报仇也。临书不胜企祷之至。

　　　　　　　　　　　　　　　　　　　　　　　　　敬请

　　　　　　　　　　　　　　　　　　　　　　　万福金安

　　儿声洞赴义前一日禀于广州城，家中诸大人，及诸兄弟姐妹、诸嫂、诸侄儿女、诸亲戚统此告别。

【解读】

　　1911年4月27日，广州起义爆发以后，黄兴带领方声洞和林觉民、林尹民、林文、刘元栋等人猛攻入广东督署。在转战的途中，方声洞击毙其敌人，但是自己也中弹身亡，年仅25岁，被葬在黄花岗烈士陵园，是黄花岗七十二烈士之一。就在广州起义的前一天，方声洞给父亲写下了一封诀别信，将自己赴死的原因禀告给了父亲，并交代了自己死后的事情。

　　信中的颖，是方声洞的妻子王颖，旭是他的儿子。1908年，王颖与方声洞结婚，随后两人一起前往日本千叶医学院学习。方声洞写这封信的时候，他的妻子王颖还在日本。马上就要前往战场，战场上生死命悬一线，但是他在信中并没有表露出来一丝一毫的胆怯和对生命的不舍，只有为了拯救祖国甘愿赴死的满腔热血。他将自己这样做的原因详细地禀告了父亲，并强调"男儿在世，不能建功立业以强祖国，使同胞享幸福；奋斗而死，亦大乐也。且为祖国而死，亦义所应尔也"，将自己所做的一切当作是自己的责任。这封信是方声洞用生命谱写的乐章，言辞悲壮、豪气冲天，虽然只有短短几百字，却让读者不由肃然起敬，潸然泪下。

　　方声洞虽然出生于一个富裕的家庭，但是他坦率、诚挚、有气节、重承诺、吃苦耐劳，从青年时代起就怀有挽救国家危亡的志向。为了人民的幸福，方声洞义无反顾、甘愿赴死，凸显出一个革命者对祖国和人民的热爱，同时也体现出面对牺牲时，英勇献身的大无畏精神。

林觉民给妻子的信：字字血泪，感人肺腑

人物简介

林觉民（1887—1911年），字意洞，号抖飞，又号天外生，汉族，福建闽县人（今福州市区）。

林觉民少年的时候，接受了民主革命思想，推崇自由平等的学说。在日本留学的时候，加入了中国同盟会。1911年春回国，4月24日写下了诀别信《与妻书》，随后跟自己同族林尹民、林文随黄兴、方声洞等革命党人参加广州起义，并跟黄兴一起攻入了广州总督衙门，放火焚烧了督署。在激烈的斗争中，因受伤力气用尽被抓，后来英勇就义，年仅24岁，是"黄花岗七十二烈士"之一。

家书精选

意映卿卿如晤：

吾今以此书与汝永别矣！吾作此书时，尚是世中一人；汝看此书时，吾已成阴间一鬼。吾作此书，泪珠和笔墨齐下，不能竟书[①]而欲搁笔，又恐汝不察吾衷，谓吾忍舍汝而死，谓吾不知汝之不欲吾死也，故遂忍悲为汝言之。

吾至爱汝！即此爱汝一念，使吾勇于就死也！吾自遇汝以来，常愿天下有情人都成眷属，然遍地腥云，满街狼犬，称心快意，几家能彀[②]？司马青衫[③]，吾不能学太上之忘情[④]也。语云，仁者"老吾老以及人之老，幼吾幼以及人之幼"。吾充吾爱汝之心，助天下人爱其所爱，所以敢先汝而死，不顾汝也。汝体吾此心，于悲啼之余，亦以天下人为念，当亦乐牺牲吾身与汝身之福利，为天下人谋永福也，汝其勿悲。

汝忆否？四五年前某夕，吾尝语曰："与使吾先死也，无宁汝先吾而死。"

汝初闻言而怒，后经吾婉解，虽不谓吾言为是，而亦无辞相答。吾之意盖谓以汝之弱，必不能禁失吾之悲，吾先死留苦与汝，吾心不忍，故宁请汝先死，吾担悲也。嗟夫！谁知吾率先汝而死乎？

吾真不能忘汝也！回忆后街之屋，入门穿廊，过前后厅，又三四折有小厅，厅旁一室为吾与汝双栖之所。初婚三四个月，适冬之望日⑤前后，窗外疏梅筛月影，依稀掩映，吾与汝并肩携手，低低切切⑥，何事不语？何情不诉？及今思之，空余泪痕！又回忆六七年前，吾之逃家复归也，汝泣告我："望今后有远行，必以告妾，妾愿随君行。"吾亦既许汝矣。前十余日回家，即欲乘便以此行之事语汝，及与汝相对，又不能启口。且以汝之有身也，更恐不胜悲，故惟日日呼酒买醉。嗟夫！当时余之心悲，盖不能以寸管⑦形容之。

吾诚愿与汝相守以死。第从今日事势观之，天灾可以死，盗贼可以死，瓜分之日可以死，奸官污吏虐民可以死。吾辈处今日之中国，国中无地无时不可以死！到那时使吾眼睁睁看汝死，或使汝眼睁睁看吾死，吾能之乎？抑汝能之乎！即可不死，而离散不相见，徒使两地眼成穿而骨化石，试问古来几曾见破镜能重圆？则较死为苦也，将奈之何？今日吾与汝幸双健，天下人之不当死而死与不愿离而离者，不可数计；钟情如我辈者，能忍之乎？此吾所以敢率性就死而不顾汝也！吾今死无余憾，国事成不成，自有同志者在。依新已五岁，转眼成人，汝其善抚之，使之肖我。汝腹中之物，吾疑其女也，女必象汝，吾心甚慰；或又是男，则亦教其以父志为志，则我死后，尚有二意洞在也，甚幸！甚幸！

吾家后日当甚贫，贫无所苦，清静过日而已。

吾今与汝无言矣！吾居九泉之下，遥闻汝哭声，当哭相和也。吾平日不信有鬼，今则又望其真有。今人又言心电感应有道，吾亦望其言是实，则吾之死，吾灵尚依依傍汝也，汝不必以无侣悲！

吾生平未尝以吾所志语汝，是吾不是处。然语之，又恐汝日日为吾担忧。吾牺牲百死而不辞，而使汝担忧，的的非吾所忍。吾爱汝至，所以为汝谋者惟恐未尽。汝幸而偶我，又何不幸而生今日之中国！吾幸而得汝，又何不幸而生今日之中国！卒不忍独善其身。嗟夫！巾短情长，所未尽者尚有万千，汝可摹拟得之。吾今不能见汝矣！汝不能舍吾，其时时于梦中寻我乎？一恸！

辛未三月念六夜四鼓，意洞手书

家中诸母皆通文，有不解处，望请其指教，当尽吾意为幸。

【注释】

①竟书：竟，到底，结尾。意思是无法将信写到底。

②彀 gòu：把弓拉满，这里指圆满的意思。

③司马青衫：出自白居易《琵琶行》中的诗句："座中泣下谁最多，江州司马青衫湿。"司马青衫，指的是江州司马同情琵琶女的遭遇而泪湿青衫一事。后人经常用此典故来表示内心痛苦、伤心流泪。

④太上之忘情：太上指的是圣人，忘情指的是忘记世间的感情。

⑤望日：指月圆的那一天，通常指农历小月十五，大月十六。

⑥低低切切：形容声音低小。

⑦寸管：代称毛笔。

【解读】

文中的"辛未"应该是"辛亥"，应该是烈士笔误。

1911年，林觉民受同盟会第十四支部派遣回福建，联络革命党人，筹集经费，招募志士赴广州参加起义。他依依不舍地离开家乡，率第一批义士从马尾港上船前往香港。1911年3月24日，也是广州起义的前三天，林觉民和战友们一同住在香港滨江楼。等到战友们都入睡以后，他想到了自己家中怀有身孕的妻子还有幼小的孩子，面对即将到来的战斗，不知自己是生还是死，心中思绪万千，于是流着眼泪，奋笔疾书，给自己的妻子陈意映写下了这封家书。

写这封信的时候，林觉民24岁，正是风华正茂的年纪，整封信都围绕一个"情"字展开叙述，先是与妻子告别，告诉了妻子自己赴死的原因，接着回忆了和妻子之间相处的几个片段，体现出他心中的万般不舍，从"泪珠和笔墨齐下，不能竟书而欲搁笔"等这些细节可以看出。除了回忆和妻子之间的生活片段，作为一个不信鬼神的革命者，他希望这个世界上有鬼魂的存在，希望自己在死后可以陪伴在妻子的身边，信的最后用"一恸"做结尾，可谓是言不尽而情无限。信中为国家英勇献身的精神和与妻子之间的感情相互交织在一起，取舍之间更加体现出了林觉民忧国忧民，为了祖国的未来敢于牺牲的伟大精神。

这封信林觉民表达了自己对妻子的深情，以及对于中国水深火热现实的无奈。他将自己家庭的幸福还有国家和人民的前途命运联系在一起，向妻子阐述了一个没有国家和人民的幸福，就没有个人真正幸福这样的一个道理。整封信感情真切，感人至深，让人读后荡气回肠，不由被革命烈士的精神所深深的感染，也体现了他坚决推翻清政府黑暗统治的决心。

这封信被林觉民写在了一块白色的方巾上，在给妻子写了这封信的同时，他还给父亲写了一封四十字的信。广州起义失败以后，有人在半夜的时候将这两封信塞到了林觉民家的门缝里，第二天早上才被发现。

陶行知家书：追求真理做真人

人物简介

陶行知（1891—1946年），原名陶知行，别名陶文濬，出生于安徽歙县，毕业于金陵大学，是中国近代著名的教育家、思想家，伟大的民主主义战士，爱国者。陶行知一生都致力于教育事业，为我国的教育事业做出了开创性的贡献。

1917年陶行知从美国留学归来后，先后担任了南京高等师范学校、国立东南大学教授、教务主任等职位。并在1926年的时候发表了《中华教育改进社改造全国乡村教育宣言》。为了表彰他对中国教育事业做出的贡献，圣约翰大学授予了他荣誉科学博士的学位。

1946年7月25日上午，55岁的陶行知因为劳累过度，在上海不幸去世。

他的代表作品有《中国教育改造》《古庙敲钟录》《斋夫自由谈》。

在他去世以后,毛泽东亲笔为他题写了悼词,称他为"伟大的人民教育家"。

家书精选

陶行知给母亲的信

母亲:

家中从前寄来的信,如今都收到了,并未遗失,只是来得慢些。

儿从母亲寿辰立志,决定要在这一年当中,于中国教育上做一件不可磨灭的事业,为吾母庆祝并慰父亲在天之灵。儿起初只想创办一个乡村幼稚园,现在越想越多,把中国全国乡村教育运动一齐都要立它一个基础。儿现在全副的心力都用在乡村教育上,要叫祖宗及母亲传给儿的精神都在这件事上放出伟大的光来。儿自立此志以后,一年之中务求不虚度一日,一日之中务求不虚度一时。要叫这一年的生活,完全地献给国家,作为我父母送给国家的寿面,使国家与我父母都是一样的长生不老。

试验乡村师范开办费要一万五千元,经费要一万二千元,朋友们都已答应捐助,只要款项领到,就可开办。阴历原想回家过年,无奈一切筹备事宜必须儿亲自支配,不能抽身。倘使款项早日领到,或可来京两星期。如果到了腊月廿七还没有领得完全,那年内就不能来了。好在家中大小平安,儿亦平安康健,彼此都可放心。

昨日会见冬弟,知道金弟在西安尚好,可以告慰。冬弟亦较前强壮。桃红、小桃、三桃、蜜桃给我的拜年片子都是很有意思很有价值的,儿已经好好地保存了。

敬祝康乐。

知行

一月廿日

【解读】

　　1927年3月15日，陶行知谢绝了武昌高等师范（现武汉大学）和吉林大学校长的盛情邀请后，放弃了优越的教授生活，去南京北郊晓庄创办了实验乡村师范学校，后更名为晓庄学校，开展乡村教育运动。他用心地想培养出具有"康健的体魄，农夫的身手，科学的头脑，艺术的兴趣，改造社会的精神"的乡村教师。除了晓庄学校以外，他还先后创立了晓庄中心学校、中心幼稚园、民众夜校、晓庄医院和联村救火会等机构，同时他还指导自己的学生到其他乡村建立中心学校以及民众学校，让当地的农民接受文化知识教育。陶行知想要通过乡村教育来改变我国农业、农村贫困落后的现状，进而改变整个中国的现状，他对农村问题的坚持，即使是放在今天，依旧值得人们赞扬。

　　这是一封写给母亲的家信。父母时刻担心牵挂着出行在外的陶行知，于是在信中陶行知向母亲汇报了自己这一年的工作情况和对未来的规划，就是办好乡村教育，宽慰母亲，希望母亲不要过度担心自己。他告诉母亲为了办好乡村教育，自己要"一年之中务求不虚度一日，一日之中务求不虚度一时"。简短的几句话，体现出了他对工作充满了热情，把一个有追求有抱负的志士形象刻画得淋漓尽致。同时，对于未来工作，陶行知也做好了具体的安排，将未来办学所需费用、阴历年前的工作计划以及回不回家等这些可能出现的问题都列了出来，体现了他对工作的认真执着，同时也体现出母亲的牵挂使得他内心十分的不安。在信中，陶行知虽然运用的都是最质朴的语言，但饱含真情，在给母亲祝寿的同时，也表达了对全家人的牵挂，以及一片赤诚的孝心。

　　1934年7月，陶行知正式宣布自己的名字由"知行"改为"行知"，因此写这封信的时候，最后的署名依然是"知行"。

陶行知给儿子的信

晓光：

最近听说马肖生寄了一张证明书给你。他擅自作主，没有经我看过，我不放心。故即于当晚电你将该件寄回，以便审核有无错误，深信你已经遵电照办。现恐你急需文件证明，特由我亲自写了一张，附于信内寄你，你可根据这样证明，找尚达弟力保。我们必须坚持"宁为真白丁，不作假秀才"之主张进行。倘使这样真实的证明不合用，宁可自己出钱，不拿薪水，帮助国家工作，同时从尚达弟及各位学术专家学习。万一竟因证明不合传统，而连这样的工作学习亦被取消，那末，你还是回到重庆。这里有金大[①]电机工程，也许可去，或与陈景唐兄商量，考成都金大。总之，"追求真理做真人"，不可丝毫妥协。万一金大也不能进，我愿筹集专款，帮助你建立实验室，决不向虚伪的社会学习与妥协。你记得这七个字，终身受用无穷，望你必须努力朝这方面修养，方是真学问。育才有戏剧、绘画两组驻渝见习，进步甚快。

行知
一九四一年一月二十五日

【注释】

①金大：指抗战期间迁往成都的金陵大学。

【解读】

1940年，陶行知的次子陶晓光跟随无线电专家倪尚达到成都的一家无线电修造厂工作和学习。信中的尚达弟指的就是倪尚达，为无线电修造厂的厂长。当时的陶晓光担心自己没有正式学历，在厂里排不到好工种，便想到如果可以得到一张"晓庄师范毕业"的证明，一切就好办了。于是他瞒着父亲，偷偷地给育才学校的副校长马肖生写信。马肖生看在陶行知的面子上，给陶晓光开了一张假证明。当时在重庆的陶行知知道了这件事，勃然大怒，立刻给自己的儿子打电话要回了假证明，同时给儿子写了这封信，并邮寄给了他一份真实的证明材料，并对儿子的不当行为进行了严厉的批评教育。

在得知儿子开假证明的时候，陶行知立刻给予严肃的批评，并进行了正确的教育。在信中他告诫儿子"宁为真白丁，不做假秀才"，他还提出"可自己出钱，不拿薪水，帮助国家工作"。同时他还想到，儿子办假证的事情揭穿以后，可能无法继续留在成都工作，于是他建议儿子如果没有办法在成都工作的话，就回到重庆。但是无论做什么都要做一个真实的人，追求真理，"决不向虚伪的社会学习与妥协"。字里行间流露出一个教育家的睿智和担当，在对儿子的教育中体现了一个父亲深沉的爱。

对于儿子工作和学习的指导教育，体现了陶行知诚信做人、不弄虚作假的高尚品格。陶晓光在父亲的教育下幡然醒悟。他知错能改，按照父亲的嘱托要回了假文凭，从一点一滴的小事做起，在工作和生活中探索真理。

胡适致族叔胡近仁的信：锐意进取，勇于创新

人物简介

胡适（1891—1962年），曾用名嗣穈，字希疆，学名洪骍，后改名适，字适之，徽州绩溪人。胡适一生的学术活动主要在文学、哲学、史学、考据学、教育学、红学等方面，主要著作有《中国哲学史大纲》（上）、《尝试集》、《白话文学史》（上）和《胡适文存》（四集）等。他在学术上最大的影响是提出了"大胆地假设、小心地求证"这一治学方法。他是近代著名的思想家、文学家、哲学家，因倡导白话文、领导新文化运动而闻名于世。

胡近仁（1883—1932年），字祥木、董人，安徽绩溪上庄村人，是胡适的堂叔，幼年时与胡适是同学。胡近仁知识渊博，曾经经商，后来在家乡创办了学校，是胡适在上庄创办毓英小学的主事人。

家书精选

近仁足下：

久不通书甚念。唯每得家书，便见老叔笔迹，相思之怀因以小慰。正如老叔读吾家书，亦可略知适近年以来之景况也。近来作博士论文草稿，日日为之，颇不得暇。故亦不能作书与老叔细谈。

近来颇作诗否？昨在友人处借得《小说月报》观之，深嫌其无一篇可看之文章。甚叹李伯元①、吴趼人②死后小说界之萧条也。

适近已不作文言之诗词。偶欲作诗，每以白话为之。但以自娱，不求世人同好之也。今写二首呈政，以博故人一笑而已。

孔丘

知其不可而为之，亦不知老之将至；

认得这个真孔丘，一部《论语》都可废。

朋友

两个黄蝴蝶，双双飞上天。不知为什么，一个忽飞还。

剩下那一个，孤单怪可怜。也无心上天，天上太孤单。

老叔以革命诗读之，可也。一笑。

适

九月四日

【注释】

①李伯元：（1867—1906年），字宝嘉，别号南亭亭长，江苏武进人。李伯元才思敏捷，一生著作颇丰。代表作有《庚子国变弹词》《官场现形记》等。

②吴趼人：（1866—1910年），原名宝震，又名沃尧，清代谴责小说家。代表作有《二十年目睹之怪现状》《痛史》《九命奇冤》等。

【解读】

1915年，胡适进入哥伦比亚大学哲学系，老师为约翰·杜威。1917年，学成归来的胡适接受北京大学的聘用，成为教授。1918年加入了《新青年》

编辑部后，大力宣传白话文，宣传思想自由以及个性解放，他与陈独秀一起领导了新文化运动。胡适率先进行白话文的创作，1917年，他发表了现代文学史上的第一篇白话文新诗。

胡近仁经常给胡适斟酌诗文稿件，书信往来频繁。这封信就是胡适1916年在哥伦比亚大学写给胡近仁的。

在新文化运动中，胡适反对使用文言文，提倡使用白话文，特地指出了白话文的"八不主义"：一不言之无物，二不效仿古时候的文法，三不拘泥于写作文法，四不写无病呻吟之文，五不滥调套语，六不借用典故，七不讲究对仗，八不避讳俗俗字俚语，为了实现自己的文学主张，胡适创作了很多白话文诗歌。信中的《朋友》一诗是胡适1916年8月23日写的，发表于《新青年》杂志上，题目还改为《蝴蝶》，据说是我国的第一首白话文诗。这首诗虽然行文自由，没有太大的深意，但是在当时的情况下，已经是非常大的创新了。后来胡适干脆将自己的白话文诗集改为《尝试集》。

胡适可以说是文学革命的领军人物。在提倡白话文、反对文言文的文学革命中，胡适是一个伟大的先锋者，为中国文化做出了重大的贡献，被誉为"中国文化革命之父"。

梁漱溟家书：脚步稳妥，必有成就

人物简介

梁漱溟（1893—1988年），原名焕鼎，字寿铭，曾用笔名寿名、漱溟。蒙古族，出生于北京，祖籍广西桂林。

梁漱溟是近代中国著名的思想家、教育家、哲学家、社会活动家、国学大师和爱国民主人士，他的主要研究方向在人生问题和社会问题两个方面，他是近现代新儒家的代表人物之一，被称为"中国最后一位大儒家"。受到泰州学派的影响，梁漱溟在中国发起了乡村建设运动，倡导将"社会教育与社会改造融为一体"的教育思想，并取得了值得借鉴的宝贵经验。

1988年6月23日，95岁高龄的梁漱溟在北京逝世。他一生著作颇丰，代表作有《中国文化要义》《东西文化及其哲学》《唯识述义》《中国人》《读书与做人》与《人心与人生》等。

家书精选

梁漱溟写给儿子梁培恕的信

一人生活或行为之原动力，天然是感情或兴趣，而不是理智；不可能是理智。现在人流行的话爱说理智、理智，其实根本没有明白理智是什么，理智在人类生命上、在生物界中，居什么位置，只是在瞎说乱说。理智之特色在冷静，冷静是犹豫之延长，犹豫是活人临于其行动之前的那一段。理智之用只在矫正盲目冲动，并不能代替情感而发动行为，它的功用在选择及筹划——这是容易懂的。但更重大之功用在化冲动（怒或欲）为清明正当的感情，此时理智感情合一不分。

日常生活的原动力最好是高尚优美之兴趣。一种行动或一种努力或一种事业之原动力最好是志愿或决心；志愿或决心是经过理智考量之后，从深处发出之感情。根本没有理智作行为的原动力之理。试问冷静怎么能热能动呢？

你说："我不再被什么东西鼓舞着了。"这只是对某事某物之消沉，其实鼓舞你的东西还多得很。古人所说"不动心"，你哪里做得到呢。"不再被什么东西鼓舞着"一句话，最好作"心里清醒"讲。心里清醒时恰应有其高尚之兴趣与深沉之志愿于含默不言中。

我的话句句是重要的，你知道重视它吗？如果重视，要把它抄记下来啊！

【解读】

梁培恕是梁漱溟的次子，1928年出生于广州。1948年秋天，通过陈道宗的介绍，梁培恕前往冀东解放区参加革命工作。在解放区的时候，他写信给自己的父亲说："不再被什么东西鼓舞着。"面对儿子的消极情况，梁漱溟赶紧给儿子写了这封信,希望可以开导儿子正视自己的生活。

梁漱溟不仅是一个知识渊博的思想家,更是一个尽职尽责的父亲。在儿子的来信中,看到有错别字,梁漱溟立刻改正了过来,并提醒儿子以后不要出现类似的错误,他对儿子严格的要求,体现了他对儿子殷切的期望。他听到儿子来信说到"不再被什么东西鼓舞",于是立刻给儿子回信答疑解惑,并耐心地开导,他用自己扎实的哲学理论以及严密的思维逻辑,帮助儿子分析遇到的这一问题,对儿子晓之以情,动之以理,建议儿子应当"高尚之兴趣与深沉之志愿",应该积极地投身于工作和生活。梁漱溟虽然语气严厉,却极具耐心,向儿子叙述了自己对人生态度的领悟,体现出了两人之间深厚的父子情义。梁漱溟在教育中注重道德情感教育的理念,这值得很多家庭去学习和重视。信中向儿子阐述的人生道理和思维逻辑的严密性,更是体现了梁漱溟丰富的人生经验。

顾颉刚给女儿的信:全面发展,两条腿走路

人物简介

顾颉刚(1893—1980年),别名诵坤,字铭坚,号颉(xié)刚,笔名有余毅、铭坚等,江苏苏州人。是中国现代著名的历史学家、民俗学家,古史辨学派的创始人,也是中国历史地理学和民俗学的开创者之一。

1920年,顾颉刚毕业于北京大学,曾担任过厦门大学、中山大学、燕京大学、北京大学、云南大学、兰州大学等校教授。新中国成立以后,担任中国科学院历史研究所研究员、中国民间文艺研究会副主席、民主促进会中央委员等职位。

1980年12月25日,87岁高龄的顾颉刚因病去世。代表作品有《秦汉的方士和儒生》《三皇考》《史林杂识初编》《孟姜女故事研究集》等。

家书精选

谖儿：

你在我抄给你的诗词中，独爱李后主，可以看出你的眼力。这真是用血泪写成的。他天分本好，加上他的父亲也是一个名作家，有了家庭渊源。他的一生开头是个割据一方的皇帝，后来是个国破家亡的俘虏，他的生活高到了尽头，忽然跌到了地狱，他的感情从最欢乐到最苦痛，他的才华又能把感情尽量地发挥出来，所以成了中国文化里最宝贵的遗产，和曹雪芹的《红楼梦》一样，和屈原的《离骚》也一样。

唐末五代是中国历史上最混乱的一个时代，中央政府是高级军官抢做皇帝的一个场所，成了所谓"五代"；地方政府也是高级军官割据称王的许多场所，成了所谓"十国"。南唐占了江苏、安徽的大部分和江西全部，称作皇帝，建都建业（即今南京），共历三主，不到四十年。因为这一区是文化中心，所以诗、词、书、画各有很高的成就。可是宋朝起于北方，武力强于江南，所以后主虽对宋"称"臣，把"皇帝"降为"国主"，还是给宋军灭了，他们把后主俘虏到汴梁（即今开封），封为"违命侯"，监禁了起来，这就逼得后主做了些"慷慨悲歌"的作品。

宋太祖赵匡胤统一中国。他还厚道，对一班降王还好。但他偶尔卧病，他的弟弟赵光义在探病时就把他杀了，他即了皇帝位，是为宋太宗。这回宫廷政变，表演在京剧里就是《贺后骂殿》。

这位太宗是极端残忍的人物。亲兄尚不在话下，何况几个惹厌的降王。他派南唐旧臣徐铉去探访李后主，讨他的口气。后主是一个老实人，对徐说："此中岁月，只是用眼泪洗面耳！"徐回报后，他就想下后主的毒手。有一天，正值后主的生辰，唤乐工在家歌唱，太宗借这机会，赐他一瓶酒，里面放了"牵机药"，所谓牵机是服后痛得厉害，身子会上下起伏，像机械的升降似的，他当时就死了。估计他只活了四十多岁。

他是一个文学家，平生作品一定不少，可是在这专制魔王的统治之下，哪有容它存在的道理，也许在他死后就一把火烧了。可是人民是爱惜这位天才作家的，互相把他们记得的作品写在笔记本上，后人加以凑集，于是存留这二十八首，还有些不成篇的零句。

真正的文学必须有充沛的感情和表现这感情的技巧。我所以给你看《会真记》，就是要你看看崔莺莺是何等忠实于爱情，而元稹则是怎样玩弄女性，但求快意于一时，既经进京后取得宰相的器重，愿把女儿嫁给他，他就一脚把莺莺踢开，作《会真记》时又文过饰非，把以前竭力追求的女子看作"妖孽"！南唐二主固然政治上是个封建统治者，但他们父子对女性具有同情，决不像元稹的《会真记》里所追求满足于自己肉欲的满足。至于后主在亡国后所作之词，简直是一字一泪，对于宋帝专制的控诉。

以上所说是我读后主词后的一些感想，不知道你看了以为怎样？

妈妈一方面要你准备考大学，温习数、理、化，不要分心于文学，一方面又怕我抄写过劳，要我停止这工作。我知道这是她对我和你的好意。但我这人是空闲不下的，如果不抄诗词，就得研究经史，复我旧业，那就会比现在紧张起来，而在你这方面，也只埋头科学，没有陶冶性情的东西，也不是两条腿走路的办法。为了安妈妈的心，此后还是少抄一些吧，你说呢？

祝你保重身体！

父 刚
72.12.4 日

【解读】

顾颉刚不仅创建了中国"古史辨"学派，还开创了历史地理学和民俗学。自从1971年他担任"二十四史"和《清史稿》的总校工作以后，他就一直没有空闲时间来照顾女儿。此时他的女儿顾谖正准备读大学，她请求爸爸帮她抄写诗词进行阅读，于是顾颉刚在空闲之余，帮女儿抄写诗词，并阐述一些自己对诗词的理解。

顾颉刚是一位非常开明的老师，他提倡启发式教育和全面发展的教育思想，在他的教学过程中都得到了鲜明的体现。在他上课的过程中，从不直接表述自己的观点，而是给学生发放很多的资料，让他们自己研究学习，从而培养学生的自主研究能力。他的考试方式也是独树一帜，他采用开卷考试的方式，让学生们将试卷带回家做，但是不能采用他的观点，只要是采用与他一样观点的试卷分数都很低，而那些有自己的观点和见解的，即使是和他的观点相斥，只要可以自圆其说，都可以得到很高的分数。

在信中，顾颉刚受到了女儿"独爱李后主"观点的启发，通过历史、文学、经历以及家庭背景等多个方面向女儿阐述了我国的一些社会知识和历史文化。他认为李后主的二十八首诗词之所以留存下来，是因为"人民爱惜这位天才作家"。他告诉女儿"真正的文学必须有充沛的感情和表现这感情的技巧"，强调了在文学创作中情感的重要性，并且举了《会真记》的例子，再次印证了李后主的诗词是真正文学的原因，即"用血泪写成""是一字一泪，对于宋帝专制的控诉"。他将一个文学家代入历史和时代的变迁中去考察，阐述了自己的观点，以此来启发女儿的扩散思维，从而对作品有更深的理解。顾颉刚用的是引导的方式，引导女儿自己去研究判断，自己做出自己的结论，而不是将自己的观点强加在女儿的身上，体现出他治学的严谨性和对女儿教育的良苦用心。同时，他还希望女儿温习数理化在为考大学做准备的同时，也要坚持陶冶情操，做到"两条腿走路"，全面发展，这也体现了他全面长远发展教育的理念。

在顾颉刚写给女儿的这封信里，我们没有看到丝毫家长式的说教，整封信顾颉刚都在用一种平等的语气和女儿讨论学问上的问题，体现了他对女儿求学上的殷切关心，也体现了他在家庭教育方面的平等观念。

叶圣陶给儿子的信：淡然恬静，朴实无华

人物简介

叶圣陶（1894—1988年），原名叶绍钧，字秉臣、圣陶，出生于江苏苏州。是现代著名的作家、教育家、文学出版家和社会活动家，有"优秀的语言艺术家"之称。

家书精选

至善：

中医研究院已去过。九点到达，号早已挂完。探寻那位大夫，按其室而入，无其人，亦未知是适逢缺席，还是久已不上班。一封信当然无法投交。满看其他病号例须三天一往（开方或买药），觉得三天必跋涉长途一次有些吃不消，只好取消请那位大夫看病之望了。魏同志或将问起，只好以此相答。

你托带的一包破衣服，昨天由一位同志送来了。满不在，我出去招呼，他见我好像很熟，我倒不好意思请问贵姓了。其人精神饱满，身体壮健，据满猜测，大概是姓秦。不知对否。

昨天一早，满先到丁家，同乘车到八宝山开追悼会。部队中有百多人参加，颇有掉泪者。回来时往龙兄处，则知二嫂又有问题了。肺部有毛病，轻微作痛，经过透视，有一叶肺模糊不清。医断为这不是肺结核，而是肺部有疙瘩。曾三次把刚吐出的痰送去检验，虽然没发现癌细胞，但是还不能断定不是癌病。医生说如果是，就得动手术。这又是龙兄家的忧虑，也是满的忧虑。

因为三午近时到留守处去了两次，昨天留守处姓陈的同志来了电话。他说他去过"安办"了，"安办"说方在调查研究，将会通知兵团的。这与

以前的回答差不多。

前天此间下了小雨，今天也有些小雨。据说郊区的井都干了，没人饮用说有限制，挑水灌溉饮用，成为严重的劳动。三午的密云朋友来说，那里的老人说，今春的旱和风是几十年间少见的。你那里风刮去草屋顶，密云则刮去了瓦屋顶。

由于天气不正常，大家都感觉身体不甚舒服。我又像被人家打了一顿似的，满子至美三午也说不舒服。

昨天张继元来，告诉我毛主席批的关于干部政策的四句话："职有所事，力有所用，病有所治，老有所安。"头一句是"因人设事"的反面，要为事择人。第二句要人尽其力，不要"有力无使处"。三四两句对老弱病残而言。第四句不用"养"字而用"安"字，是从"老者安之"来的，比"养"字更高一层。真是非常之好。不过要一层层落实贯彻，恐怕也不甚容易。

写到这里，你廿五夜的信准时到了。

你说九字句十二七式，我把贺的三首再看看，觉得还是四五式。也可以说他老先生本来是随便。论三首的意思，我不能说全懂。大概是组合前人的意思和现成语句以抒情。题为《将进酒》的一首颂扬饮酒。题为《行路难》的一首唯期取得眼前欢娱。另题调名《小梅花》的一首叙别情。"衰兰送客……"两句全抄李贺的诗句。此外从李白诗里来的似乎也有好些。我感兴趣的，如第二首开头，一个人具有搏虎之力，悬河之口，而仆仆道途求功名，坐的车像鸡窠，拉车的马像狗：这样做两极端的对比，就见得其人其事之无聊。

你说周的《兰陵王》里的"长亭路"三字，不要更好。我翻出看一遍，觉得对。至于蒋竹山的"断雁叫西风"，你说"断岸"比"断雁"好。我说如果用了"断岸"，那么"叫"的只能是"西风"了，而"西风叫"是不好的。你看如何？

今天至美来，把她的照相机带来了。但是天气阴沉，不宜拍照。至早要下个星期日（六月四日）才能拍，因为唯有星期日两个孩子才能拍在一块儿。假如到那天拍成功，印出来寄到你处，总要在下月十日前后了。满要我说一声，望你不要性急。

今天阿妹带了小女孩山红来了，她与江修两个约好，江修两个也来了，都在我家吃午饭。阿妹来了已有十多天，为的是给山红看病（吃不下东西，面黄肌瘦）。为了便于到301医院，故而住在车道沟。医院查不出孩子的病，说各部分都好，也就只好算了。阿妹说冬官之调往陕西，也是受人家的欺。是别人调往冬官现在的单位，管事的做手脚，把冬官的名字换了那人的名字。还有，现在车道沟的单位之设立，是林派的擅作主张。我也弄不大清楚，总之，冬官现在正设法调回北京，据称是有望的。过几天，冬官自己要来北京，打探这件事。

此刻又听三午说，天津现在也限制饮水了。天津饮水原来靠密云水库，现在为了保证北京自用，密云水库就不供应天津了。

再说贺先生。我与你去贺家之后，我又去过两次。前一次去，贺先生为气管炎住院，没有遇见。上星期再去，贺先生回家了。小便带血的原因已经查明，是前列腺的毛病，正在注射一种药物，以为治疗。他的形貌更难看了，颧颊尖，下巴尖，眼凹陷，面色也不正常。但是他还做一些工作，参加校读郭沫若的通史。同事的人过些日子到他家来共同讨论，他是没法出去了。取消人力三轮车，确也有人很受影响。

前天去看叔湘平伯，平伯从前被抄去的书和字画都送回来，乱七八糟，堆得各处都是，整理既不容易，整理好了也没处安放。学部正在设法，希望能还老君堂的房子，而平伯却并不喜爱老君堂的老房子。

这回的信一共四张，大概有三千字，够你看的了。而我没有事，徐徐写信也就是过日子。

圣

一九七二年五月廿八日下午七点半写完

【解读】

叶至善 1918 年出生于江苏苏州，二十二岁的时候便跟随父亲叶圣陶学习写作和编辑。1956 年中国少年儿童出版社成立以后，叶至善担任了社长兼总编辑。叶至善1969年4月前往河南潢川，他的孩子则都离开了家，奔赴了不同的地方。此时的家里只剩下当时已经75岁的叶圣陶，还有叶至善的妻子夏满子，年幼的孙女和儿媳。在此后的三年间，父子俩通信不断，后来经过整理足足有70多万字。这封信就是1972年5月28日，叶圣陶写给儿子叶至善的。

在信中，叶圣陶用质朴的语言，向儿子阐述了生活中的琐事，告诉了儿子家里人的身体状况，让他不要牵挂。其中还和儿子讨论了诗词的形式，从侧面体现了叶圣陶身为一个学者对文化的兴致盎然。在信的末尾，叶圣陶用"而我没有事，徐徐写信也就是过日子"做结尾，体现了他淡然恬静的生活状态。整封信没有华丽的辞藻，用了最朴实无华的词语叙述着生活中的琐事，平淡却真挚，令人感动。

邓中夏给狱中妻子的信：每天应常学习，不可偷懒

人物简介

邓中夏（1894—1933年），男，汉族，字仲澥，又名邓康，湖南省宜章县人。邓中夏是马克思主义理论家、五四运动的主要领导者之一。

1920年10月，邓中夏参加了北京的共产主义小组，是共产主义小组最早的成员之一。1925年中华全国总工会成立以后，担任秘书长兼宣传部长，并组织领导省港大罢工。后来大革命失败，他再参加八七会议时，被选为临时政治局候补委员。此后一直积极地从事着革命宣传跟活动。1933年5月被逮捕，同年的9月21日，邓中夏高喊"中国共产党万岁"，昂首挺胸走向刑场，英勇就义，年仅39岁。

家书精选

妹妹：

　　你四月二十七的信，我收到了，自从你入狱之后，到现在，整整半年了，我没有接到你半个字，今天得到这封信，你想我是多么喜悦呵！我前后写了四封信，据说有一封你是收到的，大概是去年阴历年底罢：每逢二十七我都托一位女人来看你，据说只有一次见着你，那时你恰在病中，后有几次则因另有人看你，她看不到你了，信和东西送不进去，从此就杳无消息，我多么的牵挂呵！好！现在弄清爽了，多谢乐家兄嫂常来看你，我放心了，以后一切东西都请他家代送，我一定照你的话办，是否可能：每逢一、四、七都送食物给你？这样：食物虽少，常送总则一月可以送十二回，每次送的东西以哪几样为最合式（适）？我经济虽困难，每月五元是出得起的，衣物按寒暑另送，为切合你的牢狱生活，我当托他们买暗色的布料做好送来。妹妹你既然和朱姐住在一块，是学英文的极好机会，切不可放过。每天应常学习不可偷懒，我已把英文津逮和英文字典送来，这样学下去，等到你出来，一定可以把英文学好呢！我打算还替你选购一批书籍寄来，你要知道：牢狱是极好的研究室呀！每天读书，又可以消却寂寞烦恼！我很好，你嘱咐我的话，我当时时记在心头。最不幸是平儿和宝姐都病了，都进了医院，家中生病的近来很多，最痛心的是族里的败家子如像云成等，他们狂嫖浪赌，向家里吵闹。也好，这些败家之子，赶出去也好，家道可以兴旺。妹妹！父前知道你的消息吗？你没有写信回家吗？如父母不知道，还是不告知他们的好，如已知道，我写信去。朱姊的家中平安吗？可告知我，以便商议对于你们的问题，慧妹是不是仍在同德念书？亦请告我知，我有不少的话要说，有机会再谈罢！

　　即此祝你健康！

　　　　　　　　　　　　　　　　　　　　　　　　　哥哥书

【解读】

邓中夏是中共早期为数不多的理论家之一，对于新民主主义革命理论他做出了自己突出的贡献。他很早就明确地提出了无产阶级在民主革命中的领导权的思想。针对无产阶级在民主革命中的领导权的问题，他在1923年到1924年期间，先后在《中国青年》《平民》周刊、《中国工人》发表了《革命主力的三个群众》《论工人运动》《中国工人状况及我们运动之方针》《论劳动运动》《我们的力量》等文章，对此进行了集中的阐述。通过对中国社会各阶层特点的分析，他提出："只有无产阶级有伟大集中的群众，有革命到底的精神，只有它配做国民革命的领袖。"

这封家书写于1933年5月8日，是邓中夏写给监狱中妻子李瑛的一封信。因为当时所处的环境特殊，所以信中用了很多的隐语。平儿指的是黄平，当时也是共产党员，后来叛变。宝姐指的是何宝珍，1933年加入共产党，同年的3月在上海被捕，1944年在南京雨花台英勇就义。病了是指被逮捕，医院指的是监狱，族里指的是党内。

李瑛因为被叛徒出卖被抓捕入狱。面对敌人的严刑拷打，她依然对邓中夏的行踪没有吐露丝毫。直到大半年以后，邓中夏才打探到妻子的下落，于是写下了这封信。由于担心这封信落入敌人的手里，于是李瑛将信抄写进日记本，销毁了原件。整封信没有华丽的辞藻，也没有甜言蜜语，但是在看似风平浪静的书信下，却暗藏着邓中夏对妻子的牵挂跟思念。这封信写下不久，邓中夏也遭到叛徒的出卖，被捕入狱。法庭提审李瑛，让她在法庭上指认丈夫邓中夏，谁曾想这个相见却不能相认的时刻竟然成了两个人的永别。没过多久，邓中夏便英勇就义，不禁令人悲痛惋惜。

车耀先给女儿的信：不骄不躁，谦虚立德

人物简介

车耀先（1894—1946年），四川大邑人，中国共产党员，革命烈士。

车耀先早些年投身川军，1929年加入中国共产党后，在成都以经营餐馆打掩护从事革命活动，并引导很多有志青年走上了革命的道路。1937年1月，为了进行抗日宣传，他创办了《大声周刊》，成为成都抗日救亡运动的领导人。1940年3月，车耀先在国民党制造的"抢米事件"中被逮捕，关押在贵州息烽集中营、重庆渣滓洞监狱。1946年8月18日，国民党将车耀先杀害，并毁尸灭迹。

家书精选

崇英：

抗战又踏上较严重的阶段，就是投降派以反共口号来掩饰他们的由破坏团结，而中途投降的阴谋。因之，专门有人制造摩擦，扩大摩擦。我们在此时期，宜表面沉寂，充实自己；切勿再惹人注意。我呢，就正在这样做呵！

你的诗，是进步了；但有些字句欠熟练。我改了些。然大体是不错的，今天《新民报》已登出。不过有些错字和看不清楚罢了。

现在你在新繁，当然救亡工作较少了。应当趁此机会致力于自然科学。为将来升学、应世，打下一个良好的基础。我以为英、数、理、化是应当弄明白的。我的缺点就在于此。不要单注意社会科学。

成都警报频来，但我愈跑愈健！勿虑！勿虑！愿你努力进步！

父字

七月十五午后

【解读】

车耀先这封写给女儿的家信，虽然简短，却写出了一个父亲对女儿的牵挂。车耀先教育女儿，应当学会表面沉静，不骄不躁，充实自己。另外他还要求孩子们要学会谦虚，立大德，思想切勿受到腐蚀。车耀先虽然已经将自己的身心全部都交给了革命，但是依然不忘勉励子女，整封信感情真挚，体现了车耀先对子女浓浓的父爱，对革命工作坚持执守的信念。

车耀先牺牲以后，他的六个子女有大有小。解放后，西南军政委员会副主席王维舟看望他的家属时，提出从今以后国家都会按月给他们发放烈士家属抚恤金，却遭到了车耀先妻子黄三姑娘的婉言拒绝，并表示一家人可以自食其力。而且还将车耀先自己创建并苦心经营了20年的餐馆交给了国家，只是购买了两间商铺做些小生意来维持生活。车耀先的子女们都严格按照父亲的教诲长大成人，有的成为工程师，有的是普通的工人，但是都依靠自己的能力立足于社会，这些对当下的父母教育孩子有一个很好的借鉴作用。

中国共产党员车耀先在入党后写了"投身元元无限中，方晓世界可大同，怒涛洗净千年迹，江山从此属万众，愿以我血献后土，换得神州永太平"这首诗，他自己就像是诗中所写的那样，将自己的一腔热血都献给了共产主义事业。

向警予给侄女的信：参与实务，不要死读书

人物简介

向警予（1895—1928年），女，原名向俊贤，出生于湖南溆浦县一个商会会长之家，排行老九。她是中国共产党早期领导人及创始人之一，女权主义领袖、无产阶级革命家、妇女解放运动领导人之一。

1928年，遭到叛徒出卖的向警予，在法租界三德里被逮捕，同年的5月1日，年仅33岁的向警予被押赴余记里空坪刑场遭到杀害。

家书精选

功侄：

我来法年余接得你两封信，第二次信文字思想迥异于前，几疑不是你写的。这样长足的进步，真是"一日万里"，不禁狂喜！

你不愿做管理家业的政治家，愿发奋作一改造社会之人，有思想有伐力，真是我的佳侄！现在正是掀天揭地社会大革命的时代，正需要一般有志青年实际从事。世界潮流社会问题都可于报章杂志中求之，有志改造社会的人不可不注意浏览，毛泽东、陶毅这一流先生们，是我的同志，是改造社会的健将，我望你常在他们跟前请教！环境于人的影响极大，亲师取友，问道求学，是创造环境改进自己的最好方法。你们于潜心独研外，更要注意这一点；万不要一事不管，一毫不动，专只关门读死书。

你要的明信片，有尔即买寄。以后如能将你的一切状况时常告我，我最欢喜！近拟与熊先生们组织一通信社，以通全国女界之声气。此事如成，你们于立身修学亦可得一圭臬矣。

九姑

四月廿九日午后

【解读】

　　1920 年初，向警予一行人来到了法国巴黎，进入了蒙达尼女子公学。她在这里努力学习，勤奋刻苦学习法文，阅读马克思主义著作。通过广泛接触法国工人阶级，受到了具有巴黎公社斗争传统的工人阶级的影响，更加坚定了心中的共产主义信念。这封信便是向警予在法国巴黎给自己的侄女写的一封信。

　　信中的侄女指的是向警予大哥的女儿向功治，当时的向功治正在湖南省立一女子师范上学。陶毅，也叫斯咏，当时是新民学会的会员。熊先生指的是熊书彬，是新民学会的会员，与向警予一起前往法国勤工俭学。

　　向警予是向功治最信任的姑姑，因此她向自己的姑姑说起了自己尚且不成熟的人生理想。向警予便给她回复了这封篇幅不长的信件。在信中，向警予先是毫不保留地赞扬了她的进步，接着鼓励侄女现在是社会大改革的时期，希望侄女可以做一个有志之士做实际的事务，还提到了自己的同乡毛泽东，称呼他为"先生"。不仅体现了她对晚辈的教导，也透露出她追寻真理、想要努力改造中国的伟大抱负。另外，向警予坚信自己的前途是光明的，只要努力奋斗，就一定会取得成功。因为她告诉侄女"环境于人的影响极大，亲师取友，问道求学，是创造环境改进自己的最好方法"，她还告诫侄女，在学好知识的同时，还要广泛结交朋友，积极投身于社会实践，切勿读死书。这封家信用通俗的文字，最浅显的论证，阐述了最深刻的革命道理。不仅体现了向警予对青年一代的殷切期望，还体现了她对革命的高度热忱。

吉鸿昌就义前给妻子的信：革命信念，生生不灭

人物简介

吉鸿昌（1895—1934年），字世五，原名吉恒立，河南扶沟人，祖籍陕西韩城县。1913年跟随冯玉祥，因骁勇善战，很快从士兵升至军长。1932年加入中国共产党，1934年参与组织中国人民反法西斯大同盟。1934年11月9日，吉鸿昌在天津法租界遭军统特务暗杀受伤，被工部局逮捕。11月24日，经蒋介石下令，吉鸿昌被杀害于北平陆军监狱，时年39岁。

吉鸿昌是抗日英雄，爱国将领。2009年被评选为100位为新中国成立做出突出贡献的英雄模范之一。2014年9月1日，被列入民政部公布的第一批300名著名抗日英烈和英雄群体名录。

家书精选

红霞吾妻鉴：

夫今死矣！是为时代而牺牲。人终有死，我死您也不必过伤悲，因还有儿女得您照应。家中余产不可分给别人，留作教养子女等用。我笔嘱矣，小儿还是在天津托喻先生照料上学以成有用之才也。家中继母已托二、三、四弟照应教（孝）敬，你不必回家可也。

【解读】

1934年11月9日，吉鸿昌在天津法租界被工部局逮捕，并将其引渡给北平军分会。敌人用尽一切手段，想让他招供。吉鸿昌被逮捕以后，他的妻子胡红霞想尽一切办法想要将自己的丈夫营救出来。但是因为中国报纸肆意歪曲事实，胡红霞只得找到英文《京津泰晤士报》，及时报道了国民党想要杀害吉鸿昌的卑鄙行为。除此之外，她还跑去向冯玉祥求助。在吉

鸿昌刚被逮捕，没有被法租界工部局引渡给国民党的时候，她甚至想要卖掉法租界的房子，聘请法国律师用法律的手段阻止此次引渡。当吉鸿昌知道妻子的这些行为后，便告诉妻子不要再做些徒劳的事情。1934年11月24日，在吉鸿昌被处死的前几个小时，他向敌人要了笔墨和信纸，给自己的妻子写下了这封简短的诀别信。

信中吉鸿昌对妻子的嘱托流露出他对妻子以及儿女的牵挂和不舍。在这封遗书里，他告诉妻子"家中余产不可分给别人，留作教养子女等用"，表现了深知国民党贪婪本性以及视死如归的革命精神，鼓励妻子为了子女，为了生生不灭的革命坚强地活下去。写完信后的吉鸿昌昂首挺胸地走向了刑场，并用树枝在地下写下了一首气势磅礴的就义诗："恨不抗日死，留作今日羞。国破尚如此，我何惜此头！"年仅39岁的吉鸿昌，英勇殉国。

在吉鸿昌英勇赴死以后，国民党特务不允许家属领回他的遗体，对丈夫一往情深的胡红霞怒火中烧，一头撞在了铁栏杆上，用自己的鲜血表达对他们最强烈的反抗，最终用居住多年的房子，抵押回了丈夫的遗体。1935年，吉鸿昌的灵柩被送到了故乡河南，家乡两千多名父老乡亲，自发挥泪迎接。

新中国成立以后，胡红霞受邀在天安门参加了开国大典。晚年的胡红霞开始收集、整理关于吉鸿昌的资料。这封家书就是在20世纪80年代，吉鸿昌的女儿吉瑞芝捐献给天津博物馆的。

徐悲鸿给儿女们的信：爱国爱家，坚定不移

人物简介

徐悲鸿（1895—1953 年），汉族，原名徐寿康，江苏宜兴市屺亭镇人，是中国现代著名的画家和美术教育家。

徐悲鸿曾留学于法国，回国后长期从事美术教育工作，1949 年担任中央美术学院院长。徐悲鸿与张书旗、柳子谷三人被称为画坛的"金陵三杰"。他主张发展改良"传统中国画"，立足于中国现代写实主义的美术，在近代国画颓废时期提出了《中国画改良论》，被尊称为中国现代美术教育的奠基者。他的代表作主要有《愚公移山图》《八骏图》《负伤之狮》《田横五百士》。

家书精选

阳丽丽两爱儿同鉴：

  我因要尽到我个人对于国家之义务，所以想去南洋卖画，捐与国家，行未到半路（香港）便遭封锁，幸能安全出国，但因未曾领得护照，又多耽搁了近两个月，非常心焦，亦无别法可行。兹已定今夜（一月四日）乘荷兰船赴新加坡。在路上有四日，如能一切顺利，二月中定能返到重庆。国难日亟，要晓得刻苦用功……我虽在外，工作不懈，身体不好亦不坏，可勿念。你二人须用功算学及体操。旧邮六张两人分之。外祖父前代我请安，母亲代我问安。

父字
一月四日

【解读】

  抗日战争爆发以后，徐悲鸿积极组织美术界人士投身抗日。为了支持抗战，1939 年 1 月，徐悲鸿独自带着自己绘制的精品画作和收藏的数百件

名家书画，从香港前往新加坡举行画展，并准备将自己卖画所得到的全部收入捐献给国家。而这封信就是他在香港的时候写给自己的儿子徐伯阳和女儿徐静斐的，信中的丽丽指的是女儿徐静斐。

　　对于国家来说，徐悲鸿是一个坚定的爱国者；对于家庭来说，徐悲鸿是一个慈爱的父亲。在国家危难的时刻，为了给抗战筹集资金，徐悲鸿毅然决然地放弃了与家人在一起的天伦之乐，前往海外筹办画展，想要为民族尽自己的微薄之力。在他看来，这是"我个人对于国家之义务"。但是因为中间出现了一点波折，让他感到"非常心焦"。但是不论过程怎么样，对于前途徐悲鸿都是十分的乐观，并对抗战充满了信心，同时也十分期待着孩子们的成长。他鼓励自己的孩子，在战争的情况下应当"刻苦用功"，并强调要"用功算学及体操"，而不是一味地躲避灾祸，从这些嘱托中我们可以体会出徐悲鸿对孩子浓浓的父爱以及殷切的希望。

　　在徐悲鸿的努力和坚持下，此次的画展取得了圆满的成功。他将通过门票以及卖画所得的一万两千四百多元钱全部捐献给了国家，用做当时广西第五路军抗战阵亡遗孤的抚恤金。不仅如此，后来他又先后在吉隆坡、怡保、槟城等地举办画展，将所筹集到的六万多元资金，全部捐献给了国家，用来救济祖国的难民，实现了为抗战贡献自己力量的心愿。也体现了他崇高的爱国主义精神以及强烈的民族责任感。

　　1953年9月26日，58岁的徐悲鸿因为脑溢血去世。他的夫人廖静文按照他的遗愿，将他的1200多件作品，还有节衣缩食收藏的唐、宋、元、明、清以及近代著名书画家的1200多件作品，还有1万多件图书、画册、碑帖全部捐献给国家。

王若飞给舅父的信：要认识世界，更要改造世界

人物简介

王若飞（1896—1946年），出生于贵州安顺，号继仁，曾用名王度、雷音，参加革命打入敌人内部后化名黄敬斋。他是优秀的共产主义先驱、中共领导人、老一辈的无产阶级革命家。

早年王若飞曾跟随自己的舅父黄齐声参加了辛亥革命和讨伐袁世凯的活动。1917年冬天，王若飞考上了公费留学日本，进入东京明治大学读书，但是为了抗议日本军国主义政府侵略中国的恶劣行为，他毅然回国。1919年10月，王若飞前往法国勤工俭学。通过对马克思主义的学习，成为了一名共产主义战士，后来与周恩来、赵世炎等人共同建立了中国少年共产党以及中国旅欧支部。1923年从法国共产党员转为中国共产党员，先后担任了豫陕区党委书记，中共中央秘书长，江苏党委省农委书记，并和毛泽东、周恩来一起，作为中共代表团成员之一，前往重庆与国民党签订了《双十协定》。

1946年4月8日，50岁的王若飞在坐飞机前往延安的途中因为飞机失事，在山西兴县黑茶山不幸遇难。

家书精选

亲爱的舅父：

吾幼受舅父教养之恩，未有寸报；孤苦老母未受我一日之奉养，今日被捕，又劳舅父于风雪残冬远来塞外看视，尤其令我感激的，是舅父能了解我，不以寻常儿女话相勉。吾观舅父精神仍如往昔，又知老母及至亲骨肉，均各无恙，以后清贫之生活，亦尚能维持，使我更无所念。

舅父所著书及诗，尚未奉读，他日读后如有所见，能写信时，自当奉告。吾尝谓舅父思想行动，为托尔斯泰伯爵一流人物。托氏身为贵族，然极不满于上层社会残暴豪华的生活，十分同情于下层平民被践踏的生活，愿意到平民中去，并帮助他们。可惜他只有满腔的同情心，而没有使穷苦群众得到解放的方法，所以他只能是穷苦群众的好友，而不是革命的领导者。这是我与舅父思想行动分歧的地方。舅父思想，宗教色彩甚浓。一切宗教哲学的发生，都是当时当地社会的反映。时代变动，环境变动，这些宗教哲学也必然要随着变动。现在回、耶、佛等教，已非复最初的本来面目。我之读宗教书籍，只是为知道当时及现在人们的社会生活，怎样在思想上反映出来。我们的哲学，是认为一切东西都是在流动变化着。我们不仅要认识世界，而且是要改造世界。这样的精神观与"金刚经"所谓"一切有为法，如梦幻泡影，如露亦如电，应作如是观"的静的观点相反。以上请舅父恕我狂妄的批评。

我妻现在闸北，干戈遍地，音讯难通。特留数行，请舅父代为保存，将来有机会见面时再交给她。舅父此来，情义已尽，塞外苦寒，不敢久留。舅父回去时，对诸知爱亲友，均请代甥问安。

甥　若飞书
一九三一年一月七日

【解读】

1931 年夏天，王若飞受到党中央派遣，前往内蒙古成立西北特委，并担任西北特委特派员，组织建立了革命根据地，开展陕甘宁绥一带的武装斗争。11 月 21 日晚，遭到叛徒出卖的王若飞在内蒙古包头被国民党逮捕。面对敌人的严刑逼供以及诱惑，他立场坚定，没有丝毫动摇。他的舅父黄齐生在得知王若飞被抓以后，立刻想办法进行营救。这封信就是 1932 年 1 月 7 日，在监狱里的王若飞写给自己的舅父黄齐生的。

黄齐生是一位爱国志士，也是思想进步的民主人士。王若飞七岁的时候家道中落，被舅父收养。在舅父的支持下，他才能先后到日本和法国留学。在信中，王若飞用马克思主义哲学观对思想进步的黄齐生进行革命教育。他告诉舅父一切社会意识都证明了社会的存在，宗教也包含在内，只有马克思主义学说可以带给人们一条消灭剥削压迫、最终解放每个人的道路。王若飞还在信中说："我们的哲学，是认为一切东西都是在流动变化着。我们不仅要认识世界，而且要改造世界。"这是对马克思主义革命本质的进一步阐述。黄齐生同情人民的疾苦，并为之奋斗半生，却一直没有找到彻底解放他们最正确的办法，就像是王若飞所说的，这不是一个真正的马克思主义者。对此，王若飞对舅父并没有进行说教，而是通过两代人之间浓厚真挚的情义来进行深刻交流。

在监狱中，敌人安排他人进入他的牢房监视他，没曾想这些人却被王若飞感化，成了共产主义的信仰者。不仅如此，他还写下了两万多字的长信，想要劝说国民党主席傅作义参加抗战，看完信的傅作义十分感动。同时，他还写下了《中国农民战争》《党的建设》《中国共产党简史》等宣传马克思主义的光辉作品。西安事变以后，1937年，在中共中央北方局的积极营救下，王若飞结束了5年零7个月的监狱生涯，重获自由。在艰难困苦的革命生涯中，黄齐生与王若飞相依为命，同甘共苦，成为后人所敬仰的一代舅甥楷模和师生典范。

冷少农给母亲的信：人民利益高于一切

人物简介

冷少农（1900—1932年），贵州瓮安人，是中共隐蔽战线上的先驱，也是中国历史上最杰出的红色特工之一。

1925年，冷少农南下投身革命，并报考了黄埔军校。毕业后，他加入了中国共产党，被分配到学校政治部周恩来主任的办公室，担任秘书。后来根据周恩来的指示，潜入敌人内部。1932年因为叛徒出卖被捕。1932年5月，年仅32岁的冷少农在南京雨花台被杀害。

家书精选

母亲：

　　好久没有接着你的信了，更是好久没有聆听你老人家慈爱亲切的教训了，我的心中是多么的想念啊！我因此曾经写信去向三弟询问过，我因此曾经再三的自省过，我不知道我有什么触犯家庭，我不知道我有什么干怒母亲，以致值得你们这样的恼恨我，弃绝我，甚至于不理我。

　　前天接着你老人家"三八"妇女节给我的信，我高兴得什么似的，我把它翻来覆去地读了好几次，读得我真是狂欢得要跳起来，我知道你老人家虽然在痛快淋漓的叫骂我，但你老人家的心中仍然是极端的痛[疼]爱我。我知道你老人家虽然已经是恼恨我，但还不至于弃绝我和不理我，由此我更体会到母亲对儿子的爱，它的崇高和伟大，是任何的爱不能及得着的。

　　真的，我现在确是成为一个你老人家所骂的不忠不孝，忘恩负义的儿子了。我为什么要这样不忠不孝，忘恩负义呢？在以前没有指责我的人，就是所谓没有人点醒我，所以我只觉我做的都是对的，我就这样尽力做下去，一直做下去以至于现在，已经是牢不可拔了。今天，虽然有你老人家慈爱的呼声作我的当头棒喝，也恐怕是不可救药吧。

　　母亲，你第一急切要知道的，怕是我在南京干的是些什么吧。我的普通情形也很平常，同其他的普通人一样，每月拿八十块钱，办一些不关痛痒的例行公事，此外吃饭睡觉，或者在朋友处玩。这样的事在我是一钱不值的，不过因为要生活着，同时还有好多人又在羡慕着而想夺取着，所以我就不得不敷敷衍衍地将就混下去。这样呆板无聊的生活，久过有什么趣味，照理我应该把它丢掉，回家来一家老少团圆地过着，或者在地方上当绅士，或者在省城去活动活动，怎么还老在南京待着呢？这，我有我的想法，在南京虽然呆板无聊，但还可以随时得到新书看，还可以向新的方向进展。老实说，还可以为痛苦的人类尽相当的力量。

　　人是理智和感情的动物，我现在还是人。虽然你们骂我不叫[是]东西，我自信我还是一个人。我的理智和感情当然还没有失掉，至少是没有完全失掉。你老人家是生我身的母亲，而又是这样的慈爱我；大哥是我同胞共乳的手足，因为父亲早死，对于我的教养也曾相当的负过责任；娴贞是我十余年来同床共枕的妻子，为我抚育儿女，从未有不对的地方……母亲，你就不提及他们，我也是朝夕忘不掉的。在家庭中，我是一个受恩最多而一点未酬的人，照理我应该把家庭中一切的责任负起来，努力的去完成我一个好儿子，好兄弟，好丈夫，好父亲的事业，至少在外面应该努力的做一个显亲扬名的角色，极力的把官做大一点，把钱找多一点，并且找的钱应该全部送回家来，使得家里的人都享受一点清福，使乡里的人个个都要恭维我家的人。这样，我才能稍稍尽一点忠孝，这样，才不算忘恩负义。但是我竟不这样做，不这样做就算没有尽着责任。没有尽着责任，就不算什么东西，东西都不成，自然更不会叫做人了。我能够想到这个地方，我的良心算尚未丧尽吧。怎么想得到而又不肯这样做呢？这是你老人家急于要知道的，也是我现在要解答的。你老人家和家庭中一切人过去和现在的痛苦，我是知道的，但是无论怎样的苦，总不会比那些挑抬的、讨田耕种的、讨饭的痛苦。他们却一天做到晚，连自己的肚皮装不满，连自己身上都遮不着……母亲，你看他们是多么的痛苦，是多么的可怜哟！他们愿意受痛苦，愿意受耻辱，愿意受饥寒，愿意丢掉生命吗？是他们贱吗？是他们懒吗？不是的，一切的土地都为这些有钱有势的人占去，不给他们找着事情做的机会，尽量想法去剥削他们，不使他们有点积蓄，有钱有势的人却利上生利，钱上找钱的发起财来，财越发得大，这样受苦的人越来得多，这样的人越来得多，使得大家都不安宁。母亲，你老人家已经要到六十了，你见的比我见的多。只要你老人家闭起眼睛想一想，我说的话该不会是假话吧。我因为见着他们这样的痛苦，我心里非常的难过，我想使他们个个都有饭吃，都有衣穿，都有房子住，都有事情做。我又想这些有钱有势的人不要长期的玩格[顽固]，长期的把一切都占据着，而使得他们老是受痛苦。所以我现在就是在向这个方向去做。这样的事情是一件最大而又最复杂的事情，我要这样干，非得把全身的力量贯注着，非得把生命贡献。我既把我的力量和生命都交给这一件事情，我怎么能够有工夫回家来，忍心丢着这样重大的事情，看着一般人受痛苦，而自己来独享安逸呢？

母亲，你是很慈爱我的，就是家中的一切老少也很想念我的。因为太过于慈爱和太过于想念我，才会一再要我回家来，但是请你们把这爱我和关注我的精神换一个方向，去爱我上面所说的人。去关注他们，把他们也当作你们的亲儿子和兄弟一样。母亲，我真的是不忠不孝，忘恩负义吗？我是把我的孝移去孝顺大多数痛苦的人类，忠实的去为他们努力。同时我是社会豢养出来的一个分子，我受社会的恩惠也很多，所以我也不敢对她忘恩负义。我时常想以这样的态度对待家庭是不对的，但是一想到大多数的穷苦民众，他们人数是这样的多，他们痛苦是这样的大，我家庭中的人虽然也受有一点儿痛苦，哪能及得他们？况且母亲你老人家又爱做好事，我这样的做，不也就是体贴着你老人家的意思吗！母亲，要是你老人家明白我这个意思，我想你一定会设法来鼓励我，督促我，决不会再骂我不忠不孝，忘恩负义了吧？

我这样的做法，也不是我个人的意思，自然是有好多同伴，干起来倒很热闹，很快活。要是当这件事情得让一般穷苦的人们了解的时候，他们更是喜欢我们，亲近我们。我们这样的做法，自然有的人不满意我们，有些是不了解，有些是对于他的利益有关系，随时都在阻碍我们，反对我们，甚至于要杀害我们。但是我们一天天的人多起来，势力大起来，我们是要取得胜利的。反对我们的人是要遭我们消灭的。

当父母长者的人，应该使儿女幼小者努力于社会事业，为大多数劳苦民众谋利益，除痛瘁，决不要死死的要尽瘁于家庭。革命之火快要延烧到全世界了，旧的污垢（为个人的）以及一切反革命的东西是要会被消灭的。不信，请你等着看一下。

母亲，儿一气写了这样多，中间自然免不了许多冲撞的话，但是我热情的希望你老人家和家中的老少们深深给我以原谅吧。

谨此敬祝

健康
合家安乐
二儿农三、三一

【解读】

这封信是冷少农 1930 年 3 月 31 日写给自己的母亲的，当时的冷少农已经投身革命五年了。

冷少农在外长期从事秘密工作，没有办法回家看望家人。家里人都十分牵挂他，所以经常写信让他回家团圆。时间长了，母亲听到了外面的一些传言，便对长久不回家的冷少农以及他的工作产生了误解。在 3 月 8 日，冷少农的母亲给他写信，在信中责备他"不忠不孝，忘恩负义"，只知道自己贪图享乐，并怀疑他在外面娶了"小妾"。收到信的冷少农，心中十分痛苦，面对家人的不理解，冷少农用了半个月的时间整理了自己的思绪，并给母亲回了这封长信，向母亲解释："我是把我的孝移去孝顺大多数受苦的人类，忠实的去为他们努力……""我们这样的做法，自然有一般人不满意，有些是不了解，有些是对于他们有利害关系，随时都在阻碍我们，反对我们，甚至要杀害我们……"并说："回家的事不能定的，要是革命迟一点成功，或者中间遭了挫折，我自己就死在外面，跑在什么地方，我也不知道，更说不上回来不回来了。"此时的冷少农是潜伏在南京政府的共产党员，所以在家书中他没有办法详细地解释自己不能尽孝的原因，只能委婉地向母亲陈述了自己的工作，列举身边浅显的道理，耐心地安慰母亲，体现了冷少农作为一个共产党员的忠孝观和恩义观。

这封家信不仅包含着冷少农与母亲之间的真挚情感，也体现了冷少农作为一个革命者为了国家舍弃自己小家的高尚情怀。这封家书更是体现了千万个共产党员的人生观与价值观，也充分地体现了共产党人对人民的赤诚之心，对于他们来说人民的利益高于一切。

丰子恺给孩子的信：保留纯真，保留欢喜心

人物简介

丰子恺（1898—1975年），原名丰润，又名婴行、丰仁，字子觊，后改为子恺，浙江嘉兴桐乡市人，以中西结合的画法和散文闻名于世。

丰子恺是中国现代著名的画家、散文家、美术教育家、音乐教育家、漫画家、书法家和翻译家，代表作品有《缘缘堂随笔》《缘缘堂再笔》《随笔二十篇》《画中有诗》《白鹅》《活着本来单纯》《无用之美》。他的作品大多叙述的都是他的亲身经历以及日常接触的人事，充满了生活的情趣。丰子恺在漫画领域成就斐然，可以说，是他开启了中国现代漫画的大门。

1975年9月15日，丰子恺因病去世，享年77岁。

家书精选

我的孩子们！

我憧憬于你们的生活，每天不止一次！我想委曲地说出来，使你们自己晓得。可惜到你们懂得我的话的意思的时候，你们将不复是可以使我憧憬的人了。这是何等可悲哀的事啊！

瞻瞻！你尤其可佩服。你是身心全部公开的真人。你甚么事体都像拚命地用全副精力去对付。小小的失意，像花生米翻落地了，自己嚼了舌头了，小猫不肯吃糕了，你都要哭得嘴唇翻白，昏去一两分钟。外婆普陀去烧香买回来给你的泥人，你何等鞠躬尽瘁地抱他，喂他；有一天你自己失手把他打破了，你的号哭的悲哀，比大人们的破产、失恋、brokenheart（心碎）、丧考妣、全军覆没的悲哀都要真切。两把芭蕉扇做的脚踏车，麻雀牌堆成的火车、汽车，你何等认真地看待，挺直了嗓子叫"汪——""咕咕咕……"来代替汽油。宝姊姊讲故事给你听，说到"月亮姊姊挂下一只篮来，

宝姊姊坐在篮里吊了上去，瞻瞻在下面看"的时候，你何等激昂地同她争，说"瞻瞻要上去，宝姊姊在下面看"！甚至哭到漫姑面前去求审判。我每次剃了头，你真心地疑我变了和尚，好几时不要我抱。最是今年夏天，你坐在我膝上发见了我腋下的长毛，当作黄鼠狼的时候，你何等伤心，你立刻从我身上爬下去，起初眼瞪瞪地对我端相，继而大失所望地号哭，看看，哭哭，如同对被判定了死罪的亲友一样。你要我抱你到车站里去，多多益善地要买香蕉，满满地擒了两手回来，回到门口时你已经熟睡在我的肩上，手里的香蕉不知落在哪里去了。这是何等可佩服的真率、自然与热情！大人间的所谓"沉默"、"含蓄"、"深刻"的美德，比起你来，全是不自然的、病的、伪的！

你们每天做火车、做汽车、办酒、请菩萨、堆六面画、唱歌，全是自动的，创造创作的生活。大人们的呼号"归自然"，"生活的艺术化"，"劳动的艺术化"，在你们面前真是出丑得很了！依样画几笔画，写几篇文的人称为艺术家、创作家，对你们更要愧死！

你们的创作力，比大人真是强盛得多哩：瞻瞻！你的身体不及椅子的一半，却常常要搬动它，与它一同翻倒在地上；你又要把一杯茶横转来藏在抽斗里，要皮球停在壁上，要拉住火车的尾巴，要月亮出来，要天停止下雨。在这等小小的事件中，明明表示着你们的弱小的体力与智力不足以应付强盛的创作欲、表现欲的驱使，因而遭逢失败。然而你们是不受大自然的支配，不受人类社会的束缚的创造者，所以你的遭逢失败，如火车尾巴拉不住，月亮呼不出来的时候，你们决不承认是事实的不可能，总以为是爹爹妈妈不肯帮你们办到，同不许你们弄自鸣钟同例，所以愤愤地哭了，你们的世界何等广大！

你们一定想：终天无聊地伏在案上弄笔的爸爸，终天闷闷地坐在窗下弄引线的妈妈，是何等无气性的奇怪的动物！你们所视为奇怪动物的我与你们的母亲，有时确实难为了你们，摧残了你们，回想起来，真是不安心得很！

阿宝！有一晚你拿软软的新鞋子，和自己脚上脱下来的鞋子，给凳子的脚穿了，划袜立在地上，得意地叫"阿宝两只脚，凳子四只脚"的时候，你母亲喊着"龌龊了袜子！"立刻擒你到藤榻上，动手毁坏你的创作。当你蹲在榻上注视你母亲动手毁坏的时候，你的小心里一定感到"母亲这种人，何等杀风景而野蛮"罢！

瞻瞻！有一天开明书店送了几册新出版的毛边的《音乐入门》来。我用小刀把书页一张一张地裁开来，你侧着头，站在桌边默默地看。后来我从学校回来，你已经在我的书架上拿了一本连史纸印的中国装的《楚辞》，把它裁破了十几页，得意地对我说："爸爸！瞻瞻也会裁了！"瞻瞻！这在你原是何等成功的欢喜，何等得意的作品！却被我一个惊骇的"哼！"字喊得你哭了。那时候你也一定抱怨"爸爸何等不明"罢！

软软！你常常要弄我的长锋羊毫，我看见了总是无情地夺脱你。现在你一定轻视我，想道："你终于要我画你的画集的封面！"

最不安心的，是有时我还要拉一个你们所最怕的陆露沙医生来，教他用他的大手来摸你们的肚子，甚至用刀来在你们臂上割几下，还要教妈妈和漫姑擒住了你们的手脚，捏住了你们的鼻子，把很苦的水灌到你们的嘴里去。这在你们一定认为是太无人道的野蛮举动罢！

孩子们！你们果真抱怨我，我倒欢喜；到你们的抱怨变为感激的时候，我的悲哀来了！

我在世间，永没有逢到像你们这样出肺肝相示的人。世间的人群结合，永没有像你们样的彻底地真实而纯洁。最是我到上海去干了无聊的所谓"事"回来，或者去同不相干的人们作了叫做"上课"的一种把戏回来，你们在门口或车站旁等我的时候，我心中何等惭愧又欢喜！惭愧我为甚么去做这等无聊的事，欢喜我又得暂时放怀一切地加入你们的真生活的团体。

但是，你们的黄金时代有限，现实终于要暴露的。这是我经验过来的情形，也是大人们谁也经验过的情形。我眼看见儿时的伴侣中的英雄、好汉，一个个退缩、顺从、妥协、屈服起来，到像绵羊的地步。我自己也是如此。"后之视今，亦犹今之视昔"，你们不久也要走这条路呢？

我的孩子们！憧憬于你们的生活的我，痴心要为你们永远挽留这黄金时代在这册子里。

然这真不过像"蜘蛛网落花",略微保留一点春的痕迹而已。且到你们懂得我这片心情的时候,你们早已不是这样的人,我的画在世间已无可印证了!这是何等可悲哀的事啊!

【解读】

丰子恺宠爱子女,这是众所周知的。他的很多漫画作品都是直接以自己的孩子作为原型,如以他的长子为原型创造的画《瞻瞻的车》,《阿宝赤膊》画的则是他的长女,诸如此类的还有很多。丰子恺知道爱孩子最重要的是体现在要让他们接受教育,所以他十分注重对孩子的培养。他的孩子们也十分的争气,他共有三个儿子四个女儿,都学有所成。他的大儿子丰华瞻在诗学上有所成就,担任上海复旦大学的教授。次子丰元草是北京人民音乐出版社的编辑,长期从事音乐出版工作。小儿子丰新枚精通多国语言,担任海外专利代表。长女丰陈宝外文水平非常高,曾经担任上海译文出版社的编辑;次女丰宛音多年从事教育工作,长期在中学任职。幼女丰一吟多才多艺,曾经担任上海社会科学院副研究员。另外还有一位养女丰宁欣,虽然不是他亲生的孩子,但是丰子恺却视如己出,曾在杭州大学数学系担任副教授。

这封家书写于1926年,在信中,丰子恺兴致勃勃地回忆了孩子们纯真、率性的言行,通过孩子们的纯真来反衬出成人的虚伪和妥协成性。其中,丰子恺对孩子们的未来成长尤其担忧,这不由发人深省。因为不仅是丰子恺的孩子们,包括现在所有步入社会的孩子们,人性中的真诚、率性在社会的影响和压迫下,都会主动或者是被动的消失。如果在此时此刻,家长不能对孩子进行正确的引导,那这些原本纯洁可爱的孩子就会慢慢地陷入无良、虚伪的深渊,而远离纯真和真诚。这些让人遗憾,让人唏嘘。

老舍给家人的信：以血汗挣饭吃

人物简介

老舍（1899—1966 年），原名舒庆春，字舍予，另有笔名絜青、鸿来、非我等，北京满族正红旗人，是中国现代著名的小说家、作家、语言大师、人民艺术家，以长篇小说和剧作闻名于世。新中国成立后，老舍是第一个获得"人民艺术家称号"的作家。

抗日战争爆发以后，老舍独自一人前往武汉。1938 年 3 月，加入中华全国文艺界抗敌协会，担任总务部主任。在八年的抗战中，他对文艺界的团结抗日做出了突出的贡献。在此期间所创作的作品，大多也都是直接以民族解放为主题。1966 年，在"文化大革命"运动的攻击和迫害下，蒙冤受屈的老舍跳进了北京太平湖。他的代表作有《骆驼祥子》《四世同堂》《茶馆》。

家书精选

接到信，甚慰！济与乙都去上学，好极！唯儿女聪明不齐，不可勉强，致有损身心。我想，他们能粗识几个字，会点加减法，知道一点历史，便已够了。只要身体强壮，将来能学一份手艺，即可谋生，不必非入大学不可。假若看到我的女儿会跳舞演讲，有作明犀的希望，我的男孩能体健如牛，吃得苦，受得累，我必非常欢喜！我愿自己的儿女能以血汗挣饭吃，一个诚实的车夫或工人一定强于一个贪官污吏，你说是不是？教他们多游戏，不要紧逼他们读书习字；书呆子无机会腾达，有机会作官，则必贪污误国，甚为可怕。至于小雨，更宜多玩耍，不可教她识字；她才刚四岁呀！每见摩登夫妇，教三四岁小孩识字号，客来则表演一番，是以儿童为玩物，而忘了儿童的身心教育甚慢，不可助长也。

【解读】

　　因为一直忙于工作，老舍很少照顾北平家中的儿女。1942 年 3 月 10 日，在收到家中信件后的老舍，在繁忙的工作中抽出了一些时间写了这封回信。在信中，老舍针对孩子们的教育问题，提出了自己的观点和看法。

　　老舍先是在信中，针对大女儿舒济、儿子舒乙都去上学的事情，明确地表示了自己的欣慰之情。同时，他主张不要违背孩子们的天性，他认为自己的孩子们聪明高低不同，不要勉强他们做违背自己心性的事情。只要稍微学到一些，可以自食其力便可以，并不是一定非要考大学。如果适得其反，一定会"有损身心"。虽然老舍一直主张用知识救国，但是他认为，孩子最重要的还是要有一个健康的身体，只要孩子们身体强壮，再学一门手艺，就可以"以血汗挣饭吃"。同时，作为父亲的老舍，在对自己的教育方面也一直都是以诚实、自立的品质为主。他在信中说"一个诚实的车夫或工人一定强于一个贪官污吏"，体现了他尊重人才，更尊重劳动力，认为良好的品质对于一个人才是最重要的。1942 年，在《艺术与木匠》一文中，老舍写道："我有三个小孩，除非他们自己愿意，而且极肯努力，作文艺写家，我决不鼓励他们，因为我看他们作木匠、瓦匠，或作写家，是同样有意义的，没有高低贵贱之别。"强调对子女的教育应当从实际出发，让孩子们自由健康成长就足够了。

　　按照父亲的嘱托，他的三个孩子全部健康长大，身强力壮，而且还成绩优异，成为了祖国的栋梁之材。而当今的有些父亲，迫切的想要孩子成才，于是揠苗助长，结果却适得其反。老舍的教育理念，即使到了今天依然有着重要的教育意义。这封信语言质朴、条理清晰，在叙事说理之中包含了浓厚的父爱，也体现了老舍对孩子以及家人真挚的感情。

闻一多给父母亲的信：结交有学问有道德的人

人物简介

闻一多（1899—1946年），本名闻家骅，字友三、友山，湖北省蕲水县（今黄冈市浠水县）人，是中国现代伟大的爱国主义者、坚定的民主战士、中国民主同盟早期领导人、中国共产党的挚友、新月派代表诗人和学者。

1925年3月，留学美国的闻一多创作了《七子之歌》。1928年1月出版了第二部诗集《死水》。1932年，闻一多回到母校清华大学担任中文系教授。抗日战争爆发以后，他跟随学校南迁，在西南联大教学8年，积极参加了抗日运动以及反独裁、争民主的斗争。1944年，闻一多加入中国民主同盟会。1946年7月15日，闻一多参加了李公朴先生的追悼大会，并在大会上痛斥国民党暗杀李公朴的卑鄙行为，并发表了著名的《最后一次讲演》。当天下午，国民党特务在闻一多返家的途中，将他暗杀。

家书精选

五哥转呈双亲大人暨阖家钧鉴：

　　五哥寄来的杂志都收到了。父亲大人手谕及孝贞，十六妹书各一封亦收到。我到芝加哥来比别人都侥幸些。别人整天在家无法与此邦人士接交，而我独不然。今日同学名卡普其者接我到他家里去。他的母亲待我好极了。伊说伊的儿子出门时曾遇着一位太太待他好极了。伊要还债。所以今日见我要用那位太太待他儿子的方法待我。使我远在万里之外如在家中一样。这时我向伊说了一句很漂亮的话，我说，我的母亲不久也要还债了。今天伊办了很好的中饭给我吃。下午又留我过夜。我因道远了要早回寓。伊又办了很多的点心迫着我吃。我从未遇着一个外国人待我这样亲热的。这便使我想起我自己的母亲了。想起我自己的家了。这个卡家里有祖父，有母亲,有父亲,有儿子(就是我的同学),有女儿(出嫁了)。今天是礼拜日,这一家人都在家。其外女婿也来了,外甥儿、外甥女也来了。还有一位女子(或是我的同学的意中人)。这位卡太太问我中国的风俗人情,问我家里有多少人,我都告诉伊了。我又告诉了伊八九年前我的祖父在世的时候,我们家庭的盛况。他们都称赞不止,他们也有四代人,但不是一家。我们那时是四世同堂,而且人数之多,简直是钟鸣鼎食之家了。他们外国人儿子娶了亲就搬出去了,所以从来没有这样大的家庭。他们听我讲,都奇怪极了。卡太太又问我:"中国人吃饭是真用筷子吗?"我说"还有假的吗?"伊又问道:"你们吃面也用筷子?"我说:"我们吃面的时候比你们还多呢。"啊,原来伊闹了半天还是以为我们一只手拿一支筷子,好像他们一只手拿刀一只手拿叉似的呢!你们想:你们若一只手拿一支筷子,你们会扒得动饭捎得动面吗?下礼拜我又要拜访一位教员。这位先生要知道中国东西,清华同学张君景钺便介绍我与他谈话。家里一定都喜欢知道我在这里,人家都认我是有中国学问的人。所以若有外国人要知道中国古时的东西,他们就介绍我去了。所以这样我本不善交际也不喜交际,但是我想今年新来芝城的人中没有比我的交际更广的。当然我所谓交际不是那种虚伪的无事忙,我所结交的都是有学问有道德的人。但是讲来讲去我不喜欢美国。美国的学生没有中国北京、上海、杭州、南京等处的学生底善于思想,勤于思考。他们在我眼里都是年轻的老腐败。美国工人没有中国工人勤苦。他们得钱多,做事少。别人以为美国好极了,其实美国好本好,坏处也不少。我的字现在写得坏极了,一半也因笔不好。我要回来练字。哈哈,这又是要回家底一个理由。父亲写字不便,十四、十六两妹同孝贞要写信来。

耑问阖家安好!

——多

【解读】

1922年,前往美国留学的闻一多,先后就读于芝加哥美术学院、珂泉科罗拉多大学和纽约艺术学院,在美术方面已经取得了一定的优异成绩,他对文学表现出更大的乐趣,特别酷爱诗歌。在年底与梁实秋合著出版的

《冬夜草儿评论》包含了他早期对新诗的看法。

作为一个诗人的闻一多说过："诗人的主要天赋是'爱'，爱他的祖国，爱他的人民。"这是他个人的至理名言，伴随并影响了他的一生。在异国他乡留学的时候，他经常因为身边朋友的家庭，以及美国的饮食习惯而情不自禁的联想到自己的家人与中国的传统民俗文化，体现了他对国家浓厚的感情。对于美国，他并没有因为遇见了某些没有贬低中国的美国人，而改变自己不喜欢美国的看法，他会直接写信告诉父母"美国好本好，坏处也不少"。

在交友方面，闻一多认为有学问有道德的人，是良师益友。在与这些人接触的过程中，不仅可以学到很多的知识以及为人处世的原则，还可以提高自身存在的价值，让自己对生活充满希望。因此在美国芝加哥的时候，他结实了一位对中国感兴趣的女士，通过这位女士他还结识了桑德堡和门罗这两位在美国人中声名在外的诗人。不仅如此，他还因此进一步结识了海德夫人和爱米·罗厄尔这两位美国著名的女诗人。正是遵循这一交友原则，闻一多才从交朋友中受益良多，不仅给他的诗歌注入了营养，还进一步加深了他对诗歌的创作欲望，中美之间的文化交流以及两国人民的友谊也进一步增进了。

身为一个留学海外的学子，闻一多给家人写了这封家书，不仅向家人讲述了他在异国他乡的生活，也介绍了他与美国友人之间的交流。字里行间流露着他对家人的牵挂以及对祖国的热爱，发自肺腑的言语，动人至深，在平淡之中显露出内心的真挚情感。

瞿秋白给妻子的信：历经风雨，不曾改变

人物简介

瞿秋白（1899—1935年），出生于江苏常州，字秋白。他毕业于北京俄文专修馆，是中国共产党早期主要的领导人之一，也是伟大的马克思主义者，优秀的无产阶级革命家，理论家、文学家和宣传家。他参与并建立了上海大学，培养了大批的社会栋梁之材，也是中国革命文学事业的奠基者之一。代表作品有《赤都心史》《俄乡纪程》《多余的话》，翻译了中文版的《国际歌》。

1935年2月，国民党在福建长汀县逮捕了瞿秋白，同年的6月18日，年仅36岁的瞿秋白英勇就义。

家书精选

之华：

　　今天接到你二月二十四日的信，这封信算是走得很快的了。你的信，是如此之甜蜜，我像饮了醇酒一样，陶醉着。我知道你同着独伊[①]去看《青鸟》[②]，我心上非常之高兴。《青鸟》是梅德林的剧作（比利时的文学家），俄国剧院做得很好的。我在这里每星期也有两次电影看，有时也有好片子，不过从我来到现在，只有一次影片是好的，其余不过是消磨时间罢了。独伊看了《青鸟》一定是非常高兴，我的之华，你也要高兴的。

　　之华，我想如果我不延长在此的休息期，我三月八日就可以到莫斯科，如果我还要延长两星期那就要到三月二十边。我如何是好呢？我又想快些快些见着你，又想依你的话多休息几星期。我如何呢？之华，体力是大有关系的。我最近几天觉得人的兴致好些，我要运动，要滑雪，要打乒乓。想着将来的工作计划，想着如何的同你在莫斯科玩耍，如何的帮你读俄文，

教你练习汉文。我自己将来想做的工作，我想是越简单越好，以前总是"贪多少做"。

可是，我的肺病仍然是不大好，最近两天右部的胸膛痛得利害，医生又叫我用电光照了。

之华，《小说月报》③怎么还没有寄来，问问云白看！

之华，独伊如此的和我亲热了，我心上极其欢喜，我欢喜她，想着她的有趣齐整的笑容，这是你制造出来的啊！之华，我每天总是梦着你或是独伊。梦中的你是如此之亲热……哈哈。

要睡了，要再梦见你。

秋白
二月二十六日晚

【注释】

①独伊：即瞿独伊，瞿秋白的女儿。1928年随母亲杨之华到苏联，一生坎坷。1941年随母亲回国时，被新疆军阀盛世才囚禁，1946年经全力营救获释，后被分配到新华社工作。后来受组织委派，到苏联创建了新华社莫斯科分社。

②《青鸟》：比利时剧作家梅特林克（即梅德林）所作的著名童话剧。该剧描写了伐木人的孩子蒂蒂儿和米蒂儿在圣诞节之夜梦游"记忆乡""夜宫""未来国"等地，寻找青鸟以医治邻居的患病孩子的故事。《青鸟》具有浓厚的神秘幻想色彩，是象征主义的代表作品之一。

③《小说月报》：1910年创刊于上海，自创刊以来，就成为文学研究会的主要刊物，发表了很多具有民主主义和现实主义倾向的作品和文章，是我国新文学的主要期刊之一。

【解读】

瞿秋白是中国共产党早期主要的领导人之一。他的身上兼有坚定的无产阶级革命家和修养精深的文学家这两个特点，这使得他的婚恋不仅充满了革命的激情，还赋予了浓郁的浪漫主义情调。瞿秋白和杨之华两人，不仅是夫妻还是革命战友，他们之间有着共同的理想和事业。在他们十多年的婚姻生活中，不管是遇到什么样的困难挫折，面对如何的艰难险境，他们之间的感情始终如一，坚贞不渝，并随着时间的增加不断的加深。

　　1928年4月，瞿秋白前往莫斯科，筹备召开中共六大的相关事宜，并在莫斯科的郊外主持召开了中共六大。"六大"结束后，担任中国驻共产国际代表团团长的瞿秋白，直到1930年8月才回国。在莫斯科的生活异常紧张，使得他本来就虚弱的身体旧病复发，甚至在半夜从床上掉到地板上，半天都没有办法爬起来。当时他的妻子杨之华在莫斯科的中山大学学习，她多次给丈夫写信，劝他好好养病，但是忙于工作的瞿秋白并没有听进心里。写这封信的时候，瞿秋白正在苏联库尔斯克州利哥夫县玛丽诺休养所休养身体。通过这封信，我们不仅体会到他放心不下革命任务，还有他对妻子和女儿的牵挂。信中所说的，在他收到妻子的信时，"我像饮了醇酒一样，陶醉着"，还有在写到女儿时说道："我心上极其欢喜，我欢喜她，想着她的有趣齐整的笑容。"让每一个读者都不由为之动容。从他的信中，我们体会到一个革命者对革命工作的坚定，以及对家庭和生活的热爱。

柔石给哥哥的信：苦的东西，有时会变得甜起来

人物简介

　　柔石（1902—1931年），原名赵平福，浙江宁海人，是民国时期著名的作家、翻译家、革命家，中国共产党员，左联五烈士之一。

　　柔石先生一生都在积极从事新文化运动，为唤醒民众意识不断努力。1928年，在上海从事革命文学运动的柔石，与鲁迅先生一同创办了"朝花社"，并担任《语丝》的编辑。1930年初，柔石作为发起人之一开始筹备自由运动大同盟，在中国左翼作家联盟成立以后，柔石担任执行委员和编辑部主任，并代表左联参加了全国苏维埃区域代表大会。1931年，因为叛徒的出卖，柔石被国民党军队逮捕，2月7日，同殷夫、欧阳立安等23位同志

被秘密杀害，为了纪念他和死去的同伴，鲁迅写了《为了忘却的纪念》一文。

柔石生前的代表作品有短篇小说集《疯人》《希望》，中篇小说《三姊妹》《二月》《为奴隶的母亲》等。其中《为奴隶的母亲》一书深受法国著名作家罗曼·罗兰的喜爱和赞赏。

家书精选

西哥：

父亲的手字并账目统收到。福思现今所负之债，已不亚于父亲当年了。因此，复有数言，请详细为兄告。然此数百元，福实不难立刻还了。福现今已将文章三本，交周先生转给书局，如福愿意，可即卖得八百元之数目，惟周先生及诸朋友，多劝我不要卖了版权，云以抽版税为上算。彼辈云，吾们文人生活，永无发财之希望，抽版税，运命好，前途可得平安过活，否则，一旦没人要你教书，你就只好挨饿了。抽版税是如此的：就是书局卖了你的一百元的书，分给你二十元，如复之三本书，实价共二元，假如每年每种卖出二千本，则福每年可得八百元，这岂非比一时得到八百元要好？因此，福近来很想将此三部书来抽版税，以为永久之计了。西哥以为如何？福现今每月收入约四十元，一家报馆每月定做文章一万字，给我二十元。又一家什志，约二十元至三十元。不过福近来食住两项，每月要用去二十五元，书籍每月总要十元。（一星期前，我买了一部大书，价就十八元）因此，这两笔所赚，没有钱多。要还债，非更用心不可。福近来每夜到半夜一二点钟困觉，因为写一篇文章，有时肚里似乎胃病又要发作了，我就一边吞胃药，一边再写。幸得上海朋友医生多，吃药很便，所以身体还是很好，很健。在上次那张照片上，可以看出。现在这篇文章快做好了。大约四万字，福决计卖出去，一收到手，当即以一百元先还兄。这篇卖了以后，就想动手翻译外国名家的文章。近来周先生告诉我一本书，我买到了二本，假如这二本能翻好，我什么债都可以还光。这书共有十五万字，福想两个月翻译完。（翻译——就是将外国字翻作中国字。）此书一翻出，各书店一定愿意买。年内还有四个月，以后两个月，再做自己的文章。因此福希望父母，决不要为福耽心。福之前途，早已预计在胸中了。

　　福有时自己想，青春的光阴，就是埋头案上过去，终日和笔砚为伍，抛了父母妻子，岂不苦痛！但有时想，这有什么方法呢？我脱离教育局，在父母或者以为不愿意，在福始终觉得这是对的。在宁海做事，终究不过一个宁海人。现在，福虽没有能力，福总想做一位于中国有贡献的堂堂男子。我现在已经有做人的门路了，只要自己刻苦，努力，再读书，将来总不负父母所望。前次，洪谟临死时，他对我说，平复，你总要到外国去读几年书，光阴是很快的，不要为社会所牵制。他自己是为社会所牵制的人，福想他的话确是对的。但眼前到外国去，钱从何处来，外国最少一年要一千元用，来回路费每次要二百。福眼前的机会还算好，因此到外国去的心，等一二年再谈了。这又是命运使我如此，家穷，又有什么方法呢？西哥，父母或者还以我为孩子，不知道世故。实在，我对做人的道理，处世的道理，我是清清楚楚的了。虽则二十七岁的生日还过去不到一月，实际，福觉得自己有些衰弱了！不过社会太黑暗，为之奈何？譬如我在宁海做事一年，处处垫钱，吃力，空了一百几十元的债，他们还要说我，这真无法可想。社会是黑暗的，有的时候，做坏人的得便宜，做好人的吃亏。但我们因此做坏人么？不能够。苦的东西，有时尝尝会变甜起来，福以为是有道理的。福此后做人，简单的两句话，可以为哥告：一、自己努力、刻苦，忠心于文艺。二、如有金钱余裕时，补助于诸友。现在的世界是功利的世界，这是最可伤心的。我愿西哥勿以我言为迂腐。今年冬，我想不回家。以我不愿意再见宁海，再和宁海之人周旋。父母和西哥能出来一趟，是最好了，我现在住的房子很大，又没有学校功课的牵累，我是很自由的。夜深了，以后再谈。此信内的话，可择能得父母喜欢的禀告父母，更勿给外人读，以外人的嘴巴太多了。近来尚欲与二三友人，办一种杂志，已得几位先生极力帮助。一月后或能办就，此杂志如何，于福将来，亦有极大关系。明年，如能照现在情形下去，决计还是不做事，否则，假如生活不得已，只好寻地方教书了。教书实在是读书人的下策。教书给你教五十年，还有什么花样教出来？到死还是教书先生罢了！朋友杨君行李，在我岳家，兄能设法托人带出来否？杨君愿意拿出带费三四元。此事亦望西哥代办。

敬请胞安！

弟福上

十月廿五日

中华书局之洋，已承认去。附告。

【解读】

　　这封信写于1928年，在写这封信的前段时间，柔石给老家写信，告诉了父母自己想要出国留学的想法，希望他们可以支持自己。于是父母就将存放在咸货店的500银元寄给了他，但是这些钱远远不够支撑他前往欧洲留学的费用，柔石无奈只得继续留在上海从事文学创作。这一年的10月，在鲁迅的帮助下，柔石的长篇小说《旧时代之死》在上海北新书局出版了，当时约定了百分之二十的版税。柔石的书稿第一次由书局出书，而且除了稿费以外还有版税收入，这让柔石感觉到欣喜。按捺不住内心激动的柔石，在10月25日的这一天给哥哥赵平西写下了这封长信。

　　柔石作为一名文艺工作者，在之前很少可以体会到物质上的喜悦，而且在信的开头他也提到自己已经负债累累。但是现在有"文章三本"可以出版，不管是自己的经济条件还是文艺旅途上都可以得到很大的进步和改善，这让柔石更加坚定了自己"想做一位于中国有贡献的堂堂男子"的决心，于是他在信中写道"刻苦，努力，再读书，将来总不负父母之望"。同时，柔石在信中写道，自己"一边吞胃药，一边再写"，也表现除了他忘我的工作态度，和永不服输的战斗精神。通过艰苦的岁月，也让他懂得了"苦的东西，有时尝尝会变得甜起来"的道理。

　　这封信一字一句都透露出柔石的喜悦之情，同时也表达了他对未来生活的美好向往。

沈从文家书：赤胆忠心，情深意长

人物简介

沈从文（1902—1988年），原名沈岳焕，笔名休芸芸、上官碧、璇若等，湖南凤凰人，中国著名作家、历史文物研究者。从20世纪20年代起，沈从文开始在文坛扬名，他与诗人徐志摩、散文家周作人、杂文家鲁迅齐名。

他的《边城》《湘西》《从文自传》等文学作品，在国内外都产生了很大的影响。他的作品被翻译成四十多个国家的文字出版，还被美国、日本、英国、韩国等十几个国家和地区的大学课本选用。晚年著有《中国古代服饰研究》一书，填补了中国物质文化史上的空缺。1988年，86岁的沈从文在北京的家中突发心脏病去世。

家书精选

沈从文写给三弟的信

得鱼：

　　寄来两张相片是最近照的。我们生活还勉强过得去。孩子们虽破破烂烂，还活泼健康，只是学校不成学校，未免麻烦！三姐下月即不再做事，因学校要结束，也许要休息半年看。为的是若要做事，必搬进城，城中住处不易得到，一般租房子必三百元一间，三间房子即近一千两。最难应付的是盗贼，防不胜防，常在警报时将一家所有搂光，那才真无办法！我学校事照常。只是在桂林出版之书，被扣被禁甚多，检查人无知识而又擅作威福，结果即不免如此。《长河》被假借名义扣送重庆，待向重庆交涉时，方知并未送去。重庆审查时去五十字，发到桂林，仍被删去数千字。按《长河》实际发表时字数看，被删去的比这数字大得多。《芸庐纪事》第三章也被扣，交涉发还，重写一次，一万字改成六千，精神早已失尽了。集子每本都必被扣数篇致无从出版。小人难养，近之则不逊，远之则怨，二千年前孔子已见及此矣，不意二千年后犹复如此。大多数教书的都有点支持不下去。米每石在千元左右，青菜也得数元一棵，应付吃住，已不容易。至若添补衣鞋，自更困难了。大家都已到了破破烂烂情形下，惟读书空气，倒反而转好起来，正所谓"置之死地而后生"，读书虽不能增加收入，情绪总好多了。寒假大致有一个月可不进城，我正希望在假中把《芸庐纪事》写完，在这里印，比较方便。昆明最好的应当数太阳，一个冬天都只需穿驼绒袍子，且可从八月穿到明年三四月。这两天算是一年中最冷的日子，依然阳光满室。只要大写字台下烧个小火，就暖烘烘的了……

这里已见到有双身驱逐机在空中飞，惟从未在市区看到空战。乡下机场若修成功，有大规模空运时，恐将免不了有空袭发生，地方去我们住处八里十里，大致不会误投炸弹到十里外来。

家中安吉。

二哥
一月十一

【解读】

1937年8月，抗日战争爆发以后，沈从文跟随清华、北大、南开等大学到昆明呈贡县，担任西南联合大学的教授。这是他于1944年1月11日写给三弟沈荃的一封信，当时沈荃在军委会驻滇干训团担任上校战术教官，在信中，沈从文向三弟介绍了自己的情况。在当时的抗日战争中，中国已经进入了战略反攻阶段。沈从文从寄出的照片开始谈论，说起了自己在昆明的工作以及生活情况，另外也重点描述了在战争中学校的生活状态，"虽破破烂烂，还活泼健康，只是学校不成学校，未免麻烦"。从这封信我们可以看出战争对人们社会生活带来的影响和破坏，以及沈从文深深的无奈和愤懑。

在信中，沈从文还向三弟提到了自己的《长河》一书在出版的时候遇到了很多的困难。这部作品写的虽然是水运小镇热闹的人事，却从侧面表露了农民对政府的害怕，超越了大多数现代中国的乡土作品，因此在出版的时候遭受到了国民党政府的百般刁难，最后经过长时间的审查，并对内容进行了大量的删减和更改才得以出版。由此也可以看出中国当时的社会现状以及国民党政府对人民的专制统治。

即使是写作受到了阻碍和限制，但是沈从文依然坚持不放弃，虽然没有好的写作条件，却依然在"破破烂烂"的情况下坚持在寒假中写完了《芸庐纪事》，一个追求艺术、肩负社会使命的作家形象跃然于我们的脑海中。

沈从文在信的最后描写到当时的战争形势，虽然在市区没有发生空战，但是"乡下机场若修成功，有大规模空运时，恐将免不了有空袭发生"。这表现了他对人民安危以及局势变动的关心。

沈从文写给妻子张兆和的信

我小船停了，停到鸭窠围。中时候写信提到的"小阜平冈"应当名为"洞庭溪"。鸭窠围是个深潭，两山翠色逼人，恰如我写到翠翠的家乡。吊脚楼尤其使人惊讶，高矗两岸，真是奇迹。两山深翠，惟吊脚楼屋瓦为白色，河中长潭则湾泊木筏廿来个，颜色浅黄，地方有小羊叫，有妇女锐声喊"二老"、"小牛子"，且听到远处有鞭炮声，与小锣声。到这样地方，使人太感动了。四丫头若见到一次，一生也忘不了。你若见到一次，你饭也不想吃了。

我这时已吃过了晚饭，点了两支蜡烛给你写报告。我吃了太多的鱼肉。还不停泊时，我们买鱼，九角钱买了一尾重六斤十两的鱼，还是顶小的！样子同飞艇一样，煮了四分之一，我又吃四分之一的四分之一，已吃得饱饱的了。我生平还不曾吃过那么新鲜那么嫩的鱼，我并且第一次把鱼吃个饱。

味道比鲥鱼还美，比豆腐还嫩，古怪的东西！我似乎吃得太多了点，还不知道怎么办。

可惜天气太冷了，船停泊时我总无法上岸去看看。我欢喜那些在半天上的楼房。这里木料不值钱，水涨落时距离又太大，故楼房无不离岸卅丈以上，从河边望去，使人神往之至。我还听到了唱小曲声音，我估计得出，那些声音同灯光所在处，不是木筏上的簰头在取乐，就是有副爷们船主在喝酒。妇人手上必定还戴得有镀金戒子。多动人的画图！提到这些时我是很忧郁的，因为我认识他们的哀乐，看他们也依然在那里把每个日子打发下去，我不知道怎么样总有点忧郁。

正同读一篇描写西伯利亚方面农人的作品一样，看到那些文章，使人引起无言的哀戚。我如今不止看到这些人生活的表面，还用过去一份经验接触这种人的灵魂。真是可哀的事！我想我写到这些人生活的作品，还应当更多一些！我这次旅行，所得的很不少。从这次旅行上，我一定还可以写出很多动人的文章！

三三，木筏上火光真不可不看。这里河面已不很宽，加之两面山岸很高（比崂山高得远），夜又静了，说话皆可听到。

羊还在叫。我不知怎么的，心这时特别柔和。我悲伤得很。远处狗又在叫了，且有人说"再来，过了年再来！"一定是在送客，一定是那些吊脚楼人家送水手下河。

风大得很，我手脚皆冷透了，我的心却很暖和。但我不明白为什么原因，心里总柔软得很。我要傍近你，方不至于难过。我仿佛还是十多年前的我，孤孤单单，一身以外别无长物，搭坐一只装载军服的船只上行，对于自己前途毫无把握，我希望的只是一个四元一月的录事职务，但别人不让我有这种机会。我想看点书，身边无一本书。想上岸，又无一个钱。到了岸必须上岸去玩玩时，就只好穿了别人的军服，空手上岸去，看看街上一切，欣赏一下那些小街上的片糖，以及一个铜元一大堆的花生，灯光下坐着扯得眉毛极细的妇人。

回船时，就糊糊涂涂在岸边烂泥里乱走，且沿了别人的船边"阳桥"渡过自己船上去，两脚全是泥，刚一落舱还不及脱鞋，就被船主大喊："伙计副爷们，脱鞋呀。"到了船上后，无事可做，夜又太长，水手们爱玩牌的，皆蹲坐在舱板上小油灯下玩牌，便也镶拢去看他们。这就是我，这就是我！三三，一个人一生最美丽的日子，十五岁到廿岁，便恰好全是在那么情形中过去了，你想想看，是怎么活下来的！万想不到的是，今天我又居然到这条河里，这样小船上，来回想温习一切的过去！更想不到的是我今天却在这样小船上，想着远远的一个温和美丽的脸儿，且这个黑脸的人儿，在另一处又如何悬念着我！我的命运真太可玩味了。

我问过了划船的，若顺风，明天我们可以到辰州了。我希望顺风。船若到得早，我就当晚在辰州把应做的事做完，后天就可以再坐船上行。我还得到辰州问问，是不是云六已下了辰。若他在辰州，我上行也方便多了。

现在已八点半了，各处还可听到人说话，这河中好像热闹得很。我还听到远远的有鼓声，也许是人还愿。风很猛，船中也冰冷的。但一个人心中倘若有个爱人，心中暖得很，全身就冻得结冰也不碍事的！这风吹得厉害，明天恐要大雪。羊还在叫，我觉得希奇，好好的一听，原来对河也有一只羊叫着，它们是相互应和叫着的。我还听到唱曲子的声音，一个年纪极轻的女子喉咙，使我感动得很。我极力想去听明白那个曲子，却始终听不明白。我懂许多曲子。想起这些人的哀乐，我有点忧郁。因这曲子我还记起了我独自到锦州，住在一个旅馆中的情形，在那旅馆中我听到一个女人唱大鼓书，给赶骡车的客人过夜，唱了半夜。我一个人便躺在一个大炕上听窗外唱曲子的声音，同别人笑语声。这也是二哥！那时节你大概在暨南读书，每天早上还得起床来做晨操！命运真使人惘然。爱我，因为只有你使我能够快乐！

我想睡了。希望你也睡得好！

二哥
十六下八点五十

【解读】

1928年9月，在徐志摩的推荐下，上海中国公学聘请沈从文为教员。就是在这里，他认识了张兆和。1933年9月9日，在沈从文的苦苦追求下，张兆和终于同意结婚。刚结婚不久，沈从文的母亲就病危了，沈从文不得不离开北京，回到自己阔别十多年的湘西故里。两人分别以后，沈从文十分想念新婚的妻子。于是在从常德沿沅水溯流而上的路途中，他在船舱里，给远在北京的妻子写下了一封接着一封的信。在写给妻子的其中一封信中，沈从文说道："我离开北平时还计划每天用半个日子写信，用半个日子写文章，谁知到了这小船上却只想为你写信，别的事全不能做。"这封信就是1934年年初，他在回湘西的途中，夜晚留宿在鸭窠围时的所看所想。

沈从文在信中用清澈、空灵的语言将湘西地区特有的自然风景和独特的人文风俗描绘了出来，寄托了自己对生命深沉的叹息。特别是从对鸭窠围自然景物的描写以及对"水手""妇人"自由自在的生活的描述中，可以深切地体会到沈从文对老家湘西以及湘西人民的无限热爱。

沈从文本来打算等到船靠岸的时候上岸去看看，但是由于天气原因无法实现。于是他根据自己之前的经历联想到："那些声音同灯光所在处，不是木筏上的簰头在取乐，就是有副爷们船主在喝酒。妇人手上必定还戴得有镀金戒子"，用心勾画出一幅幅动人的画作。沈从文在描述湘西沅水流域下层民众独有的生活状态的时候，并不只是简单的"同情"或是道德批判，而是将自己的感悟和体验带入其中，用悲悯、哀伤的思绪赋予历史和现实对比得出的反思及深刻的哲理内涵。坚强的湘西人民，即使身处艰难困险，依然不懈努力，勇敢追逐真挚的情与爱的抗战精神，给予了他无穷的勇气和力量，不断的鼓舞着他为了生存努力奋战。

通过观察鸭窠围的风土人情，沈从文由此联想到自己以往的经历，在过去与现在形成的鲜明对比中，更让他强烈地感觉到了爱情的美好，于是他情不自禁地表达道："一个人心中倘若有个爱人，心中暖得很，全身就冻得结冰也不碍事的！"即使身处寒风中，心中还是充满了温暖，字里行间流露出对妻子真挚的感情，以及夫妻两人的恩爱。

沈从文的创作受到了他与张兆和之间婚恋的巨大影响。因为张兆和相貌清秀却皮肤微黑，所以沈从文描写的湘西女孩子，皮肤都是黑的，例如他在信的开头提到的翠翠，就是他的小说《边城》里的主人公，她的皮肤就是黑黑的，还有《长河》里的夭夭，在描述她的时候也是黑而俏，这些都是因为受到张兆和皮肤黑的影响所以才如此描述的。另外，因为张兆和在张家姐妹中排行第三，所以沈从文总是在信中用"三三"来称呼自己的爱人。通过这些都显示出沈从文对妻子的情深意切。

潘漠华给弟弟的信：母爱是最伟大的

人物简介

潘漠华（1902—1934年），浙江宣平（今属武义）人。学名潘训，笔名潘四、田言等。潘漠华于1920年开始文学创作，后来与冯雪峰、应修人、汪静之一起创建了湖畔诗社，先后出版了《湖畔》《春的歌集》这两本诗集，其中共收集了他的68首新诗。《雨点集》中收入了他创作的9篇农村题材的短篇小说。他是中国湖畔诗派的代表作家。1926年加入中国共产党后，便走上了救国存亡的革命道路，其间转战各地通过教书来打掩护，从事党的秘密工作。1934年12月24日，潘漠华在敌人狱中逝世。

家书精选

淋弟：

时光像箭一般地过去，现在又年边了。今年，我总不能归来和你们同乐新年了！想起，有时也觉得难过。近几年来，常想起你们近来又在卖春联了，我仿佛从北京飞归来，插在你们的身边，红纸艳艳地摊在我的面前。今天吃夜饭时，又和同房的周君说起春联来，那时我更想到你们了！从那矮屋红纸店想起，想到大吉、横批，想到红纸好歹的种类，一直连"桃红柳绿""长命富贵"这些字句都想起来了。我离乡这样远，我一面又很想回来卖红纸呀！一到十二月，正是一年尽头的时候，商人也收账了，匠人也歇工了，就田野的树木藤草，在北京四郊看起来，也都萧条了，所谓"冬藏"了。只是我却远离你们，将在北京度过年，不能归家来，坐在你们的身边，说说我这一年来的旅情。我有些茫然了！自正月离家，我即未再望见前山了。在我在外地居留的时候，故乡大约要有许多改变吧？前山的树或者也比从前少些去吧？你正当年轻的时候，思想固然发展得一日万丈，你身躯大约也总要高大多了。在这一年来，那门前粉砖斑斓的九间头，是好几次如我梦地来。我们的门前，即是西山茑，即是别家的菜园，在南边昌凯的菜园墙头上，是有野西瓜的，夏时常有黄色的喇叭花。故我常梦里还吟着"雨后一峰青"，"墙头时送野花朵"的诗句，虽然醒后也时常使我发狂似的想上西山茑拾柴去，想归来望望门前的欲语的黄花。出外人到岁暮时，真有许多话想向你们说说呀！在外面，为的是读书，虽有三朋四友，客地风光，可让人舒服地过去；但比之家居，是总没有家具那般安适的。我长久已没有听到人喊我一声"凯尧"了！他们都喊我"潘训"，及别的名字。就这一点说，也想起家乡来了。面前放着几盘菜，清清淡淡地吃起来，觉得没有在家时吃得那般有味，少吃点我也就不吃了。想起到卅夜时，家乡那般乐得融融，我在北京将仍如常地守过这今年最后的一夜的，我更茫然了！母亲近来安好否？一年未沐慈光了！在御河前晚步时，在寒风飘雪独自对灯思乡时，由南方想过去，想到沪、杭，想到兰、金，想到九间头后，最先想起的便是母亲！我常想着她在深夜后还在厨下东西收拾的情景；或想着天还未明，她已醒着不能再睡了，前后思索的情景。淋弟！树都有根，山泉也有潜源；我们可不信佛，我们只要皈依母亲！我以为在我们儿子面前，最伟大的便是母亲了！我此刻我又想到那死去的父亲来！人谁都要死的。但虽然这般普通，一个人忽然永远没有了这回事，却总永远是人间的至可哀的事。在一个礼拜前，北京因太冷了，据报上载着看，那天一北京城共冻死十七个人。有一个冻死者，便在我现在公寓的墙外冻死的。我来回几次，看着他渐渐地断气了，那时我真有说不出的悲痛！他是乞丐，身上只穿着一件旧的夹衣，风太寒了，天气太寒了，他终于归去了！归到哪里去了呢？淋弟！我们的父亲归到哪里去了呢？所谓"昌猷"，那个人哪里去了呢？这真人生可哀的谜了！震球弟，在杭州时有一明片寄我，他现在当已到家了？也许，此信到家时，他已离家了。据近报载，东南大学已当了卢永祥的行署，国务会议议决，又撤换郭秉文，东南大学董事会将开会反对，也许明年该校一时不能开学了。我们宣平没有受兵灾，而间接施之与震球及菊姐们头上者，已使人如此难当，是他们仆仆来去，荒芜学业，我们可想到军阀这个东西是怎样应受诅咒的了，战争是怎样可恨的一回事了！我移到此地来往，已将近一月。同住者为周君，我今年的同学。在北方的天气，一到冬天，房间里都生火炉，火炉是酒坛样那般一个泥器，里面烧起煤来。我写此信，即在炉边写的。我现在的公寓，是在一条小河边，小河自五十天前结冰起，也需要到明年旧历二月才会融去了。现时，在夕阳西下时，在中午太阳光成直线射地面时，河上常常有成群的孩子在溜冰。或穿一双钉鞋，或踏一小块木板，走几步跷一跷的趣味，也许你们在南方未来北的人所没有尝到过的。有时起大风，沙尘望空回旋起来，落下来掩在那河上，那结冰的河面却有了二三寸的沙尘，仿佛是条大路了，再也看不出是条河了。

　　我终日奔走于学校及寓所之间，本也忘去时日已到年边了。前日因下午有些困倦，就同了一位友人出城去逛去。我们走到朝阳门外时，看见那摩肩击踵的由城外到城里的人，我立刻想起我们店年边的热闹情景了。知道他们是入城来办年货了。我们从那人丛中走到一座石桥上时，看北方的大野黄埃无际，天上无微云，只四望有缭绕的村烟，骑着驴的，携着篮的，背着袋的，男男女女，来返于黄沙滩上，那是我感到岁暮了，感到我不能归乡来过年的惆怅了。在我童年时，快到过年心里就非常地快乐了，掸尘、煎糖、廿五夜了，我心里更快乐了，等不到过年了。过年的情景，个个都穿着新衣，面上也褪去忧痕伤色；一年困苦度日的，到年初一，也眉舒胸泰了！也温文礼仪地说说好话了。也许这般堪思的景象，未能打动我那时幼稚的心；但那时莫名其妙的娱乐，却总是值得纪念的，我愿以此赠与弟，愿弟也有那般无天无地的快乐！你要放火炮时，若放得响一点，也许我在北京会听到的。在卅夜庭燎的光烟里，你被火炙得很红的面，也许我在北京会看见的。唯在年初一开门后，年糕蒸热了，每年我们必盛了一碗，送到母亲的床前，向母亲叫一声："娘！吃年糕！"那一年第一声亲热的呼娘，此回年初一我却无份了！在那时，也许我在北京早已醒着睡不去了；或梦里不知身是客，正在大做着年初一在家乡开门，请母亲吃年糕的梦的！淋弟！春将于与时俱来了！这苏复一切生命的春，将给我们以无限的生命的力，将给你开展出一个更灿烂的美丽的新宇宙的！淋弟！在你的过去，正是一幅山水清丽的画图，这春的神，将更增加你生命的丰厚的！将更增加你生命的活泼的！淋弟！春将与时俱来了，你看野花复发，柳条复青了！在这岁暮时，我敬祝你新年的光丽！明年我再和你长谈吧，今年这是末信了。

凯尧
在北京夏历十二月十八日

【解读】

　　这封信是临近春节的时候，在北京工作的潘漠华写给弟弟潘纳的。在信中，潘漠华先是告诉弟弟，自己今年没有办法回家同他们一起过新年了，言语中透露出他内心的难过。然后通过自己的联想，极富文采、充满真情详细地描述了家乡过年时的情形，然后再转折到自己独自在北京生活，表达了自己内心的茫然。他还从自己死去的父亲，联想到北京的严寒天气，从侧面反映了当时紧张的革命工作，也表达了自己对战争的厌恶以及憎恨。

　　因为革命工作的原因，长时间不能回家，无法与朝思暮想的母亲相见，潘漠华的心中充满了无法为母亲尽孝的愧疚。于是他在信中叮嘱弟弟，一定要好好孝敬母亲。"我们可不信佛，我们只要皈依母亲！我以为在我们儿子面前，最伟大的便是母亲了！"这句话，可以称得上是敬爱母亲的传世名言。这封家信，潘漠华用饱含深情的言语表达了自己对家乡对亲人的思念。

赵一曼就义前给儿子的信：为国牺牲，在所不惜

人物简介

赵一曼（1905—1936年），原名李坤泰，又名李一超，人称李姐。四川省宜宾县白花镇人。她毕业于黄埔军校六期，是优秀的共产党员，抗日救国的民族英雄。

1935年，赵一曼担任东北人民革命军第三军二团政委，被战士们亲切的称呼为"我们的女政委"。1936年8月，在带领战士与日寇作战的过程中被捕，英勇就义。

家书精选

宁儿：

母亲对于你没有能尽到教育的责任，实在是遗憾的事情。

母亲因为坚决地做了反满抗日的斗争，今天已经到了牺牲的前夕了。

母亲和你在生前是永久没有再见的机会了。希望你，宁儿啊！赶快成人，来安慰你地下的母亲！我最亲爱的孩子啊！母亲不用千言万语来教育你，就用实行来教育你。

在你长大成人之后，希望不要忘记你的母亲是为国而牺牲的！

一九三六年八月二日

你的母亲赵一曼于车中

【解读】

1930年，在上海从事地下工作的赵一曼，抱着自己的儿子宁儿留下了一张合影以后，与他的姑姑陈琮英（任弼时的爱人）一起将儿子寄养在了陈琮英的堂兄陈岳云家，母子两人从此天各一方，到死都没有再相见。

九一八事变以后，赵一曼主动申请前往沦陷的东北工作，并在1935年

秋天担任了东北人民革命军第三军一师二团政委。大家都以为她是东北抗联总司令赵尚志的妹妹。于是赵一曼将错就错，给自己起了"赵一曼"这个化名。在哈东游击区，她和赵尚东组成的"哈东二赵"，成了敌人最大的难题。同年 11 月 15 日黎明，赵一曼所在的驻地被 500 名日伪军围攻，她亲自率领一个班抵抗。几天后，赵一曼中弹，和几个抗联战士被俘虏，押送到了哈尔滨。在伪滨江省公署警务厅，敌人对她进行了严刑拷打，但是赵一曼始终坚贞不屈。1936 年 8 月 2 日，被折磨得遍体鳞伤的赵一曼被敌人从哈尔滨押送到珠河执行死刑。31 岁的赵一曼在跟自己的战友和亲人告别时，最让她放心不下的就是她已经六年没有见过面的宁儿。感觉自己必死无疑的赵一曼，在信中给儿子留下了最后的遗言。

在信中，她先是向儿子表达了自己心中的愧疚，接着告诉儿子，自己为了抗战事业已经快要牺牲了，可能没有办法再和儿子见面，对于儿子，她只能用自己的实际行动来教育儿子，并且希望儿子长大以后，一定要记住自己是为国牺牲的，希望儿子向自己学习，继续为祖国做贡献。表现了赵一曼作为一个优秀的共产党员，为了祖国甘愿牺牲自己的伟大精神。

让人遗憾的是，这封信并没有被及时送到儿子手中。赵一曼牺牲的时候，没有说出自己的真实姓名，所以这封信被日伪滨江省警务厅用日文记录在了档案里。直到 1952 年，最高人民检察院的工作人员为了收集日本战犯的罪证，前往哈尔滨查阅日伪档案时，才发现了抗日英雄赵一曼的秘密档案，里面有一张赵一曼在日伪医院治疗的照片，通过对比抱孩子的照片，一切才真相大白。

冼星海给母亲的信：要把救亡歌曲当武器

人物简介

冼星海（1905—1945年），曾用名黄训、孔宇，出生于澳门，祖籍广东番禺。他是中国近代著名的作曲家、钢琴家，被称为"人民音乐家"。

1926年冼星海进入北京大学音乐专习所学习音乐，并在1928年考入了上海国立音乐专科学校，第二年他前往巴黎，成为著名提琴家帕尼·奥别多菲尔和著名作曲家保罗·杜卡斯的学生。1935年回国以后，他被国内紧张的抗战氛围所感染，为了鼓励全国抗日，冼星海创作了大量的战斗性群众歌曲，代表作品有《黄河大合唱》和《生产大合唱》。

家书精选

妈妈：

上海"八·一三"的炮声使整个中华民族有血气的民众觉悟了！团结了！从此以后国土四周围都布满着敌人的火焰，每一个中国人都免不掉危险。六年前的三千万流民的印象，当我还没有忘记的时候，如今又遭遇到更大的浩劫，更残忍的屠杀了。在这关头，我们每一个中华民族的国民再没有第二句话，"只有保卫国土来参加这伟大而神圣的战争！"我们并不赞颂战争，可是没有战争，或许就不能发现人类的真理，没有战争，就失掉自由和独立的存在。

亲爱的妈妈，我是在上海开火后五天离开那素称安逸的上海的。沿一条弯曲的苏州河向前进。一路上也都是四处炮声，头上也都是敌机盘旋。同行十四人一样地不顾一切向前，为着踏上一条大路，竟没有顾到目前所坐的一只拖粪小船的臭味和肚里的饥饿。但，妈妈，你得明白我们并不是逃难，我们十四人都是救亡的勇士，虽然还没有实现我们预期的愿望，可是我们每一个人都明了自己对国家应负的责任。从出发到今天已经是整整四个多月了，一百多天的旅程，一百多天的过去，国土又不知沦陷多少，同胞又不知被屠杀多少？！但我们并不悲观，也许我们失去了的土地会被炸成一片焦土，但到最后胜利在我们手里的时候，我们还可以收复已失的土地，更可以重建一切新的建筑、新的社会。伟大的先驱告诉我们："没有破坏便没有建设。"只有赶走了敌人才是我们唯一的出路！

现在我已到武汉了，并且不久又快去重庆。在这无一定的漂流生活，虽然也为着国家宣传救亡工作，但遇到像今天晚上的漫漫的黑夜，那凄凉冰冷的四周，我好像耳边有无数的失去了儿子的母亲、和失去了母亲的儿子的哀诉。那不能告诉人的，潜伏般的音乐，很沉重地打我，使我不能不又想起了我唯一的你——妈妈。我想在每一个母亲也想念着她自己的儿子出发为国宣劳的时候，或许会更恳切些吧！是的，或许会更恳切！因此我半夜没有酣睡。但想念着国家的前途和自己应负的责任，我又好像不得不要暂时忘记你了，忘记一切留恋，但我并不是忘记了你伟大的慈爱和过去五十多年的飘零生活，我更不是忍心地来抛弃你去走千百万里的长程。可是我明了我自己的责任，明了中华民族谋自由、独立、解放的急切。我是一个音乐工作者，我愿意担起音乐在抗战中伟大的任务，希望着用宏亮的歌声震动那被压迫的民族，慰藉那负伤的英勇战士，团结起那一切苦难的人们。但，妈妈，我常感到自己能力的薄弱和自己实际生活的缺乏，虽然有时站立在整千整万的民众面前，领导着他们高歌，但有时我总有战栗，因为我往往不能克服自己的情绪又想到遥远的妈妈了！可是当我每到一个地方的时候我都被那民众歌咏的情感克服，令我不特忘记了自己，忘记了你，而且又更加紧我的工作。和他们更接近，更使我感觉自己的情绪已移向到民众了。我不时都在妈妈面前说过，我不是一个自私自利、自高自大的音乐家，我要做个生在社会当中的一个救亡伙伴，而且永远的要从社会的底层学习。过去二十多年的流浪生活，就告诉我实际生活的经验是超越了学校的功课的。我常常感到民众的力量最伟大，民众对音乐的需要，尤其在战时，那使我不能不忍痛地离开你而站立在民众当中。他们热烈地爱着我，而我也爱护他们。

　　自我离开上海后，妈妈必定感到很寂寞，因为并没有亲近的人在你身旁。连可靠的亲友也逃避到香港去了。但我很希望妈妈放心，这次抗战是必定得到胜利的，只要能长期抵抗下去。但在英勇的抗战当中，我们得要忍耐，把最伟大的爱来贡献国家，把最宝贵的时光和精神都要花在民族的斗争里！然后国家才能战胜。所以在争取民族解放的国家当中，我们更需要伟大的母性的爱来培植许许多多的爱国男儿——上前线去，或在后方担任工作。这样才能够发展每个人对国家的爱。妈妈！我更有一件事情可以安慰你的，就是现在我已经开始写《中国兵》了。这作品是继《民族交响乐》之后的，是纯用音乐来描写中国士兵抗战的英勇，保卫国土的决心。那伟大士兵的抗战精神，已打动每一个父母的心。在《中国兵》作品当中，我们可以听每一个不怕死的士兵向前冲。每一个做妈妈的都能够忍痛地抛弃私爱来贡献她们唯一的儿子出征。《中国兵》的写作就是根据爱的立场，偏重爱民族的伟大任务。我也曾和伤兵们谈话，我也听过很多士兵冲锋和游击军的故事。可是我也得亲历其境，并且要参加作战，才能更明了《中国兵》的伟大。我除写作之外，我还想走遍各后方做救亡歌咏宣传运动。

　　在武汉七天后，我们预备去重庆各处担任后方宣传工作。我想在这长程的旅途中，我可以受很多社会的启示，得许多作曲的材料。我虽然时常地要想起妈妈，但理智会克制我，而且我自己知道在这动乱的大时代里，没有一个被侵略的人民不是存着至死不屈的精神。如果将来中国打胜仗以后，那一切的母亲们和儿子们都能有团叙的一天。国家如果被敌人亡了的话，即使侥幸保存性命，但在偷生怕死的生活中和不纯洁的灵魂的痛苦，比一切肉体的痛苦更甚了。为着中华民族的生存，我希望一切的母亲们和儿子们都勇敢地向前，中华民族解放的胜利，就是要每一个国民贡献他们的纯洁的爱国心。同心合力在民族斗争里产生一个新中国。

　　别了，亲爱的妈妈，没有祖国的孩子是耻辱的，祖国的孩子们正在争取让那青春的战斗的力量支持那有数千年文化的祖国。我们在祖国养育之下正如在母胎哺养下一样恩赐，为着要生存，我们就得一起努力，去保卫那比自己母亲更伟大的祖国。

妈妈，看了这封信以后，我想，在您的皱纹的脸上也许会漾出一丝安慰的微笑吧。再见了，孩子在征途中永远祝福着您！

星海
一九三七年十二月三十一日

【解读】

冼星海不仅是一位音乐家，更是一位为国家无私奉献的爱国者。1937年8月13日冼星海参加了洪深领导的上海话剧界救亡协会战时移动表演第二队，需要前往苏州、南京、洛阳等地进行演出宣传，开展文艺救亡。12月31日，冼星海在演出的过程中，给自己远在上海的母亲写了这一封信。

冼星海曾说："在这抗战年代，我希望我们写的每一首歌，都能鼓舞被压迫的中国人民团结起来，与日本侵略者展开英勇斗争。""要把救亡歌曲当武器"，"把每一个音符当作射向敌人的子弹"。于是在信中，他告诉母亲，自己创作的歌曲《中国兵》，是一首"纯用音乐来描写中国士兵抗战的英勇、保卫国土的决心"的作品。冼星海将生活注入自己的创作当中，他认为生活是创作的源泉，灵感是需要从生活中不断寻找的，只有深入生活，和人民群众紧密地生活在一起，才能成为一个深受人民群众喜欢的文学艺术家。

冼星海为了国家和人民的幸福，不能长久地陪伴母亲，他在信中表达了对母亲的愧疚。但他并没有因此而放弃挽救祖国，而是毅然选择了这条路坚持走下去，就像在信中他告诉母亲的那样："我是一个音乐工作者，我愿意担起音乐在抗战中伟大的任务，希望着用宏亮的歌声震动那被压迫的民族，慰藉那负伤的英勇战士，团结起那一切苦难的人们。"表现了他勇赴国难，将挽救祖国危亡当成自己的责任的决心与信心。他将个人的命运与祖国、人民的命运紧紧关联在一起，在为祖国和民族利益的奋斗中，实现自己的个人价值。

赵树理给女儿的信：不要看不起劳动人民

人物简介

赵树理（1906—1970年），原名赵树礼，山西晋城市人。他是现代著名的小说家、人民艺术家、山药蛋派的创始人。曾经担任《曲艺》《人民文学》编委，也是中国共产党第八次代表大会代表，全国人民代表大会第一、二、三届代表。

他的小说多以华北农村为背景，通过塑造农村中的各种不同形象的人物，来反映农村的变迁以及人物之间的各种矛盾斗争。而他开创的"山药蛋派"，也是新中国文学史上最有影响力的文学流派之一。代表作有《小二黑结婚》《灵泉洞》《三里湾》《李有才板话》等。

2019年9月23日，赵树理的长篇小说《三里湾》入选"新中国70年70部长篇小说典藏"。

家书精选

广建：

多日不见你的来信，不知近来有何进步。你离开学校已经一年了。在这一年中，你换了三个工作岗位，最后总算"接近"了劳动人民。我想在现在的条件下，你的思想应该有所开展，因而我又想对你一年来的生活、思想情况作一点分析，作为你今后调整生活的参考。

去年你要到新疆，我同意了。在商量这件事的过程中，你驳回了我好多建议：我要你回原籍参加农业社，你根本不愿考虑；我让你在北京参加服务业，并具体提出当售票员、售货员、理发员等职务，你调皮地说售票、售货只售给爸爸，理发也只给爸爸理，其实自然还是根本不愿考虑。

从这一件事来看，当时我说你是看不起劳动人民，你不服气，现在我想你应该能够认识这一点了吧！自然你当时的心情是复杂的，不过不论如何复杂，其主导思想只是一种，那就是"看不起劳动人民"。你有两个小小包袱：一个是高中生，另一个是干部子弟。从旧社会传来一些社会职业评价，认为读了书或当了干部就应该高人一等，认为参加生产或服务业的人是干粗活的，俗人。这种与社会主义极不相容的旧观点，偷偷地流传到很多学生和干部子弟的头脑中，而你不幸也是接受了这份坏遗产的一个人。我相信你的头脑不太笨，学售票或售货还不至于连钱钞也查点不清，学理发也不至于削了顾客的耳朵，而你所以不愿干者是怕碰上你的老师、同学或和我同事的老前辈；要是回原籍参加农业生产，你也要比从来没有见过庄稼的城市青年好得多，而你所以不愿去者，也是怕亲戚们和小朋友们，也从要不得的旧观点出发，说你一声"没出息"。同样的中学生，在生产就业问题上，劳动人民的子女们要比干部子弟好接受得多——他们尽管也接受过对职业评价的旧观点，可是一到了真找不到所谓"高等职业"或升不了学的时候，农民的子女很自然地会去种地，理发师的子女很自然地会去学理发，即使思想上没有真通了，在行动上也会真做了；即使有点不满，也不至于见不得人。而干部子弟则往往不能那样开朗，总以为爸爸当干部儿子就不能理发，其实那有什么坏处呢？我当作家你理发，我的头发长了请你理，我写出小说来供你读，难道不是合理的社会分工吗？平等的道理，每一个中学毕业生不但能懂而且会说，干部子弟说得会更周全些，只是要让他们选择一种事业作为终身业务，他们往往偏不选择最大多数人参加的劳动生产，这除了说是"看不起劳动人民"还能再有什么解释呢？

听你的同学说，你近来写了几篇文章（内容我没有打听），我不反对，但也不敢贸然鼓励。我是从二十多岁起就爱好文艺，而且也练习过，但认真地写还是三十八岁以后的事。业余可以写作，今后的作家大部分仍会从业余中产生，但一定要认识什么是"业"什么是"余"，爱业务的精神应该超过爱写作的精神好多倍。你知道我也爱吹笛子，而且吹得很蹩脚；我不因为吹得不好而不吹，但也永远不争取登台独奏（在家自然只能"独奏"）。这就叫业余。业余的文艺爱好者对写作应抱这种态度——写得好了自然也可以发表，特殊好了也可以转业，也像我的笛子假如吹好了也可以登台演奏或参加乐队一样。有好多参加农业社的青年知识分子给我来信说，他们立志要当个作家，我不同意。农业社可以产生作家，只是把当作家放在第一位，而生产就成了"业余"。农业社参加的这种人多了，也许会把社变成了小的作家协会，只是不容易把社办成个模范社。

不写了！希望你参加生产，把主要兴趣放在主要业务上。

父示
九月十四日

【解读】

抗日战争期间，赵树理开始研究革命文艺的通俗化、群众化，并创作出反映农村生活的像《小二黑结婚》《李有才板话》《李家庄的变迁》《三里湾》《福贵》《登记》等深受广大人民喜爱的小说。新中国成立以后，赵树理仍然立足农村，创作出了大量的文学作品，深受广大读者的喜爱和追捧。他的作品通俗易懂，笔触鲜明活泼，接地气，作为"山药蛋派"的代表人物，他被称为"铁笔""圣手"。

1957年，赵树理再次回到山西农村，由于自己的女儿赵广建"看不起劳动人民"的思想让他十分担心。于是针对女儿思想和工作的问题，赵树理写下了这封信，对女儿进行了教育和批评。在信中，赵树理给女儿分析了工作中"业"与"余"的关系，他认为女儿应当将主要的兴趣放在业务上，积极的参加生产。赵树理严谨、务实的人生态度以及对子女思想上、工作上的教育，给当代的很多家长都树立了一个良好的榜样。现在的很多家长，侧重于孩子的健康和学习，从而忽视了劳动教育，这对孩子的成长十分不利。

在写给女儿的这封信中，赵树理将正确的人生观、价值观和劳动观表述给了女儿，表面上是对女儿的严厉批评，对女儿的劝诫，实则是对女儿深沉的父爱，体现了赵树理对女儿的殷切期望，希望女儿可以成为对新时代有用的人。